오세영 역사소설

대왕의 보검 ✦ 2

나남
nanam

오세영 역사소설

대왕의 보검 2
황금보검의 비밀을 밝히다

2015년 4월 5일 발행
2015년 4월 5일 1쇄

지은이_ 오세영
발행자_ 趙相浩
발행처_ (주) 나남
주소_ 413-120 경기도 파주시 회동길 193
전화_ (031) 955-4601(代)
FAX_ (031) 955-4555
등록_ 제 1-71호(1979.5.12)
홈페이지_ http://www.nanam.net
전자우편_ post@nanam.net

ISBN 978-89-300-0626-2
ISBN 978-89-300-0572-2(세트)

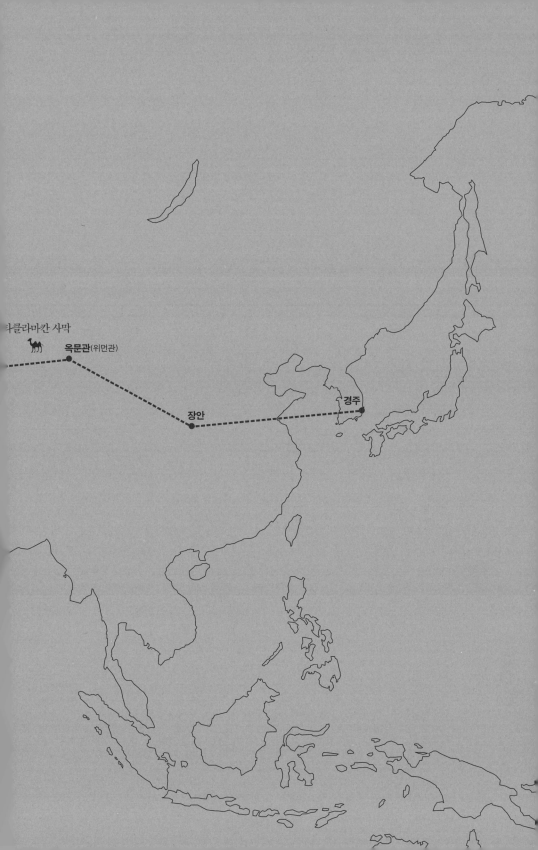

타클라마칸 사막

옥문관(위먼관)

장안

경주

오세영 역사소설

대왕의 보검 ✦ 2

황금보검의 비밀을 밝히다

나남
nanam

대왕의 보검 ✦ 2

황금보검의 비밀을 밝히다

차 례

바그다드

1

대추야자 이파리가 바람에 흔들거렸다. '메디나 알 살람'(평화의 도시) 이라는 별칭을 지닌 바그다드의 대추야자 열매가 다른 곳 대추야자보다 훨씬 탐스러운 이유는 아마도 티그리스 강이 부근을 흐르고 있기 때문이리라. 제국의 왕도를 다마스쿠스에서 바그다드로 옮긴 아바스 이슬람제국은 바그다드를 화려한 도시로 새롭게 꾸몄는데 당나라 포로들은 그 공역에 동원되어 고된 나날을 보내고 있었다.

탈라스 싸움에서 무려 2만 명에 달하는 당나라 군병들이 대식국의 포로가 되었다. 포로들은 나이사불(니샤푸르) 에 있는 동방총독부를 거쳐 바그다드로 끌려갔는데 김양상과 두환, 석연당도 그들 틈에 섞여 있었다. 신도시 노역은 힘들었지만 못 견딜 정도로 고된 것은 아니었다. 대식국은 당나라 포로들을 그리 심하게 닦달하지는 않았다. 재주가 있는 사람들은 그에 걸맞게 우대했는데 특히 제지製紙기술이 있는 포로들이 후대를 받았다.

김양상과 두환은 당나라 국자학에서 수학했던 사실이 밝혀지면서 '알 히크마'(지혜의 집)라 불리는 왕실도서관으로 옮겨 일하게 되었다. 대제국의 도서관답게 알 히크마에는 알렉산드리아와 안티오크, 콘스탄티노플은 물론 서역과 당나라에서 수집해온 책들로 넘쳐났다.

김양상과 두환이 하는 일은 당나라 서적들을 분야별로 분류하는 것이다. 당장은 분류에 머무르지만 장차 현지 말을 구사하고 글도 익히게 되면 번역도 맡게 될 것이다.

어쩌다 포로가 되었지만 넓은 세상을 경험하게 된 것은 김양상에게 큰 행운이었다. 바그다드는 동과 서를 아우르며 새로운 문물을 진흥시키고 있었는데 당나라 장안에서는 보지 못했던 새로운 세계와 접할 수 있는 좋은 기회를 잡은 셈이었다. 김양상은 번역에 대비해서 부지런히 현지 글을 배웠고 틈나는 대로 콘스탄티노플에서 통용되는 라틴 말도 익혔다. 바그다드가 동방으로 향하는 길목이라면 콘스탄티노플은 서방을 향해 열린 창이었다.

김양상은 알 히크마의 학자들을 상대하면서 단편적으로만 알았던 로마제국과 콘스탄티노플에 대해서도 상당한 지식을 쌓게 되었다. 그리고 지식이 쌓일수록 호기심은 더욱 깊어갔다. 콘스탄티노플은 황금보검의 비밀을 간직한 곳이며 소피아의 고향이다. 마음 같아서는 당장이라도 콘스탄티노플로 달려가고 싶지만 그럴 수 없는 현실이다. 김양상은 먼 서쪽 하늘을 쳐다보며 자유의 몸이 될 날만을 고대했다.

그러던 어느 날 수장고를 둘러보던 김양상은 깜짝 놀랐다. 황금으로 만든 뿔잔을 목격한 것이다. 그것은 서라벌에서 본 것과 너무도 흡사한 형태를 지니고 있었다.

"묘하게 생긴 잔이로군요. 이곳에서 쓰던 물건입니까?"

김양상은 가벼운 흥분을 느끼며 수장고를 담당하는 학자에게 물었다.

"사마르칸트에서 출토된 것이지. 로마 귀족들이 쓰던 술잔이 북방의 유목민들에게 전해진 것인데 로마의 문물이 그만큼 먼 곳까지 펴져나갔음을 보여주는 물건이지."

북방의 유목민이라면 소그드나 돌궐, 더 오래되었다면 흉노일 것이다. 김양상은 더 멀리 동쪽 서라벌에도 황금의 잔이 있음을 밝히고 싶은 충동에 사로잡혔다. 그러나 참는 게 좋을 것이다. 어쨌거나 포로의 신분이다.

부지런히 현지 말과 라틴 말을 익히던 중에 김양상에게 또 한 번의 기회가 생겼다. 이슬람제국 칼리프(황제) 알 만수르의 사촌동생이며 신도시 공사 총책임자인 알 하자드 왕자의 눈에 띈 것이다. 알 히크마를 방문한 알 하자드 왕자는 김양상의 영민함에 탄복하고서 김양상에게 연락을 담당하는 일을 맡겼다. 그 후로 김양상은 왕자궁과 공사현장을 오가며 왕자의 지시사항을 현장감독에게 전달하며 바쁜 나날을 보내게 되었다. 물론 틈틈이 알 히크마에 들러 두환을 만나고, 학자들로부터 넓은 세상의 소식을 듣는 일도 게을리 하지 않았다.

2

궁전을 떠난 김양상은 공사 현장을 향해 바쁘게 걸음을 옮겼다. 알 하자드 왕자의 서신을 빨리 현장감독관에게 전해야 한다. 김양상도 1년 전까지는 이들과 함께 여기서 노역을 했었다.

"무슨 소식이 있습니까?"

목재를 나르던 당나라 포로가 김양상을 보고 달려왔다. 김양상을 쳐다보는 포로들의 눈에는 기대가 가득했다.

탈라스 싸움이 벌어진 지 벌써 4년의 세월이 흘러 이슬람제국 연호로 헤지라 133년(755년)이 되었다. 서역은 넓다. 그리고 비록 탈라스 싸움에서 패했지만 대당제국은 여전히 강대국이다. 이슬람제국은 당과 화친하기로 하고 사절을 장안에 파견했고, 당나라 조정은 이슬람 사절을 좌금오원외대장군左禁吾員外大將軍으로 책봉하며 화친 제의에 응했다. 화친에는 포로 송환도 포함되어 있었다. 그러니 포로들이 다른 사람들보다 일찍 소식을 접하는 김양상에게 몰려오는 것은 당연했다.

"머지않아 사신이 도착할 것 같으니 조금만 더 참게."

김양상의 말에 당나라 포로들의 얼굴이 환해졌다. 마침내 고향으로 돌아갈 날이 멀지 않은 것이다.

"왕자님의 서신입니다."

김양상이 현장감독에게 알 하자드 왕자의 서신을 전했다.

"왕자님께서는 요즘도 사냥을 자주 나가시는가?"

서신을 다 읽고 난 감독관이 김양상에게 알 하자드 왕자의 근황을 물었다. 표정으로 봐서 서신에는 공사를 독려하는 것 외에는 별다른 내용은 없는 것 같았다.

"요즘은 별로 사냥을 나가지 않으십니다."

그리고 보니 알 하자드 왕자가 사냥 나가는 것을 근자에 본 적이 없었다.

"흠, 사냥을 좋아하시는 왕자님께서 어쩐 일이신가. 마음에 드는 매를 구하지 못하셨는가."

혼잣말처럼 중얼거리던 감독관은 생각났다는 듯이 김양상에게 왕자에게 전할 말을 일렀다.

"왕자궁으로 돌아가거든 왕자님께 꼭 이 말을 전하게. 이전에 티그리스 강에서 놓쳤던 매가 얼마 전에 돌아왔는데 그만 한쪽 날개를 다쳤더라고."

왕자의 심복인 감독관은 왕자가 매 사냥을 나갈 때 여러 차례 수행했던 모양이었다.

"그리 전하겠습니다."

감독관 방을 나선 김양상은 알 히크마로 발길을 돌렸다. 두환을 본 지도 제법 오래되었다. 두환은 책을 뒤적이며 부지런히 목록을 적고 있었다.

"그렇지 않아도 김공이 뜸하기에 궁금해하던 참이었습니다."

두환이 반색을 했다.

"목록은 많이 진행되었습니까?"

"부지런히 손을 놀리지만 김공이 없으니 도통 진척이 없습니다."

"큰 분류는 마친 셈이니 어려운 일은 없을 겁니다. 그리고 경행기經行記는 어떻게 되고 있습니까?"

"틈틈이 정리하고 있습니다. 나야 알 히크마에 처박혀 있으니까 어려움이 없지만 김공은 시간을 내기 힘들 텐데⋯. 뭐 잘해내리라 믿습니다만."

알 히크마로 옮긴 후로 두 사람은 틈나는 대로 글을 적어 내려가고 있었다. 장안으로 돌아간 후에 바그다드의 풍물지를 출간할 계획을 세운 두환은 제목을 벌써 〈경행기〉로 정하고 부지런히 현지의 지리와 풍물을 조사하고 있었고, 김양상은 혜초대사와의 약조대로 서역에서 겪었던 일들을 정리하고 있었다.

"송환 교섭을 위한 사절단이 바그다드에 곧 당도할 듯합니다."

김양상이 들른 이유를 밝혔다.

"잘됐군요. 참으로 고대하던 소식입니다."

두환이 크게 기뻐했다.

"그런데… 마음에 걸리는 게 있습니다."

김양상은 다른 포로들에게는 밝히지 않았던 사실을 두환에게 털어놓기로 했다.

"혹시 칼리프가 포로 송환에 소극적입니까?"

두환의 얼굴이 흐려졌다.

"그렇지는 않은 것 같습니다. 칼리프는 포로 송환에 긍정적이라고 합니다. 오히려 당나라 쪽이 문제인데…. 사절단 파견이 자꾸 미뤄지는 것 같습니다."

"무엇 때문에…? 김공은 그 이유를 알고 있습니까?"

"듣자하니 지금 장안에서는 권력 다툼이 치열하다고 합니다. 그러다 보니 사절단을 파견할 여유가 없는 게 아닌가 싶습니다."

김양상이 조심스럽게 들은 바를 전했다. 신도시 바그다드와 인근의 구도시 쿠파에는 포로들 말고도 상당수의 당나라 사람들이 건너와서 살고 있었다. 더러는 서역 땅을 걸어서, 더러는 광주廣州에서 배를 타고 온 사람들로 능견綾絹을 짜는 직물사와 금은 세공사, 그리고 종이를 만드는 제지공이 대부분이었는데, 바깥출입이 자유로운 김양상은 그들로부터 장안이 지금 어떻게 돌아가고 있는지를 듣고 있었다.

당 조정은 지금 두 권세가가 현종의 총애를 다투고 있다고 했다. 한 사람은 양귀비의 인척인 양국충이고 또 한 사람은 3개 절도사를 겸하고 있는 안녹산인데, 둘은 서로 못 잡아먹어서 난리였고, 조정의 신료들도 두 패로 갈려서 사사건건 충돌한다고 했다. 상황이 그러하다 보니 화친 사절을 보내는 일이 자꾸 미뤄지는 모양이었다.

　송환을 목전에 둔 마당에 이 무슨 불길한 소식이란 말인가. 두 사람은 제발 무사히 송환이 이루어졌으면 하는 마음이었다.

　"별일 없을 겁니다. 너무 심려하지 마십시오."

　김양상은 스스로를 위로하듯 그렇게 말하고 몸을 일으켰다.

3

　김양상이 왕자궁에 돌아왔을 때는 해가 기울 무렵이었다. 김양상은 알 하자드 왕자에게 달려갔다. 알 히크마에 들르느라 시간이 지체되었던 것이다.

　"다녀왔습니다."

　김양상은 감독관에게서 받은 서류를 내밀었다.

　"수고했다. 가서 쉬거라."

　아바스 왕가의 창시자인 아불 아바스의 조카이며 현 칼리프 알 만수르의 사촌동생인 알 하자드 왕자는 관대한 인품에 넓은 포용력을 가져 따르는 사람들이 많았다. 그리고 당나라 포로들을 돌려보내는 일에도 앞장서고 있었다. 그런 알 하자드 왕자의 눈에 든 것은 김양상에게는 큰 행운이었다.

　"그리고 감독관이 매가 돌아왔다는 말을 전해달라고 했습니다. 일전에 티그리스 강에서 놓쳤던 매가 돌아왔는데 한쪽 날개를 다쳤다고 합니다."

물러나려던 김양상은 문득 현장감독관의 당부가 떠올랐다. 내실로 향하던 알 하자드 왕자는 그 말을 듣고 주춤하며 걸음을 멈추었다.

"많이 다쳤다고 하더냐?"

알 하자드 왕자가 물었다.

"말하는 것으로 봐서 크게 다친 것 같지 않았습니다. 감독관은 왕자님께서 원하시면 즉시 보내겠다고 했습니다."

김양상의 말을 들은 알 하자드 왕자는 잠시 생각하더니 알았다고 하고는 내실로 들어갔다. 부상을 당했는데도 그리 관심을 보이는 것으로 봐서 애지중지하던 사냥매 같았다.

4

"왔습니까? 늦기에 내일 오는 줄 알았는데."

석연당이 김양상을 맞았다. 김양상을 따라 왕자궁으로 옮긴 석연당은 허드렛일을 하며 김양상을 돕고 있었다.

"사절은 언제 온다고 합니까?"

석연당도 그게 제일 궁금했다. 김양상은 들은 것에 자신의 생각을 보태서 차근차근 설명했다.

"어떻게 그럴 수가."

석연당의 얼굴이 벌겋게 달아올랐다. 이슬람제국에서는 포로를 돌려보낼 의사가 있는데 당나라에서 미루고 있다니. 분통이 터지는 일이었다.

"내 짐작이 그렇다는 것이니 너무 흥분하지 말라."

김양상이 길길이 날뛰는 석연당을 진정시켰다.

"황상이 귀비 양씨에게 홀려서 젊은 시절의 총기를 다 잃어버렸다는 말은 들었지만 그래도…."

석연당이 분통을 참지 못했다.

"여기서 이러고 있을 게 아니라 밖으로 나가자."

더 생각해봤자 속만 탈 뿐이다. 김양상이 몸을 일으키자 석연당이 따라 일어섰다. 왕자의 심부름을 하는 두 사람은 궁 밖 출입을 제한받지 않았다.

바그다드는 크고 작은 건물들이 새로 들어서고 도로가 정연하게 뚫리면서 점차 제국 왕도의 면모를 갖추어가고 있었다. 신축된 건물들로 도시는 위용을 더했고 거리는 다마스쿠스와 쿠파에서 이주해온 사람들로 붐볐다. 김양상은 당나라 광주에서 건너온 사람이 운영하는 객점으로 들어섰다. 몇 차례 들렀던 적이 있기에 주인이 반갑게 두 사람을 맞았다.

심기가 불편한 마당에 따로 할 말도 없었다. 두 사람은 아무 말 없이 술잔을 기울이기만 했다. 밖으로 나왔지만 마음이 무겁기는 여전했다. 일이 이렇게 꼬일 줄이야. 뭐든지 말이 나왔을 때 매듭을 지어야지 끌다보면 일이 틀어지는 수가 있다.

"형!"

저쪽에서 대식국 상인들로 보이는 사람들이 술을 마시는 모습을 물끄러미 쳐다보던 석연당이 뭔가 생각났다는 듯이 김양상을 불렀다.

"상인들로부터 들은 말인데 바스라에서 배를 타면 광주, 양주를 거처 서라벌로 갈 수 있다고 하오."

바그다드의 상인들 중에는 신라를 아는 사람도 제법 있었다.

"나도 알고 있다."

"만약에 송환교섭이 결렬되면 어떻게 할 거요? 죽을 때까지 포로 신세로 지낼 수는 없지 않소."

석연당이 심각한 표정으로 말을 이었다.

"이럴 바에야 대식국 상인들 배를 얻어 타고 서라벌로 돌아가는 것은 어떻겠소? 알아보면 배편을 구할 수도 있을 텐데. 나야 형이 어디로 가든 형을 따라가겠소."

"그건 안 될 말이다."

김양상의 석연당의 탈주 제의를 일언지하에 거절했다.

"내가 탈주하면 남는 사람들은 어찌 되겠느냐."

그 피해는 다른 포로들에게 돌아갈 것이다. 그리고 자기를 믿어준 알하자드 왕자를 배신하는 일이다. 그리고 이대로 그냥 서라벌로 돌아가는 것도 김양상은 받아들일 수 없었다.

"하긴 형은 몰래 도망갈 사람은 아니지. 내가 괜한 얘기를 꺼냈소."

석연당이 머쓱한 표정으로 사과했다.

"잠시 일이 미뤄지는 것뿐이다. 머지않아 사절단이 바그다드에 도착할 것이다. 자유의 몸이 되면 그때 콘스탄티노플로 떠날 것이다."

"빨리 그날이 왔으면 좋겠소."

석연당이 푸념을 했다. 그런데 콘스탄티노플에 갈 수 있을까. 김양상은 어쩐지 콘스탄티노플은 영원히 도달할 수 없는 먼 땅처럼 느껴졌다.

"그만 돌아가자."

김양상은 거푸 술잔을 기울이는 석연당에게 그만 일어설 것을 일렀다. 시간이 제법 흘러 밖은 어둑어둑했다. 돌아갈 때가 된 것이다.

어둠이 내리자 바그다드의 거리는 더욱 활기를 띠었다. 인파로 붐비는 바그다드의 밤거리에서 생기가 전해졌다. 두 사람이 왕궁을 향해 걸음을 서두르는데 시장 한쪽에서 떠들썩하게 박수소리가 일었다. 무슨 구경거리가 있는 모양이었다.

"자, 이번에는….."

막 재주넘기를 끝낸 소년이 주위를 에워싼 구경꾼들을 향해 큰 소리로 외쳤다. 소년은 날이 시퍼렇게 선 칼을 집어 들더니 몇 차례 돌려보고는 다짜고짜 입으로 가져갔다. 두 사람은 걸음을 멈추고 백희술을 펼치는 소년 환인에게 눈길을 주었다. 열두서너 살 정도 들어 보이는 소년 환인은 천천히 칼을 입안으로 쑤셔 넣으며 탄도吞刀를 행했다. 지켜보던 구경꾼들 사이에서 비명이 일었다.

"쳇! 저 정도 가지고 놀라기는!"

객기가 발동한 석연당은 소년의 환술을 보며 비아냥거렸다. 김양상은 새삼 석연당이 환술사였다는 사실을 떠올렸다.

칼은 자루만을 남기고 전부 소년 환인의 입속으로 들어갔다. 탄도를 행하는 환인은 많지만 저렇게 자루만 남기고 입안으로 집어넣는 사람은 드물다. 어린 나이에 상당한 재주를 지닌 환인 같았다. 시큰둥한 표정으로 쳐다보던 석연당도 제법이라는 생각이 들었는지 정색을 하고 소년 환인을 주시했다.

요란한 박수소리와 함께 동전들이 소년 환인 앞에 쏟아졌다. 소년 환인은 사의를 표하고는 손짓을 해서 함께 환술을 펼치는 노인을 불렀다.

또 무슨 환술을 펼칠 것인가. 구경꾼들은 호기심을 가지고 다음 차례를 지켜보았다.

노인으로부터 굵은 밧줄을 건네받은 소년 환인은 보란 듯 밧줄을 높이 치켜든 다음 하늘로 힘껏 던져 올렸다. 밧줄은 힘없이 다시 땅에 떨어졌고 구경꾼들 사이에서 웃음이 일었다.

소년 환인은 히쭉 웃더니 뭐라 주문을 외우고는 다시 밧줄을 허공을 향해 던졌다. 그러자 이번에는 신기하게도 밧줄이 허공에 매달린 채 떨어지지 않았다. 소년 환인은 두 손을 번쩍 치켜들고 익숙한 솜씨로 밧줄을 타고 올라갔다. 어둠 속에서 밧줄 끝에 매달린 소년 환인의 모습이 간신히 보였다.

"알리크! 이제 그만 내려오너라!"

노인이 소리쳤다.

"경치가 좋군요. 조금 더 있을래요."

소년 환인이 위에서 대답했다. 행동거지며 말투가 아주 맹랑한 아이였다.

"빨리 내려오너라. 구경꾼들이 기다리고 있잖아."

"싫어요. 조금 더 기다리라고 하세요. 이왕 올라온 김에 구경 좀 더 하고 내려갈 테니."

노인의 간곡한 당부에도 밧줄 위로 올라간 소년 환인은 내려오지 않았다.

"괘씸한 놈! 네가 감히 내 말을 거역하겠다는 거냐!"

노인이 갑자기 버럭 화를 내더니 칼을 뽑아들고 밧줄 위로 올라갔다. 구경꾼들은 영문을 모른 채 지켜보기만 했다.

"악!"

갑자기 허공에서 소년 환인의 비명소리가 들리더니 피가 뚝뚝 흐르는 팔다리가 땅에 떨어졌다. 그걸 본 구경꾼들은 일제히 비명을 질렀다.

노인은 피투성이가 된 채로 밧줄에서 내려오더니 천천히 밧줄을 거두어들였다. 그럼 소년 환인은…? 구경꾼들이 일제히 노인을 노려봤지만 노인은 태연한 얼굴로 짐을 챙겼다.

"당신이 아이를 죽였다. 아무리 말을 안 듣기로서니 사람을 그렇게 죽여도 되는가?"

흥분한 구경꾼들이 노인에게 몰려들었다. 그래도 노인은 묵묵부답이었다. 김양상은 지금 노인이 환술을 행하는 것인지 정말로 소년 환인을 죽인 것인지 선뜻 판단이 서질 않았다. 석연당을 쳐다보니 무표정한 얼굴로 가타부타 말이 없었다. 구경꾼들은 점점 흥분했고 노인을 향해 마구 욕을 해댔다. 여차하면 노인에게 달려들 기세였다.

"여러분!"

그때 누가 구경꾼을 불렀다. 사람들이 고개를 돌리니 한쪽 구석에 놓여 있던 광주리 뚜껑이 열리면서 그 안에서 소년 환인이 천천히 몸을 일으켰다. 소년의 몸에는 피 한 방울 묻어 있지 않았다. 구경꾼들의 입에서 탄성이 일면서 동전이 마구 쏟아졌다. 소년 환인은 활짝 웃으며 부지런히 동전을 긁어모았다. 어쨌든 다행이었다. 가슴을 쓸어내린 김양상이 발길을 돌리려는데 석연당이 앞으로 나서며 소리쳤다.

"잠깐!"

석연당이 소년 환인의 앞을 가로막고 섰다. 김양상이 미처 말릴 틈도 없었다.

"도인屠人을 행하려면 제대로 해야지 그렇게 얄팍한 속임수를 쓰면 되느냐."

석연당의 돌발적인 행동에 발길을 돌리던 구경꾼들이 다시 되돌아섰고 노인과 소년 환인은 당황해서 불청객을 쳐다봤다.

"당신은 뭐야?"

소년 환인이 당차게 석연당에게 맞섰다.

"우선 이 지저분한 원숭이 팔다리부터 치워라."

석연당이 아직도 피가 낭자한 팔다리들을 가리키며 비웃음을 날렸다.

"뭐라고? 당신이 뭘 안다고 그런 소리를 해!"

소년 환인이 언성을 높였다.

"하긴 원숭이처럼 노인네 등에 매달려 내려왔으니 네놈 팔다리라고 해도 상관없겠구나. 어쨌든 광주리 속에 쭈그리고 있느라고 고생깨나 했겠다."

석연당이 너털웃음을 터뜨렸다. 석연당의 말에 구경꾼들이 술렁이기 시작했다. 설마 사람을 진짜로 죽이기야 했겠냐고 생각했지만 그래도 사실을 알고 나면 속은 기분이 들게 마련이다.

"당신이 뭘 안다고 나서! 보아하니 당나라 포로 같은데 끌려온 주제에 남의 일에 끼어들지 마라!"

소년 환인이 발끈해서 석연당을 쏘아붙였다.

"뭐! 너 지금 뭐라고 했어!"

이번에는 석연당이 발끈했다.

"좋아. 나는 네 말대로 당나라 포로다. 당나라 포로가 제대로 된 환술을 가르쳐줄 테니 똑똑히 보아라."

석연당이 큰소리를 치며 앞으로 나섰다. 구경꾼들은 뜻하지 않은 구경거리가 생기자 얼른 두 사람 주위로 몰려들었다. 난감했다. 어쨌거나 포로가 문제를 일으키는 것은 삼갈 일이다. 김양상은 제발 말썽이 일어나지 않기를 빌면서 석연당을 지켜보았다.

"당신이 나를 가르치겠다고? 웃기지 마라!"

소년 환인이 비웃음을 날리더니 큰 칼을 집어 들고 한 걸음 앞으로 나섰다. 구경꾼들은 긴장해서 소년 환인을 지켜보았다. 소년 환인은 큰 칼을 높이 쳐들더니 갑자기 자기 왼 손목을 내리쳤다. 피가 분수처럼 솟아올랐고 구경꾼들 사이에서 비명이 일었다.

잘려나간 소년 환인의 손목은 피를 뚝뚝 흘리며 땅에 떨어졌는데 신기하게도 석연당을 향해 슬금슬금 기어왔다.

"잘한다, 알리크!"

노인이 소년 환인을 응원했다.

"지해支解를 제법 그럴 듯하게 하는구나. 하지만 내게는 통하지 않는다."

석연당이 코웃음을 치더니 자기를 향해 다가오는 손목을 냅다 걷어찼다. 그러자 손목 속에서 생쥐가 모습을 드러내더니 후다닥 달아나버렸다. 석연당은 박장대소를 했고 구경꾼들은 소년 환인에게 야유를 퍼부었다.

소년 환인은 그제야 만만치 않은 상대를 만났음을 깨닫고 굳어진 얼굴로 농환구를 집어 들었다. 소년 환인은 무려 6개의 농환구를 빙빙 돌리며 농환을 벌이더니 고개를 돌려 석연당을 쏘아보았다. 그리고 뭐라 주문을 외웠다. 그러자 농환구들이 갑자기 불덩어리로 변하더니 석연당을 향해 날아들었다. 활활 타오르는 불덩어리들이 석연당을 에워싸고 빙빙 돌기 시작했다. 저러다 불덩어리들이 석연당에게 달려드는 것이 아닐까. 김양상은 걱정이 되었다.

걱정은 현실로 나타났다. 6개의 불덩어리들이 석연당을 향해 일제히 달려들기 시작했다.

"앗!"

김양상의 입에서 비명이 새어나왔다. 그러나 석연당은 조금도 놀라는 기색이 아니었다. 불덩어리들이 다가오자 석연당은 입을 쩍 벌리더니 날아오는 불덩어리들을 차례로 삼켜버렸다.

"네 재주가 이게 전부냐? 그렇다면 이제부터 진짜 농환을 보여주겠다."

불덩어리를 전부 삼킨 석연당이 소년 환인을 놀려댔다.

"잘 보거라, 애송아. 진짜 토화농환吐火弄丸은 이렇게 하는 거다."

석연당이 싱글거리며 입에서 불길을 토해냈다.

"큰소리치지 마라! 빨리 뱉어내지 않으면 당신 뱃속이 다 타버릴 테니."

소년 환인이 당차게 받아넘겼다.

"이놈이!"

격분한 석연당이 있는 힘을 다해 불을 내뿜었고 길게 뻗은 화염이 소년 환인에게 달려들었다. 소년 환인은 재빨리 몸을 피했지만 불똥이 튀면서 부근의 집에 불이 옮겨 붙고 말았다. 창졸간에 일대는 아수라장이 되었고 구경꾼들은 우왕좌왕했다.

참으로 난감한 일이었다. 그예 일이 크게 번진 것이다. 빨리 몸을 피하지 않으면 순찰관헌과 마주치게 될 것이고, 그들에게 잡히는 일이라도 생겼다가는 알 하자드 왕자에게 누를 끼치게 될 것이다.

"빨리 여기를 빠져나가자!"

김양상이 망연자실茫然自失 서 있는 석연당의 팔을 잡아끌었다.

"저자를 잡아라!"

어느 틈에 달려온 순찰관헌이 도망가는 김양상과 석연당을 보고 소리치며 따라왔다. 절대로 잡히면 안 된다. 두 사람은 정신없이 골목길로 내달렸다. 그쪽이 추격을 따돌리기 쉬울 것이라 판단했다. 그런데 막상 골목에 들어서니 신도시 바그다드에도 이런 곳이 있었던가 하는 생각이 들 정도로 좁은 골목이 미로처럼 얽혀 있었다.

순찰관헌은 끈질긴 자였다. 웬만하면 포기하고 돌아갈 줄 알았는데 악착같이 따라왔다. 그렇다면 골목길로 도주한 것은 실수였다. 미로처럼 얽히고설킨 골목길은 언제 막다른 골목이 나올지 모른다. 이러다 잡히는 게 아닐까. 김양상이 걱정하는데 저쪽에서 소년 환인이 부지런히 달아나고 있었다. 김양상과 석연당은 소년 환인을 따라가기로 했다. 아무래도 이곳 지리를 잘 알 것이다. 소년 환인은 뒤를 돌아보며 싱긋 웃더니 따라오라는 듯 요리조리 골목을 빠져나갔다. 순찰관헌은 여전히 고함을 지르며 쫓아오고 있었다.

"……!"

막다른 골목이었다. 그럼 소년 환인이 일부러 우리를…. 소년 환인은 김양상이 노려보는 것을 아랑곳하지 않고 몸을 날리더니 훌쩍 담을 넘었다. 꽤 높았는데 저렇게 가볍게 뛰어넘는 것은 환인이기에 가능했을 것이다. 그렇다면 일부러 이리로 피한 것인가. 김양상과 석연당은 망설이지 않고 몸을 날렸다. 무예 연마를 게을리 하지 않은 김양상과 환술에 능한 석연당은 크게 힘들이지 않고 담을 넘었다.

안쪽은 폐가였는데 오랫동안 비어 있는 집 같았다. 바그다드가 새로 조성되면서 쫓겨난 원주민이 살던 집인 것 같았다. 어쨌든 몸을 숨기는 것이 급선무다. 김양상과 석연당은 담벼락에 몸을 숨기고 담 밖의 동정에 귀를 기울였다. 조금 있으니 순찰관헌들이 달려오는 소리가 들렸다. 순찰관헌들은 높은 담이 가로막고 있는 막다른 골목임을 확인하고는 발걸음을 돌렸다.

김양상은 비로소 안도의 숨을 내쉬었다. 하마터면 알 하자드 왕자와 다른 포로들에게 큰 누를 끼칠 뻔했다. 그사이에 시간이 상당히 흘렀다. 빨리 돌아가야 한다. 김양상은 위치를 가늠할 요량으로 주위를 둘러보았다.

그때 폐가의 문이 슬며시 열리면서 사람이 그 안에서 나왔다. 여기 사람이 살고 있단 말인가. 김양상과 석연당은 황급히 자세를 낮추었다.

"알리크냐?"

어둠 속에서 여인의 목소리가 들렸다.

"네. 조금 늦었어요."

멀지 않은 곳에서 소년 환인이 대답하는 소리가 들렸다. 그렇다면 소년 환인은 여기서 사는 모양이었다. 소년 환인의 목소리를 확인한 여인이 등에 불을 붙였다.

"밖이 소란스럽던데 무슨 일이 있었니?"

"별일 아니에요. 카심 아저씨하고 환술을 펼치는데 재수 없게 훼방꾼이 나타나는 바람에…."

24

소년 환인을 따라서 몸을 일으키는 두 사람을 향해 소년은 입을 비쭉 내밀어 보이고는 여인에게 다가갔다. 김양상은 발끈하는 석연당을 제지했다. 이 판에 또 사고를 칠 수는 없었다.

"어머! 손님이 있었구나."

가까이 다가온 여인은 두 사람을 보고 깜짝 놀랐다.

"손님은 무슨…. 훼방꾼들이라니까요."

소년 환인이 계속 빈정댔다.

"이제 쫓아오는 사람은 없을 테니 재주껏 골목을 빠져나가세요."

더 있을 상황이 아니었다. 김양상은 석연당의 소매를 잡아끌었다.

"알리크, 무슨 말을 그렇게 하니."

여인이 소년 환인을 꾸짖고는 두 사람에게 고개를 돌렸다.

"여기 사람이 아닌 모양인데 그렇다면 골목을 빠져나가는 게 쉽지 않을 테니 등불을 들고 가세요."

여인이 미안해하며 등불을 내주었다. 그 순간 등불에 여인의 자태가 드러났다.

"……!"

저 얼굴은…. 김양상은 숨이 막힐 것만 같았다. 지금 내가 꿈을 꾸고 있는 것은 아니겠지. 등불에 비친 얼굴은 지난 4년간 한시도 잊어본 적이 없었던 바로 그 얼굴이었다.

"… 소피아?"

김양상이 조심스럽게 이름을 불러보았다. 정말 소피아일까. 김양상은 여인이 흠칫 놀라며 뒷걸음치는 것을 보는 순간 자신이 잘못 본 게 아님을 확신하게 되었다. 틀림없는 소피아였다. 그리고 지금은 분명히 꿈이 아니었다.

"소피아! 나요. 나를 모르겠소!"

여기서 소피아를 만날 줄이야. 김양상은 한 걸음 앞으로 나섰고 소피아는 경계를 하며 뒤로 물러섰다.

"4년 전에 곡강에서 만났던 적이 있지 않소."

곡강이라는 말에 뒷걸음을 치던 소피아는 등불을 들고 김양상을 찬찬히 살폈다.

"당신… 정말 당신이로군요. 당신이 어떻게 여기에…?"

김양상임을 확인한 소피아는 충격이 컸는지 말을 잇지 못했다.

"나도 소피아를 여기서 만나게 될 줄이야. 콘스탄티노플로 간다고 했는데 어째서 여기 바그다드에 있는 것이오?"

너무 반가운 나머지 김양상은 소피아의 손을 덥석 잡았다. 김양상으로부터 곡강에서의 일을 들어 알고 있는 석연당은 깜짝 놀라며 김양상과 소피아를 번갈아 쳐다봤고, 영문을 알 리 없는 알리크 소년은 눈을 휘둥그레 뜨고 두 사람을 지켜보았다.

"곡강에서 나온 후로 콘스탄티노플로 가는 대상단을 따라 옥문관을 빠져나왔어요. 요행히 서역행이 폐쇄되기 전에 여기에 당도했지요."

간신히 마음을 진정시킨 소피아가 떨리는 목소리로 입을 열었다. 얼마나 고초가 심했을까. 여인의 몸으로 그 멀고 험한 길을 지나는 동안에 많은 어려움을 겪었을 텐데도 청초한 자태는 곡강에서 만났을 때와 별반 다르지 않았다.

"당신이 마련해준 노자가 넉넉했기에 큰 고초 없이 여기까지 올 수 있었어요."

소피아가 새삼 예를 갖추며 사의를 표했다.

"한데 왜 바그다드에…?"

"바그다드에 이르러 행두가 큰 병에 걸렸지요. 그래서 출발이 지연
되었는데 그동안에 비잔틴제국(동로마제국)과 이슬람제국의 관계가 악
화되면서 국경이 폐쇄되었어요. 대상들은 뿔뿔이 흩어졌고 따로 갈 곳
이 없는 나는 비슷한 처지의 알리크 소년과 함께 여기 머물며 콘스탄티
노플로 떠날 기회를 엿보는 중입니다."

흥분을 가라앉힌 소피아는 차분하게 저간의 사정을 이야기했다.

"그런데 당신은 왜 바그다드에…?"

소피아는 김양상이 바로 앞에 있는데도 여전히 믿기지 않는 표정이
었다.

"얘기를 하자면 긴데…. 소피아와 헤어지고 나서 나도 서역으로 떠
나게 되었소."

김양상은 혜초대사를 만났고, 옥문관을 나선 후로 우여곡절 끝에 바
그다드에 도착해서 4년째 지내고 있다고 조리 있게 설명했다.

"바그다드에 당나라 포로들이 많이 있다는 사실은 알았지만 그들 중
에 당신이 있을 줄은 정말 몰랐어요."

김양상이 포로가 된 데에는 자신의 책임도 있다고 느낀 것일까. 소피
아의 얼굴에 미안해하는 빛이 스치고 지나갔다.

"어쩌다 포로가 되었지만 그래도 옥문관을 나선 것을 절대로 후회하
지 않고 있소. 자유의 몸이 되면 나도 콘스탄티노플로 가려 하오."

"참으로 기이한 인연이로군요. 당신을 여기서 만나게 될 줄이야. 그
리고 당신도 콘스탄티노플로 가려고 하다니."

소피아는 거듭 놀라움을 금치 못했다.

"나는 그때 곡강에서 당신이 콘스탄티노플로 돌아갈 수 있게끔 도와주겠다고 했소. 포로 송환 교섭이 마무리되어 자유의 몸이 되면 나머지 약조를 지키겠소."

김양상은 소피아와 함께 콘스탄티노플로 가기로 했다. 이번에는 절대로 헤어지지 않을 것이다. 김양상은 속으로 그렇게 다짐했다.

"당신이 소피아와 그런 인연이 있는 사람일 줄이야. 그렇다면 아까 골탕 먹인 것을 사과하겠어요."

알리크가 웃으며 끼어들었다.

"소피아, 오늘은 그만 돌아가봐야겠소. 틈나는 대로 찾아오겠소."

할 이야기는 밤을 새워도 모자라겠지만 언제까지 여기 있을 수는 없었다. 김양상은 소피아에게 곧 다시 찾아올 것을 약속하고 걸음을 옮겼다.

밤이 이슥해지면서 거리를 오가는 행인들도 많이 줄어들었다. 큰길로 나온 두 사람은 왕자궁을 향해 걸음을 서둘렀다. 설마 내가 꿈을 꾼 것은 아니겠지. 김양상은 흥분에서 쉽게 벗어나지 못했다.

5

소피아와 극적으로 재회한 후로 김양상은 하루하루가 너무나 길게 느껴졌다. 한시 빨리 소피아와 함께 콘스탄티노플로 떠나고 싶은데 장안에서는 여전히 감감 무소식이었다. 그렇게 전전긍긍하는 사이에 한 달이 흘러갔다. 김양상은 일각이 여삼추라는 말을 실감했다.

"왕자님께서 찾으시오."

왕자궁 하인이 뜰을 서성이는 김양상에게 다가왔다. 무슨 일일까. 아직 해는 지지 않았지만 공사 현장으로 가기에는 너무 늦은 시각이다. 아무튼 왕자가 찾는다니 빨리 가야 한다. 김양상은 내궁으로 걸음을 재촉했다.

"네게 일러주어야 할 것 같아서 불렀다."

읽던 문서를 내려놓는 알 하자드 왕자를 보며 김양상은 가슴이 철렁했다. 왕자의 표정이 어두운 것으로 봐서 좋지 않은 소식 같았다.

"절도사 안녹산이라는 자가 모반을 일으켰다고 한다. 장안은 반군의 수중에 떨어졌고 당 황제는 서쪽으로 피신했다고 한다."

그럴 수가…. 청천벽력과도 같은 소식이었다. 혹시라도 궂은 소식이 들려올까봐 노심초사하던 차였는데 그예….

김양상은 아무런 생각도 떠오르지 않았다. 자칫 대당제국이 몰락할 판이었다. 이런 마당에 바그다드에 사절을 보낼 리 만무했다. 그럼 목이 빠셔라 기다리는 포로들은 어떻게 되나.

"탈라스에서 우리와 대적했던 안서절도사가 장안으로 이르는 요충지인 동관潼關에서 안녹산의 군대를 막고 나섰지만 패전하면서 목숨을 잃었다고 한다."

하면 고선지 장군이…. 그렇게 비참한 최후를 맞을 줄이야. 목숨을 걸고 절도사를 지키려 했던 김양상은 더욱 가슴이 아팠다.

"당 황제는 피난길에 태자에게 황제의 자리를 넘겼다고 한다. 사정이 그러니 당분간 송환 사절은 당도하지 않을 것이다. 포로들이 크게 동요하지 않도록 네가 사정을 잘 이야기하거라."

알 하자드 왕자가 동정심 가득한 눈길로 김양상을 쳐다보았다. 김양상은 하늘이 무너지는 기분으로 내궁을 빠져나왔다. 포로들이 얼마나 허탈해할까. 기대가 컸던 만큼 실망도 클 것이다. 이제 어떻게 해야 하나. 김양상은 두환과 의논하기로 하고 알 히크마로 내달렸다.

"그예 안녹산이 반란을⋯."

두환은 할 말을 잊은 듯 멍하니 천장을 올려다보기만 했다. 유일한 바람이 수포로 돌아간 것이다.

"어찌 될 것 같습니까? 설마 이대로 당나라가 멸망하는 것은 아니겠지요?"

김양상이 물었다.

"안녹산이 3개 절도사를 겸하고 있다고 하지만 중원을 도모하기가 결코 쉽지 않을 것입니다. 곧 토벌대가 반격에 나서고 도처에서 근왕병이 기의起義하면 역도는 패주할 것입니다."

두환이 희망을 담아서 대답했다.

"속히 그리되어야 할 텐데. 귀비 양씨는 몽진 도중에 군병들이 들고 일어나는 바람에 목이 졸려 죽었다고 합니다."

김양상이 알고 있는 전부를 두환에게 전했다. 잠시 침묵이 흘렀다. 두 사람 모두 아무 할 말이 없었던 것이다.

"하늘이 무너지는 소식이지만 잠시 미루어진 것일 뿐, 난리가 수습되는 대로 사절이 바그다드에 당도할 것입니다."

답답했지만 김양상은 희망의 끈을 놓지 않기로 했다.

"그래야겠지요. 그러나 저러나 포로들에게는 어떻게 얘기해야 할지⋯."

두환이 거듭 한숨을 내쉬었다. 김양상과 두환은 상의 끝에 포로들에게 이 사실을 일단 함구하기로 했다. 그러는 편이 나을 것이란 판단이 든 것이다. 희망이 없는 삶보다 두려운 것은 없다. 그렇다면 관군의 반격이 개시되었다는 소식이 들려올 때까지라도 입을 다무는 게 좋을 것이다. 그런데 언제 토벌대가 반격에 나설까. 장안까지 반군에게 함락되었다고 했다.

불길한 생각을 떨쳐버리며 걷는 동안에 김양상은 어느새 소피아의 집에 당도해 있었다. 불빛이 켜져 있는 걸로 봐서 제법 늦은 시각인데도 소피아는 잠자리에 들지 않은 모양이었다. 김양상은 주위를 살피고 안으로 들어섰다.

"늦은 시각에 웬일로?"

소피아가 김양상의 초췌한 얼굴을 살폈다.

"외출할 일이 있어서 잠시 들렀소."

알리크는 아직 돌아오지 않았는지 소피아 혼자 있었다. 안으로 들어간 김양상은 그간의 일을 간략하게 얘기했다.

"실망이 크겠군요."

소피아가 근심 가득한 얼굴로 김양상을 쳐다봤다.

"귀비 양씨라면 나도 알고 있어요. 경국지색傾國之色이란 소문이 자자했는데 말대로 정말 나라가 위태롭게 되었군요."

"황상은 젊은 시절 영걸 소리를 듣던 분인데 어쩌다 미색에 눈이 멀어 그 지경이 되었는지 생각할수록 답답할 따름이오."

김양상은 한숨을 내쉬었다. 하지만 신세타령을 하려고 여기 들른 것이 아니다. 김양상이 정색을 하자 소피아도 따라서 정색을 했다.

"일이 어렵게 돌아가고 있지만 소피아, 당신과 함께 콘스탄티노플로 가겠다는 약조는 꼭 지키겠소."

김양상은 소피아를 똑바로 쳐다보며 말을 이었다.

"그리고 다시는 당신과 헤어지지 않을 것이오."

"나도 항상 당신 곁에 있겠어요."

소피아가 또렷한 목소리로 대답했다. 맑은 눈매, 단아한 자태를 보며 김양상은 암울한 심사를 떨쳐버렸다.

"소피아가 그리 말해주리라 믿고 있었소. 몰려오는 파도도, 휘몰아치는 바람도 끝이 있게 마련이오. 그때까지 참고 지냅시다."

김양상이 소피아의 손을 힘껏 잡았다.

"알리크가 늦는 것 같군. 여태 경황이 없어서 물어보지 못했는데 어떻게 해서 알리크와 함께 지내게 되었소?"

김양상은 진작부터 궁금하게 여기던 것을 물었다.

"알리크는 상인인 부친을 따라 바그다드에 왔다가 갑자기 부친이 세상을 떠나는 바람에 혼자가 된 아이에요. 2년 전부터 서로 의지하며 지내고 있어요."

짐작대로 외지에서 홀로된 사람들끼리 서로 의지하며 지내는 중이었다. 혼란기에는 도적이 들끓게 마련이다. 우마이야드 왕가에서 아바스 왕가로 이슬람제국의 주인이 바뀌는 혼란을 겪으면서 이슬람제국은 혼란을 겪고 있었다. 바그다드 일대는 그런대로 안정을 되찾았지만 바그다드를 벗어나면 도적이 도처에서 날뛰었다.

"알리크의 부족은 유프라테스 강 하류의 바빌론 평원에서 대대로 상업에 종사하며 사는 사람이라고 했어요."

"하면, 알리크는 바그다드 거리에서 환술을 펼치며 돈을 벌고, 소피아는 그 돈으로 살림하면서 귀향 여비를 마련하고 있었군."

"그래요. 환술을 하는 노인을 도우면서 돈을 모으고 있어요. 아직 어린아이인데…."

"그래도 서로 의지하며 지낼 수 있는 사람을 만나게 되어 다행이오."

김양상은 그 말을 마치고 몸을 일으켰다. 그만 돌아가봐야 한다.

"조금만 더 참고 지내면 반드시 좋은 소식이 있을 것이오."

김양상이 소피아에게 작별의 말을 건네는데 인기척이 났다. 알리크가 돌아온 모양이다.

"알리크냐?"

"그래요. 그런데 누가 있나요?"

경계를 하며 안으로 들어서던 알리크는 김양상을 보자 히쭉 웃으며 친근감을 보였다.

"늦었구나. 가려던 길이다."

"큰길까지 바래다드리지요. 어쨌거나 손님인데."

알리크는 말릴 틈도 주지 않고 김양상을 따라나섰다. 보자마자 헤어지는 게 나름 섭섭했던 모양이다.

"그래 오늘은 돈을 좀 벌었느냐?"

알리크는 대할수록 정이 가는 아이였다.

"뭐 늘 그렇죠. 사실 나야 노자가 별로 필요 없지만 소피아를 위해서 빨리 돈을 모아야 하는데 그게 쉽지가 않네요."

알리크가 제법 어른스럽게 대답했다.

"부탁이 있어요."

갑자기 알리크가 진지한 표정을 지었다.

"아무래도 조만간 고향으로 돌아가야 할 것 같아요. 내가 떠나면 소피아를 부탁할게요."

"소피아에게서 네 얘기를 들었다. 고향이 남쪽 바빌론 평원이라고 하던데 갑자기 무슨 일이 생긴 거냐?"

그것은 소피아도 모르는 일 같았다.

"그럴 사정이 있어요."

알리크는 구체적인 대답을 피했다.

"하면, 언제쯤 떠나려 하느냐?"

"한 열흘쯤 후에? 어쩌면 더 당겨질지도 몰라요."

알리크에게 이런 면도 있었나 싶을 정도로 심각한 표정이었다. 그런데 알리크는 왜 부친이 세상을 떠났을 때 고향으로 돌아가지 않고 바그다드에 남았을까. 그리고 왜 이제 와서 갑자기 귀향을 서두르는 걸까. 궁금했지만 김양상은 굳이 묻지 않기로 했다.

"알겠다. 그 일이라면 염려하지 마라."

김양상은 그 말을 남기고 왕자궁으로 향했다.

왕자궁에 돌아왔을 때는 이미 한밤중이었다. 혹시 궁을 비운 동안에 왕자가 찾으면 어떻게 하나 걱정했는데 그런 일은 없는 것 같았다. 김양상은 숙소로 가는 대신에 정원으로 발길을 돌려 상념에 잠겼다. 알리크가 떠나고 나면 소피아는 더욱 불안하고 초조한 나날을 보낼 것이다.

"……!"

이런저런 생각을 하며 뜰을 걷던 김양상은 인기척을 감지하고 본능적으로 몸을 숨겼다. 내궁으로 통하는 회랑에서 사람의 움직임이 느껴졌던 것이다. 하면, 누가 알 하자드 왕자의 내궁에 잠입하려는 것인가.

김양상은 몸을 숨긴 채 내궁을 주시했다.

과연 내궁 쪽으로 조심스럽게 접근하는 젊은 남자가 눈에 들어왔다. 거리가 제법 떨어져서 얼굴은 자세히 살필 수 없었지만 궁 사람은 아닌 것 같았다. 아무튼 내궁의 경비는 삼엄하다. 저렇게 접근했다가는 금세 호위병의 눈에 띨 것이다. 그렇다면 굳이 숨어서 감시할 필요가 없을 것이다.

정체불명의 남자는 주저 없이 내궁으로 들어가고 있었다. 그럼 호위병이 자리에 없는가. 그렇다면 왕자가 위험하다. 김양상은 더 생각하지 않고 내궁으로 뛰어들어 갔다.

"……!"

이게 어떻게 된 일일까. 호위병이 눈에 띄지 않았다. 정체불명의 남자가 왕자를 해치기라도 한다면 큰일이다. 김양상은 허겁지겁 침실을 향해 내달렸다. 침실에서 불빛이 새어나오고 있었다. 알 하자드 왕자는 아직 잠자리에 들지 않은 모양이다. 왕자를 지켜야 한다. 동서고금을 통해서 왕조 교체기에는 궁중암투가 흔한 법이다.

"……!"

침실로 향하던 김양상은 걸음을 멈추었다. 모퉁이 저쪽에서 남자가 나타나더니 김양상의 앞을 가로막은 것이다.

"누구냐! 야밤에 왕자궁을 침범하다니!"

김양상이 호통을 쳤다.

"네가 여기에 웬일이냐?"

김양상의 앞을 가로막은 사람은 뜻밖에 알 하자드 왕자였다.

"침입자가 있습니다!"

김양상은 얼른 알 하자드 왕자에게 달려갔다.

"침입자라니? 내가 줄곧 깨어 있었는데 아무런 소리도 듣지 못했다. 네가 뭘 잘못 본 모양인데 그만 돌아가거라."

왕자는 태연한 얼굴로 물러갈 것을 명했다. 왕자가 물러가라고 하는데 달리 도리가 없었다. 김양상은 예를 표하고 내궁을 빠져나왔다. 정말 내가 뭘 잘못 보았을까. 그러나 여전히 내궁 호위병들이 자리를 비운 것을 보며 김양상은 뭔가 의혹이 있음을 직감했다.

6

그렇게 아무 일도 손에 잡히지 않는 가운데 속절없이 시간이 흘러갔고 알리크가 고향으로 돌아갈 날이 다가오고 있었다. 알 히크마에 들러도 마찬가지였다. 실망한 두환은 말수가 부쩍 줄었고 이런저런 소문이 퍼지기 시작하면서 당나라 포로들은 눈에 띌 정도로 초췌한 모습으로 변했다. 나쁜 일은 따로 오지 않는다고 악재가 하나 더 생겼다. 이슬람제국과 비잔틴제국의 국경이 머지않아 완전히 폐쇄될 것이란 소문이었다. 그리되면 콘스탄티노플로 가는 것은 더 어렵게 될 것이다.

막막한 가운데 또 하루가 지나고 밤이 되었다. 왕자궁을 나선 김양상은 소피아를 찾았다. 지금으로서는 소피아를 만나는 게 유일한 낙이었다. 알리크는 일찍 돌아와 있었다.

"아저씨!"

알리크가 얼른 달려왔다. 그런데 분위기가 침통했다.

"무슨 일이 있느냐?"

때가 때인지라 김양상은 가슴이 덜컹했다.

"출발을 서둘러야 할 것 같아요. 모레 떠나려고 해요."

그렇다면 예상했던 것보다 이르다.

"사정이 심각한 모양이로구나. 무슨 일인지 몰라도 잘 해결되었으면 좋겠다."

알리크의 비감한 표정에서 김양상은 간단치 않은 일이 생긴 것을 직감했다.

"나보다는 소피아가 걱정이에요. 잘못하다가는 국경이 폐쇄될지도 모르는 상황인데 소피아 혼자 남게 되었으니."

알리크가 의젓한 자태로 소피아 걱정을 했다.

"그래서 말인데…."

김양상은 불안해하는 소피아에게 자기 생각을 밝히기로 했다.

"아직 통행이 막힌 것은 아니니까 소피아가 먼저 떠나는 것은 어떻겠소? 대상들을 따라가면 콘스탄티노플로 갈 수 있을 것이오. 여비는 내가 어떻게든 마련해 보겠소. 나는 여건이 마련되면 따라가겠소."

다시는 헤어지지 말자고 다짐했지만 사정이 이러니 어쩔 수 없었다. 김양상이 조심스럽게 소피아의 눈치를 살폈다.

"그건 안 돼요."

소피아가 채 대답하기 전에 알리크가 먼저 나섰다.

"바그다드를 벗어나면 도적떼가 들끓어요. 그리고 대상들 중에는 도적과 한패인 자들도 있어요. 어쩌면 돈만 가로채고 소피아를 도적에게 넘겨버릴지도 몰라요."

알리크의 말을 듣는 순간 김양상은 자신의 생각이 짧았음을 인정했다. 충분히 현실적인 얘기였다. 김양상의 입에서 한숨이 새어나왔다.

그럼 어떻게 해야 하는가.

"이렇게 하면 어떨까요?"

알리크가 조심스럽게 입을 열었다.

"아저씨가 소피아와 함께 가면 어떨까요? 아저씨가 옆에 있으면 대상들도 다른 생각을 하지 못할 것 같은데."

"알리크, 그건 안 돼!"

소피아가 고개를 가로저었다. 김양상은 눈을 감았다. 마음 같아서는 알리크의 말대로 하고 싶었지만 그것은 알 하자드 왕자의 은혜를 배신하는 것이며, 그렇지 않아도 어려운 처지의 당나라 포로들을 더욱 어렵게 만들 것이다.

"소피아."

한참 만에 눈을 뜬 김양상이 무겁게 입을 열었다.

"아무리 궁리해 봐도 조금 더 참고 기다려보는 수밖에 없는 것 같소. 참고 때를 기다리면 반드시 기회가 찾아올 것이오."

"알겠어요."

소피아가 침착하게 대답했다. 방 안에 침묵이 흘렀다. 답답하지만 달리 도리가 없었다.

"또 들르겠소."

무력감이 파도처럼 밀려왔다. 정말 좋은 날이 올까. 영원히 바그다드를 벗어나지 못할 것 같은 불길한 생각을 떨쳐버리기 힘들었다.

"……!"

풀이 죽어 왕자궁에 들어서던 김양상은 흠칫 놀라며 걸음을 멈추었다. 복면을 한 자가 담을 넘으려 했던 것이다.

"누구냐!"

김양상이 소리치며 다가가자 괴한이 얼른 돌아서며 칼을 뽑아들었다. 복면 속의 눈매가 몹시 날카로웠다.

"네놈은 누구기에 감히 왕자궁의 담을 넘으려 하느냐!"

김양상이 호통을 치자 복면 괴한은 주위를 살피더니 슬금슬금 물러섰다. 달려들어 포박하고 싶었지만 칼을 지니고 있기에 섣불리 덤벼들 수가 없었다. 복면 괴한은 김양상을 노려보더니 그대로 어둠 속으로 몸을 날렸다. 행동이 몹시 민첩한 자였다. 알 하자드 왕자의 신변에 무슨 일이 벌어지는 걸까. 그렇지 않아도 며칠 전에 석연치 않았던 일을 겪었던 터였다. 김양상은 검은 구름이 왕자궁으로 밀려오는 느낌을 지울 수 없었다.

7

날이 밝자마자 왕자궁은 벌집을 쑤셔놓은 것 같았다. 이슬람제국의 칼리프 만수르가 왕자궁을 방문한다는 통보가 온 것이다. 칼리프 만수르와 알 하자드 왕자는 사촌지간으로 어려서부터 함께 자란 사이라고 하지만 칼리프가 왕자궁을 방문하는 것은 예삿일이 아니었다. 알 하자드 왕자는 칼리프를 맞는 데 한 치의 소홀함도 없도록 직접 돌아다니며 일일이 살폈고, 왕자궁의 하인들은 구석구석을 닦고 치우느라 하루 종일 정신이 없었다. 그러는 사이에 칼리프가 왕자궁에 당도할 시각이 되었다.

김양상과 석연당은 왕자궁 호위병들과 함께 궁성 외곽 경비를 맡았다. 내궁 경비는 칼리프의 궁성수비대가 직접 관장하기로 되어 있었다.

"왜 갑자기 칼리프가 오는 겁니까?"

배당 구역에 이르자 석연당이 새삼 궁금증을 드러냈다.

"글쎄, 칼리프와 왕자는 어릴 적부터 친하게 자란 사이라고 하니 특별한 이유가 없더라도 들르지 않겠느냐."

그 이상 알 수도, 알 필요도 없는 상황이다. 그저 맡은 구역만 지키면 될 것이다.

"저기 궁성수비대가 오고 있소."

석연당의 말대로 한 무리의 군마들이 흙먼지를 일으키며 이쪽으로 다가오고 있었다. 내궁 경비를 관장하기 위해서 칼리프에 앞서 도착한 것이다. 김양상과 석연당은 한쪽으로 물러섰고 궁성수비대는 위풍당당하게 왕자궁으로 들어섰다.

"……?"

대체 얼마나 대단한 존재인가. 호기심에서 살짝 고개를 들고 궁성수비대를 살피던 김양상은 고개를 갸우뚱했다. 선두에서 말을 몰고 있는 자의 눈매가 왠지 낯설지 않았던 것이다. 날카로운 저 눈매를 분명 어디선가 봤는데….

'앗!'

김양상은 하마터면 비명을 지를 뻔했다. 퍼뜩 어젯밤 복면 괴한의 싸늘한 눈초리가 떠올랐던 것이다. 그렇다면 왕자궁을 엿보던 자가 궁성수비대의 지휘관인가. 칼리프의 돌연한 방문은 아무래도 예사 방문이 아닌 것 같았다.

"왜 그래요?"

뭔가 이상한 낌새를 눈치챘는지 석연당이 물었지만, 김양상은 아무

대답을 하지 않았다. 왠지 그날 왕자궁으로 잠입했던 정체불명의 남자와 관련이 있을 것 같은데 도대체 알 하자드 왕자는 어디까지 아는 것일까. 혹시라도 왕자가 위험에 빠지는 일이 생기지나 않을까. 김양상은 머릿속이 복잡했다.

마침내 칼리프가 왕자궁에 당도했다. 알 하자드 왕자는 환하게 웃으며 이슬람제국의 지배자를 영접했고 두 사람은 다정한 모습으로 함께 내궁으로 들어갔다. 소문대로 의좋은 사촌형제 같았다. 김양상은 제발 아무 일이 없기를 빌었다.

"다행이오. 갑자기 칼리프가 온다고 해서 긴장했는데."

석연당이 안도의 숨을 내쉬었다. 칼리프가 돌아갈 때까지 계속해서 경비를 서야 하지만 내궁 경비는 궁성수비대가 관장할 것이니 외궁 경비는 이제 크게 신경 쓰지 않아도 좋을 것이다.

"자리를 지키고 있거라. 잠깐 가볼 데가 있다."

김양상은 어제의 일이 못내 마음에 걸렸다.

"어디를 가려고 그러시오? 그 여인에게 가는 거라면 지금은 때가 아닌 것 같소."

석연당이 지레 짐작하고 김양상을 말렸다. 김양상은 염려하지 말라고 손짓하고는 내궁으로 걸음을 옮겼다. 내궁 경비는 예상대로 삼엄했다. 궁성수비대가 경비를 담당하면서 왕자궁 호위대 대장도 안으로 들어가지 못하고 밖에서 기웃거리고 있었다. 왕자가 궁성수비대에게 감금된 것 같은 느낌조차 들었다.

괜히 저들에 눈에 띄어서 좋을 게 없다. 김양상은 왕자의 서재로 걸음을 돌렸다. 뭔가 범상치 않은 일이 벌어지는 게 틀림없는데 왠지 그때의 일과 관련이 있을 듯한 예감을 떨쳐버릴 수 없었다.

"……?"

김양상은 흠칫 놀라며 걸음을 멈추었다. 누가 왕자의 서재를 엿보고 있었던 것이다.

"누구냐!"

김양상이 눈을 부릅뜨고 다가갔다. 누구기에 감히 왕자의 서재를 엿보는가. 그곳은 왕자 외에는 출입이 금지된 곳이다. 김양상이 다가가자 그자가 천천히 고개를 돌렸다.

"당신은…."

김양상은 깜짝 놀랐다. 궁성수비대장이었다.

"나는 궁성수비대장 오마르다. 칼리프 경호 문제로 여기를 살피던 중이다."

궁성수비대장이 차가운 눈빛으로 김양상을 쏘아보았다. 바로 어젯밤의 그 눈빛이었다.

"궁성수비대장이라고 해도 그곳은 왕자님의 허락 없이는 들어갈 수 없소."

김양상은 궁성수비대장의 앞을 가로막았다.

"칼리프의 경호와 관련된 일이라고 하지 않았느냐!"

궁성수비대장이 호통을 쳤다.

"외궁 경비는 왕자궁에서 맡게 되어 있소. 하면 내가 같이 살피겠소."

김양상은 순순히 물러서지 않았다.

"왕자님께서 당나라 포로를 연락관으로 두고 있다는 얘기는 들었다.

제법 총명한 자라고 하던데 헛소문이 아니었군."

궁성수비대장은 비아냥거렸지만 그 이상 고집을 부리지는 않았다. 김양상의 말을 반박할 구실이 군색했던 것이다. 궁성수비대장은 휑하니 자리를 떴고 혼자 남은 김양상은 혼란에 빠져들었다. 도대체 알 하자드 왕자에게 무슨 일이 생긴 걸까. 설마 왕자가 모반이라도 꾀하는 것일까. 상상만으로도 김양상은 가슴이 철렁했다. 당나라 포로들, 특히 김양상에게 우호적인 알 하자드 왕자의 신변에 변고가 생기면 송환은 더욱 어려워질 것이다.

그러나 속단은 금물이다. 분명한 것은 칼리프의 갑작스런 행차가 왕자의 서재를 살필 구실이라는 사실이다. 김양상의 눈길이 서재로 향했다. 저 안에 무엇이 있기에 칼리프까지 나섰을까. 느낌이 그래서일까. 김양상은 마치 서재 안에서 누가 자기를 살핀다는 기분을 떨쳐버릴 수 없었다.

칼리프는 어두워질 무렵에 왕자궁을 떠났고 아침부터 부산을 떨었던 왕자궁 사람들은 진이 빠져서 일찌감치 잠자리를 찾았다. 그렇지만 김양상은 여전히 긴장을 풀지 못했다. 불길한 예감이 떠나지 않은 것이다. 왕자는 궁성수비대 지휘관이 서재를 몰래 살피려던 일을 모를 것이다. 김양상은 아무래도 보고해야겠다고 판단하고 몸을 일으켰다.

"무슨 일이냐!"

내궁에 이르자 호위병이 다가왔다.

"왕자님께 긴히 고할 말이 있소."

"저하께서는 지금 외궁 서재에 계시다."

왕자가 수시로 김양상을 불렀기에 호위병은 더 묻지 않고 알 하자드

왕자가 있는 곳을 가르쳐주었다. 외궁 서재라면 아까 궁성수비대장이
뭔가를 살피던 곳이다.

"왕자님께 보고드릴 일이 있소."

웬일일까. 왕자궁 호위대장이 직접 서재를 지키고 있었다.

"아무도 들이지 말라 하셨으니 내일 다시 오라."

호위대장이 고개를 가로저었다. 왕자가 아무도 들이지 말라고 했기
에 도리가 없었다.

"들어오너라. 그렇지 않아도 찾으려던 참이었다."

김양상이 걸음을 돌리려 하는데 문이 열리면서 알 하자드 왕자가 모
습을 드러냈다. 김양상은 자신을 보는 왕자의 눈에서 뭔가 심상치 않은
일이 벌어지고 있음을 직감하며 서재로 들어섰다.

"……!"

예상했던 대로 서재에는 선객先客이 있었다. 예리한 눈매로 김양상
을 쏘아보는 선객은 천으로 팔을 동여매고 있는 것으로 봐서 부상을 당
한 모양이었다. 김양상은 직감적으로 전에 현장감독관이 말했던 부상
을 당한 매가 이 사람을 지칭하던 것임을 알아챘다. 짐작건대 이 사람
이 그날 내궁을 침입했던 자며 궁성수비대에서 찾는 사람일 것이다. 김
양상은 낯선 남자를 찬찬히 살폈다. 나이는 알 하자드 왕자와 비슷해
보였는데 숨어 지내는 처지인데도 풍채에서 위엄이 저절로 느껴졌다.

"자네가 말한 사람인가? 과연 인상이 범상치 않군."

정체불명의 남자가 입을 열었다. 알 하자드 왕자에게 자네라고 하는
걸로 봐서 대단한 신분의 남자인 모양이었다.

"아까 알 히크마에 들렀다가 두환에게서 들었소. 당신은 동쪽에서

온 왕족이라고."

갑자기 알 하자드 왕자가 김양상에게 예를 표했다.

"어쩐지 다른 당나라 사람들과는 다르다고 생각했지만… 그동안 무례를 범한 것이 있으면 너그럽게 헤아려주시오."

"무슨 말씀을… 왕자님의 호의에 늘 감사하고 있습니다."

김양상은 진심이었다.

"그리 말씀해주니 고맙소. 내 오랜 친구 압둘 라흐만을 소개하겠소."

왕자는 웃음 가득한 얼굴로 김양상에게 낯선 인물을 소개했다. 김양상은 압둘 라흐만에게 예를 표했고, 압둘 라흐만도 정중하게 답례했다.

"아까 궁성수비대장이라는 자가 이곳을 은밀히 정탐하고 있었습니다. 그런데 그자는 어젯밤에도 왕자궁을 살핀 적이 있습니다."

김양상은 이제까지의 일을 소상하게 왕자에게 이야기했다. 전후를 정리해보면 왕자는 압둘 라흐만을 숨겨주고 있고 칼리프와 궁성수비대장은 그를 추적하는 중이다. 도대체 압둘 라흐만이 누구이기에 왕자는 위험을 무릅쓰면서 그를 보호하고, 칼리프가 알 하자드 왕자궁을 방문하면서까지 그를 찾으려는 걸까. 김양상은 호기심을 누르며 왕자의 대답을 기다렸다.

"알고 있었소."

알 하자드 왕자는 크게 놀라지 않았다.

"오마르가 냄새를 맡은 이상 절대 그냥 넘어가지 않을 것이네. 무리가 따르더라도 빨리 움직이는 게 좋겠네."

왕자가 압둘 라흐만에게 말했다.

"그리하겠네. 자네의 우정은 죽어서도 잊지 않을 것이네."

압둘 라흐만이 알 하자드 왕자의 손을 꼭 잡았다.

"당신에게 부탁이 있소."

왕자가 굳은 표정으로 지켜보는 김양상에게 고개를 돌렸다. 김양상은 긴장이 되었다. 일찍이 왕자가 이렇게 심각한 표정을 지은 것을 본 적이 없었다.

"칼리프와 나, 그리고 압둘 라흐만은 쿠라이시 학당에서 함께 공부했던 사이였소."

쿠라이시 학당은 이슬람제국의 정예 전사를 양성하는 기관으로 알 하자드 왕자는 사촌 만수르와 쿠라이시 학당에서 동문수학했다는 얘기는 김양상도 알고 있었다. 그때 압둘 라흐만도 함께 있었던 모양이다. 김양상은 잠자코 듣기로 했다.

"쿠라이시 학당 시절 우리 셋은 둘도 없는 친구였고, 생사를 함께하기로 맹세한 사이였지요."

그런데 무슨 일이 있어서 이렇게 서로 쫓기고 쫓는 사이가 되었을까. 김양상은 점점 호기심이 일었다.

"칼리프와 나는 아바스 가문이고 압둘 라흐만은 우마이야드 가문이오. 쿠라이시 학당 시절 압둘 라흐만은 '쿠라이시의 매'로 불리었소. 쿠라이시 학당 최고의 전사라는 의미지요."

쿠라이시 학당 제일의 전사라면 가히 이슬람 제일의 전사일 것이다. 김양상은 입을 굳게 다문 압둘 라흐만을 살피며 헛된 별칭이 아니라는 느낌을 받았다.

"당시 칼리프는 우마이야드 가문이었기에 압둘 라흐만은 왕자 신분이었고 나와 지금의 칼리프 알 만수르는 그냥 귀족일 뿐이었소. 그 이후의 일은… 당신이라면 충분히 짐작하리라 믿겠소."

알 하자드 왕자는 만감이 교차하는 듯 지그시 눈을 감았다. 왕자의 말대로 김양상도 전말을 어렵지 않게 짐작할 수 있었다. 칼리프 만수르의 부친인 아불 아바스는 우마이야드 가문으로부터 칼리프 자리를 탈취하면서 우마이야드 가문을 모조리 죽여 버렸다. 압둘 라흐만은 그때 용케 목숨을 보존하고 피신했던 모양이다.

"나는 압둘 라흐만에게 큰 빚을 지고 있소. 쿠라이시 학당 시절에 압둘 라흐만이 내 목숨을 구해주었던 적이 있었소. 그리고 지금 그때의 빚을 갚으려고 하는 중이오."

"부탁이라면…."

김양상은 아연 긴장이 되었다. 예상보다 훨씬 중차대하고 심각한 일을 맡을 예감이 든 것이다.

"상처를 입고 쫓기고 있는 매가 다마스쿠스까지 무사히 날아갈 수 있도록 지켜주시오."

왕자는 간절한 눈빛으로 부탁했다. 김양상은 긴장이 되었다. 칼리프로부터 쫓기는 사람을 보호하는 것이 얼마나 위험한 일인지는 길게 생각할 필요도 없다. 어쩌다 이런 일에…. 방 안은 터질 듯한 긴박감이 흘렀다.

그러나 숨 막힐 듯한 긴장은 오래가지 않았다. 김양상은 간절한 얼굴로 자기를 쳐다보는 알 하자드 왕자와 눈을 감은 채 아무 말이 없는 압둘 라흐만에게 차례로 눈길을 주고는 분명한 어조로 대답했다.

"알겠습니다. 기필코 상처 입은 매를 다마스쿠스까지 안전하게 호송하겠습니다. "

어려움에 처한 사람을 보고 외면한 적이 없는 김양상이다. 하물며 왕자가 신신당부하는 마당이다. 더 이상 주저할 이유가 없었다.

"고맙다. 당신은 꼭 내 부탁을 들어줄 거라 믿고 있었소. "

알 하자드 왕자가 김양상의 손을 힘껏 잡았다. 눈을 뜬 압둘 라흐만은 고마움을 가득 담은 눈길로 김양상을 바라보았다.

"이제부터 당신은 자유의 몸이오. 일을 마치거든 당신 가고 싶은 곳으로 가시오. "

왕자는 김양상이 바그다드로 돌아올 필요가 없음을 선언했다. 이제 김양상은 자유인으로 아무런 부담 없이 바그다드를 떠나게 된 것이다.

"오마르는 무서운 자요. 그가 노리고 나선 이상 무사히 빠져나가는 것이 쉽지 않을 것이오. 어쩌면 벌써 바그다드를 빠져나가는 문이 통제되고 있을지도 모르겠소. "

"그가 예사 인물이 아니라는 것은 잘 압니다. 하지만 반드시 압둘 라흐만 님을 다마스쿠스까지 무사히 호송하겠습니다. "

"고맙소. 다마스쿠스에 가면 압둘 라흐만의 수하가 기다리고 있을 것이오. 수하에게 압둘 라흐만을 인계하는 것으로 당신의 임무는 끝나오. "

왕자는 다시 한 번 김양상을 손을 꼭 잡았다.

"두환에게 들었소. 당신이 왜 안서절도부의 군병이 되었는지를. 꼭 뜻을 이루도록 하시오. "

"감사합니다. 기필코 왕자님의 은혜에 보답하겠습니다. "

이제 헤어지면 다시는 알 하자드 왕자를 보지 못하게 될 것이다. 김양상은 그의 손을 힘껏 잡으며 진심으로 감사의 마음을 전했다.

바빌론

1

지평선 위로 해가 솟아오르면서 끝없이 펼쳐진 평원이 눈앞에 전개되었다. 알리크와 함께 주위를 살피던 김양상이 뒤를 돌아보며 손짓을 보내자 압둘 라흐만과 석연당, 그리고 소피아가 얼른 두 사람이 있는 곳으로 말을 몰았다.

"다행히 추격하는 자들은 없는 것 같지만 그래도 경계를 늦추면 안 된다. 알리크, 네가 앞에서 길을 안내해라. 그리고 연당이는 후미 경계를 맡고."

"알겠소. 뒤는 걱정하지 마시오."

석연당이 호기롭게 대답하며 뒤로 물러섰다. 김양상은 일행을 돌아보고는 알리크에게 출발 신호를 보냈다. 저들이 쫓아오기 전에 최대한 멀리 벗어나야 한다. 5필의 말은 먼지를 일으키며 평원을 질주했다.

김양상은 옆에서 나란히 말을 달리는 소피아를 보면서도 쉽게 믿어지지가 않았다. 이렇게 함께 떠나게 될 줄이야. 이제 알 하자드 왕자와

의 약조를 지킨 다음에 소피아와 함께 콘스탄티노플로 가면 된다. 왕자
는 석연당도 데리고 갈 것을 허락했다.

'여기를 떠나게 되었습니다. 나중에 장안으로 돌아가거든 이것을 천
복사의 혜초대사에게 전해주십시오.'

김양상은 틈틈이 기록해두었던 서역 여행기를 두환에게 맡겼다.

'정말 잘되었습니다. 내가 반드시 혜초대사에게 전달할 테니 이 일은
걱정하지 마십시오.'

두환은 자기 일처럼 기뻐했다.

'김공, 먼 길에 어려움이 많을 것입니다. 부디 몸조심하십시오.'

두환은 김양상의 무사를 빌어주었다. 그것으로 혜초대사와의 약조
는 지킨 셈이다. 이제 알 하자드 왕자와의 약조를 지킨 후에 소피아와
함께 콘스탄티노플로 가면 된다.

와중에 알리크와 함께 떠나게 된 것은 커다란 행운이었다. 바그다드
를 빠져나가는 성문에는 이미 삼엄한 검문이 펼쳐지고 있었다. 검문을
피해서 바그다드를 빠져나가려면 남쪽으로 우회해야 하는데 바빌론 평
원으로 통하는 남쪽은 늪지여서 길을 모르는 사람이 발을 들였다가는
빠지기 십상이었다. 그쪽 지리를 잘 아는 알리크의 길 안내를 받은 일
행은 별다른 어려움 없이 늪지대를 빠져나올 수 있었다.

늪지대를 벗어나자 갈대숲 사이로 유프라테스 강이 도도히 흘렀고
강변에는 무화과나무들이 바람에 나부끼고 있었다. 이대로 계속 강을
따라 하루를 더 남하하고 그곳에서 알리크와 헤어진 후에 서쪽으로 방
향을 틀어 다마스쿠스로 향하면 된다.

추격대가 없음을 확인한 김양상은 잠시 쉬어가기로 하고 말에서 내

렸다.

"무사히 빠져나온 것 같군요."

압둘 라흐만이 김양상에게 다가왔다.

"그런 것 같습니다. 그런데 상처는 어떻습니까."

"거의 다 아물었습니다."

압둘 라흐만이 웃으며 몸을 움직여 보였다. 다행이었다. 김양상은 그의 강인한 눈매를 보며 그가 왜 쿠라이시의 매라는 별칭을 얻게 되었는지 이해가 되었다.

"다마스쿠스로 간 다음에는 어떻게 할 계획입니까?"

압둘 라흐만을 다마스쿠스까지 데리고 가서 수하에게 인계하는 것으로 김양상의 임무는 끝이다. 그럼에도 압둘 라흐만이 걱정되었다. 사방천지 이슬람제국의 통치력이 미치지 않는 곳이 없었다.

"대학살 때 아들과 동생을 잃었지요. 나는 간신히 목숨을 건졌지만 4년 동안 이리저리 쫓겨 다니며 내일을 기약할 수 없는 삶을 살아야 했습니다."

압둘 라흐만의 눈에 증오심이 스치고 지나갔다.

"하면, 복수할 겁니까?"

압둘 라흐만의 심정을 이해하지 못하는 바는 아니지만 대세는 이미 아바스 가문으로 기울었다. 이제 와서 복수하겠다는 것은 섶을 지고 불 속으로 뛰어드는 꼴이다.

"당신이 무슨 생각을 하는지 잘 압니다. 걱정할 필요 없습니다. 복수는 복수를 낳고 피는 피를 부르는 법. 더 이상 이 땅에 미련을 두지 않기로 했습니다."

압둘 라흐만이 멀리 떠날 뜻을 비쳤다.

"하면, 어디로…?"

함께 지낸 시간은 얼마 되지 않지만 김양상은 그에게 크게 끌렸다. 쫓겨난 왕족이라는 처지와 어려운 여건에서도 비굴함을 보이지 않는 의연함이 동병상련同病相憐의 정을 부른 것이다.

"자발 알 타리크(지브롤터) 해협 너머의 안달루시아(스페인 남부)는 아직 우리 우마이야드 가문이 다스리고 있지요. 그곳으로 가서 새로운 제국을 건설할 작정입니다."

압둘 라흐만도 김양상에게 호의를 보이며 안달루시아의 코르도바라는 곳에서 우마이야드 왕조를 재건할 계획임을 밝혔다.

"알 하자드는 당신은 먼 동쪽에서 온 왕족이라고 하던데 무슨 까닭으로 이곳까지 오셨습니까?"

이번에는 압둘 라흐만이 김양상에게 호기심을 보였다.

"내 나라 신라는 동쪽 먼 곳, 해가 뜨는 땅이지요. 내가 여기까지 오게 된 이유는…."

김양상은 압둘 라흐만에게 서행西行 이유를 간략하게 이야기했다.

"놀랍군요. 알 하자드로부터 비범한 사람이라는 이야기는 들었지만 그런 사연이 있을 줄이야. 꼭 뜻을 이루기를 빌겠습니다."

압둘 라흐만이 크게 감탄했다.

"고맙습니다. 다행히 콘스탄티노플로 갈 수 있게 되었지만 과연 그곳에서 뭘 어떻게 해야 할지 막막할 따름입니다."

천재일우의 기회를 얻어 바그다드를 떠났지만 갈 길은 여전히 멀고 막막하기만 했다. 어쨌거나 여기까지 오면서 겪었던 일들, 수집한 정황들은 모두 콘스탄티노플을 가리키고 있었다. 그렇지만 황금보검의 원주인이 누구인지, 왜 서라벌에 왔는지는 여전히 안갯속이었다.

"콘스탄티노플은 큰 도시입니다. 여러 곳에서 온 많은 사람들이 살고 있지요. 그곳에 가면 단서를 찾을 수 있을 것입니다."

압둘 라흐만이 김양상을 격려했다.

"그리 말해주시니 용기가 솟는군요."

김양상이 미소를 지으며 몸을 일으켰다. 짧은 휴식을 마친 일행은 다시 남쪽을 향해 말을 몰았다. 남쪽으로 우회하는 바람에 예정보다 일정이 빡빡해졌으니 서둘러야 한다. 해가 중천에 뜨자 열기가 몰려왔다.

"바그다드를 무사히 빠져나왔지만 아직 안심할 수는 없어요. 기마순찰대가 언제 나타날지 모르니까요."

길을 안내하던 알리크가 김양상에게 다가왔다.

"알고 있다. 아무튼 네가 없었으면 바그다드를 빠져나오지 못했을 것이다."

알리크와 헤어지려 하니 벌써부터 마음이 아팠다. 짧은 시간이었지만 정이 들었던 것이다.

"꼭 뜻을 이루기를 빌겠어요. 그리고 소피아도 잘 부탁해요."

알리크가 의젓한 목소리로 말했다.

"그래. 너도 잘 지내라. 우리와 헤어지면 고향으로 갈 것이냐?"

"내 고향은 유프라테스 강 하류에 있는 바스라라는 항구도시인데 사정이 있어서 바빌론에 들러야 해요."

바스라는 김양상이 서라벌에 있을 때부터 익히 알던 곳이다. 염포에 들어오는 대식국 상인들은 그곳에서 출항해서 먼 항해 끝에 서라벌에 당도한다고 했다. 그런데 왜 바빌론에…?

"왜? 무슨 일이 생겼느냐?"

김양상은 알리크의 얼굴이 잔뜩 굳어 있는 것을 놓치지 않았다. 그렇지 않아도 알리크가 갑자기 귀향하겠다는 것이 마음에 걸렸던 차였다.

"부족이 전부 바빌론 평원으로 집결하기로 했어요. 그곳에서 중요한 회합이 있을 예정이에요."

중요한 회합…? 아무래도 알리크는 예사 소년이 아닌 것 같았다.

"우리 부족은 대대로 바스라에서 무역업에 종사하며 살았어요. 콘스탄티노플에서 건너온 물건들을 해상에 중계하면서 풍요를 누렸지요."

알리크가 처음으로 자신의 신상에 대해 입을 열었다.

"아버지는 부족 중에서 제일 큰 우르 지파의 족장이셨어요. 그런데 갑자기 우리 부족에 커다란 위기가 닥쳤지요. 아버지는 해결책을 찾기 위해서 급히 바그다드로 가셨다가 피살되셨지요."

"피살이라고? 하면 너는 부친이 살해되는 광경을 목격했느냐?"

피살이라는 말에 김양상은 깜짝 놀랐다. 소피아가 알고 있는 것은 그 다음부터였다.

"직접 보지는 못했지만 피살되신 게 틀림없어요. 그리고 누구의 소행인지도 대충 짐작하고 있어요."

알리크가 족장의 아들이었구나. 어쩐지 기품이 남다르다 했더니. 그런데 피살되었다니…. 김양상은 불길한 예감이 들었다.

"그렇다면 그때 왜 고향으로 돌아가서 대책을 마련하지 않았느냐?"

김양상은 질문을 하면서도 명민한 알리크가 바그다드에 남은 데는 그럴 만한 이유가 있을 것이라 짐작했다.

"명확한 증거 없이 일을 벌였다가는 도리어 나까지 위험해지니까요. 그래서 바그다드에 머물며 확실한 증거를 잡으려 했던 것이지요."

알리크에게 이렇게 신중한 면이 있었는가. 나중에 족장이 되면 틀림없이 부족을 잘 이끌겠지. 어떻게 해야 하나. 조금 더 가면 알리크와 헤어지는데 이대로 혼자 보내도 될까. 김양상은 갈등이 일었다.

"유프라테스 강이 몹시 가물었네요. 아버지는 유프라테스 강줄기가 마르는 것을 크게 경계하셨지요."

유프라테스 강을 물끄러미 들여다보던 알리크가 탄식했다.

"너희 부족은 무역에 종사한다고 했는데 강줄기가 마르는 게 그리 중요하냐?"

김양상은 선뜻 이해가 가질 않았다.

"오래전부터 전해 내려오는 바빌론의 전설과 관련이 있으니까요."

바빌론의 전설이라니…. 김양상은 점점 심상치 않은 예감이 밀려왔다.

"알리크, 하면…."

"소피아를 잘 부탁해요."

김양상이 바빌론까지 동행하겠다는 말을 꺼내려고 하는데 알리크는 김양상의 마음을 읽기라도 한 듯 염려 말라는 미소를 지어 보이고는 자리를 떴다.

"여기 계셨군요."

압둘 라흐만이 김양상이 있는 곳으로 다가왔다.

"하루를 더 강을 따라 남하한 후에 알리크와 헤어질 예정입니다. 그때부터는 우리끼리 가야 하는데 괜찮겠습니까?"

"염려하지 마십시오. 이곳 지리는 잘 알고 있으니까."

압둘 라흐만이 웃으며 대답했다. 상처는 거의 다 아문 것 같았다. 쿠라이시의 매가 제대로 날기만 하면 천군만마를 얻은 것과 진배없을 것이다.

"바빌론은 어떤 곳입니까? 역사가 오랜 땅이라고 들었습니다."

"그렇습니다. 까마득한 옛날에 강대한 제국이 다스리고 있었지요. 지금은 부서진 기둥만이 나뒹구는 폐허로 변했지만."

압둘 라흐만은 왜 그런 걸 묻느냐는 표정을 지었다.

"까마득한 옛날이라면…."

"1,400년쯤 전이지요. 당시 바빌론은 서방 세계를 호령하던 강대한 제국이었습니다."

서역의 땅은 대진국과 안식安息(파르티아), 파사波斯(사산 조 페르시아)를 거쳐 지금은 대식大食(이슬람제국)이 지배한다는 사실은 김양상도 알고 있었다. 그런데 그 훨씬 이전에 강대한 제국이 존재했다니.

"바빌론에 오래된 전설이 있다고 하던데 무엇인지 압니까?"

"전설이라면… 혹시 공중성空中城을 말하는 게 아닌지 모르겠군요. 바빌론제국의 네부카드네자르 왕은 공중에 성을 쌓고 그곳에서 지냈다고 합니다. 공중성은 어느 날 홀연히 사라졌는데 언젠가 다시 나타날 것이란 말이 전해 내려온다고 들었습니다."

공중성이라니. 김양상은 문득 곤륜崑崙의 현포懸圃가 떠올랐다. 중원에도 공중성과 관련된 전설이 있다. 역사가 오랜 곳에는 이런저런 전설이 구전되기 마련이며 전설은 전설일 뿐이다. 김양상은 별일 아닐 거라고 생각하며 애서 마음을 편하게 먹기로 했다.

2

김양상 일행은 바빌론 평원의 여명을 헤치며 부지런히 말을 몰았다. 바그다드를 탈출한 후 두 번째 맞는 새벽이었다. 낮 동안에 대추야자 그늘에서 휴식을 취했지만 밤새 말을 달린 후여서 일행은 몹시 지쳐 있었다. 말 타는 게 서툰 소피아가 제일 힘들어 했다. 반면에 우려했던 압둘 라흐만은 기력이 회복되었는지 몸놀림이 경쾌했다.

"정지!"

한동안 보이지 않던 유프라테스 강이 언덕 아래로 다시 모습을 드러내자 앞에서 달리던 알리크가 신호를 보냈다. 일행은 말을 멈추었다.

"여기서 헤어지는 게 좋겠습니다. 나는 강줄기를 따라 남쪽으로 가겠습니다."

알리크가 작별의 말을 건넸다.

"알리크."

소피아가 알리크에게 다가왔다. 그동안 친남매처럼 서로 의지하고 지냈는데 이제 헤어질 때가 된 것이다.

"소피아, 아저씨와 함께 가니 안심은 되지만 그래도 몸조심하세요."

알리크가 소피아를 꼭 껴안았다.

"너야말로 몸조심해라. 왠지 자꾸 불길한 생각이 드는구나."

김양상은 석별의 정을 나누는 두 사람을 보며 압둘 라흐만에게 다가갔다. 과연 압둘 라흐만이 길을 잘 찾을까. 사방을 둘러봐도 메마른 평원밖에 눈에 들어오는 것이 없었다.

"괜찮겠습니까? 보이는 것이라고는 지평선밖에 없는데."

"하늘에 태양이 있고 땅에 유프라테스 강이 흐르는 한, 방향을 잃지 않을 것이니 염려하지 마십시오."

압둘 라흐만이 웃으며 대답했다.

"그런데 다마스쿠스까지는 얼마나 걸립니까?"

"일단 팔미라로 갈 것입니다. 사흘이면 도착할 수 있는 곳이지요."

"팔미라?"

처음 들어보는 지명이었다.

"내가 태어난 곳이지요. 시리아 사막 한가운데 있는 작은 도시인데 그곳에 도착하면 내 수하들이 기다리고 있을 겁니다. 수하를 만난 후에 다마스쿠스로 가서 배를 타고 코르도바로 떠날 것입니다. 당신 일행에게는 콘스탄티노플로 가는 배를 주선하겠습니다. 아무튼 팔미라에 도착하면 나머지는 내가 알아서 처리하겠습니다."

여유를 되찾은 압둘 라흐만에게서 이슬람 최고 전사의 면모가 엿보였다. 머지않아 그와도 이별해야 할 것이다. 김양상은 알리크와 석별의 정을 나누는 소피아에게 눈길을 돌렸다. 여기까지 오는 동안에 참으로 많은 사람과 만났고 헤어졌지만 소피아와는 결코 헤어지지 않으리라 다짐했다.

"형! 저쪽에!"

한 걸음 물러서 있던 석연당이 깜짝 놀라며 김양상을 불렀다. 고개를 돌리니 한 무리의 기마가 모래바람을 일으키며 평원을 질주하고 있었다.

"부족민이 마중 나온 모양이에요. 회합에 맞춰 돌아올 것이라고 말해두었거든요."

알리크가 본능적으로 경계심을 발동하는 김양상을 보며 몸을 숨기지 않아도 된다고 했다.

"이쪽이다!"

알리크가 손짓하자 기마대는 전진을 멈추었고, 그중 일부가 이쪽을 향해 빠른 속도로 다가왔다. 그런데 예감이 좋지 않았다. 움직임이 마중을 나온 무리 같지 않았던 것이다.

"엇!"

석연당이 비명을 질렀다. 빠른 속도로 다가오는 기마대는 일대를 순시 중이던 이슬람제국 기마순찰대였다. 그만 방심했던 것이다. 피할 틈이 없었다. 기마순찰대는 삽시간에 일행을 에워쌌다. 압둘 라흐만은 얼굴이 백지장이 되었다.

"너희들은 무얼 하는 자들이기에 이른 새벽부터 평원을 서성이느냐? 여기는 대상들이 다니는 길목도 아닌데."

달려온 순찰대는 3명이었는데 조장이 눈을 부라리며 일행을 문초했다.

"우리는 바스라에 사는 상인들인데 그만 길을 잃고 헤매다 이리로 오게 되었습니다."

알리크가 임기응변으로 둘러댔지만 조장은 쉽게 넘어갈 것 같지 않았다. 그렇지 않아도 근자 들어 바빌론 평원에 흩어져 사는 부족들의 움직임이 심상찮다는 정보를 입수한 터였다. 조장은 의심 가득한 눈길로 일행을 살펴보았다. 저들이 혹시 압둘 라흐만을 알아보면 어떻게 하나. 김양상은 가슴이 조마조마했다. 그러나 정작 그들의 눈에 띈 것은 김양상 자신이었다.

"너는 당나라 사람 같은데 왜 여기에…? 혹시 도주한 포로 아니냐?"

기마순찰대 조장이 눈을 부릅뜨고 김양상을 노려보았다. 어떻게 해야 하나. 상인이라고 하면 통행증을 보자고 할 것이다. 소피아는 하얗게 질려서 뒤로 처져 있었다.

"수상하다. 연행해서 조사하겠다."

조장이 앞장설 것을 명했다. 이제 달리 도리가 없게 되었다. 김양상이 석연당에게 눈짓을 보냈다. 압둘 라흐만도 무슨 뜻인지 눈치를 채고 고개를 끄덕였다.

"앗!"

기습을 당한 순찰대 조장이 비명을 지르며 말 아래로 떨어졌다. 설마 대항할 줄 몰랐기에 방심했던 것이다. 순찰대가 허둥대는 사이에 김양상과 압둘 라흐만은 칼을 빼들었고 어느 틈에 장창을 꺼내든 석연당과 함께 달려드는 순찰대를 막아섰다.

"알리크, 빨리!"

알리크가 김양상의 말을 알아듣고 소피아와 함께 말을 몰며 도주했다.

"우리도 피합시다."

두 명의 순찰대원에게 위협을 가한 김양상과 석연당, 그리고 압둘 라흐만은 얼른 말 머리를 돌렸다. 저 앞에서 소피아와 알리크가 부지런히 달아나고 있었다. 무사히 빠져나갈 수 있을까. 순찰대는 언덕 위에서 지켜보고 있는 자들까지 합치면 10명에 달했다.

죽을힘을 다해 달아나는 5필의 말과 황급히 추격에 나선 10필의 말로 인해서 평원은 일시에 먼지로 뒤덮였다. 몸을 숨길 곳이 없는 평원에서 달아나는 데는 한계가 있다. 그렇다면 대적을 해야 하는데 셋이서

10명을 상대해야 할 판이었다.

"내가 시간을 끌 테니 그동안에 일행을 데리고 먼 곳으로 달아나라."

김양상이 석연당에게 지시했다.

"안 될 말이오. 형 혼자 저들을 상대할 수도 없으려니와 여기서 헤어지면 다시 만나기 힘들다는 것을 형도 잘 알 것 아니오."

석연당이 말 머리를 돌리려는 김양상을 만류했다. 석연당 말이 틀린 것은 아니지만 지금 나중을 생각할 여유가 없었다. 압둘 라흐만의 정체가 밝혀지면 알 하자드 왕자도 무사하지 못할 것이다.

"앗!"

소피아가 비명을 지르며 나뒹굴었다. 순찰대가 날린 화살이 소피아가 탄 말에 명중한 것이다. 이렇게 되면 선택의 여지가 없다. 김양상은 맞서 싸우기로 하고 말 머리를 돌렸다.

"나도 싸우겠습니다."

"달리 도리가 없군요."

석연당이 말 머리를 돌리자 압둘 라흐만도 합류했다.

"알리크, 소피아를 돌보고 있어라."

김양상은 그 말을 남기고 기마순찰대를 향해 돌진했다. 석연당과 압둘 라흐만도 뒤를 따랐다. 평원에서 격전이 벌어졌다. 설마 대적할 줄 몰랐던 기마순찰대는 처음에는 세 사람의 기세에 밀렸지만 곧 반격에 나서면서 전세는 세 사람에게 불리하게 전개되었다. 수적으로 열세인데다 상대는 이슬람제국의 정예부대인 기마순찰대였기에 김양상과 석연당, 압둘 라흐만은 차츰 밀렸고 소피아를 뒤에 태운 알리크는 불안한 눈길로 싸움을 지켜보았다.

"안 돼!"

순찰대원 한 명이 반월도를 휘두르며 알리크에게 달려들었다. 김양상은 얼른 말 머리를 돌려 그를 막아섰다. 순찰대원은 맹렬한 기세로 덤벼들었지만 김양상의 적수가 되지는 못했다. 김양상의 반격을 받은 순찰대원은 비명을 지르며 말에서 떨어졌다. 그렇지만 김양상이 자리를 비운 사이에 기마순찰대가 일행의 퇴로를 차단해버렸다.

"이제 어떻게 하지요?"

석연당이 숨을 거칠게 몰아쉬며 물었다. 어떻게 할 것인가. 김양상이 압둘 라흐만을 쳐다보자 압둘 라흐만은 당신의 결정에 따르겠다는 듯 고개를 끄덕였다. 어쨌거나 저들이 아직 압둘 라흐만을 알아보지 못한 것은 분명했다. 세 사람의 실력을 알아본 기마순찰대가 섣불리 달려들지 못하면서 평원에 잠시 적막이 감돌았다. 달리 도리가 없다면 죽기 살기로 달려들어서 이 위기를 헤쳐 나가는 수밖에 없을 것이다. 김양상이 비장한 각오로 두 사람을 쳐다보자 석연당과 압둘 라흐만은 결전의 의지를 불태우며 천천히 기마수비대에게 다가갔다.

"……!"

저 멀리서 모래 먼지가 거세게 일어나고 있었다. 제법 상당한 수의 기마가 이쪽으로 달려오는 모양이었다. 원병이 달려온 것일까. 그렇다면 절망이다. 김양상은 온몸에서 힘이 빠져나가는 것을 느꼈다.

"엇!"

어찌된 영문일까. 화살이 기마순찰대를 향해 날아들었다. 갑자기 화살 세례를 받은 기마순찰대는 허둥대더니 일제히 퇴각했다.

"우리 부족이에요!"

알리크가 소리치며 달려오는 무리를 향해 손을 흔들었다. 구사일생으로 목숨을 건진 것이다. 석연당도, 압둘 라흐만도 죽었다 살아난 표정으로 한숨을 내쉬었다. 소피아는 말에서 떨어졌지만 크게 다친 데는 없었고 압둘 라흐만은 얼굴이 창백했지만 조금 쉬면 정상으로 돌아올 것 같았다. 불행 중 다행이었다.

"알리크, 네게 신세를 져야 하겠다. 소피아가 말을 잃어버렸으니."

김양상은 손을 뻗어 소피아를 뒤에 태웠다.

"염려마세요. 말을 내드릴 테니."

알리크가 호기 있게 대답했다. 먼지를 일으키며 다가온 사람들은 알리크의 말대로 그의 부족이었다.

"늦었구나. 하마터면 이슬람 기마순찰대에게 당할 뻔했다."

알리크는 부족장의 아들답게 늠름한 자태로 사람들을 맞았다. 바그다드 뒷골목에서 환술을 벌이며 생계를 유지하던 아이라고는 전혀 상상되지 않을 만큼 의연한 태도였다.

"네게르헷살 님께서 모시고 오라고 하셨습니다."

그런데 무슨 까닭일까. 반색하는 알리크와는 대조적으로 부족 사람들은 잔뜩 굳은 표정이었다. 부족에게 무슨 일이 생긴 것일까. 하지만 알리크의 신세를 질 수밖에 없는 입장이다. 김양상은 불길한 생각을 떨쳐버리며 그들의 뒤를 따랐다.

"왠지 분위기가 심상치 않습니다."

압둘 라흐만도 눈치를 챘다.

"나도 같은 생각입니다. 그런데 바빌론 일대는 아직 치안이 확보되지 않았습니까? 다행히 위기를 벗어났지만 알리크의 부족이 이슬람 기마순찰대를 공격할 줄은 몰랐습니다."

"우리 우마이야드 가문은 주변의 부족들을 관대하게 다뤘습니다. 공물만 바치면 내치와 고유의 신앙에 대해서 관여하지 않았으니까요."

압둘 라흐만이 김양상에게 차분하게 설명해주었다.

"그런데 아바스 가문은 이슬람에 복종할 것을 강요했지요. 대부분 고개를 숙였지만 일부는 복종을 거부하고 이슬람제국에 저항하고 있습니다."

그렇다면 알리크의 부족은 이슬람제국에 반기를 들었단 말인가. 혹시 중요한 회합이라는 것이 그와 관련된 것이 아닐까. 김양상은 제발 아무 일도 없었으면 하는 마음으로 알리크의 뒤를 따랐다. 뒤의 소피아나 묵묵히 따라오는 석연당도 같은 심경이리라.

"유프라테스 강의 줄기가 많이 약해졌군요. 이렇게 마른 적이 없었던 것 같은데."

압둘 라흐만이 심각한 얼굴로 강줄기를 쳐다보았다.

"알리크는 유프라테스 강이 마르는 것은 불길한 징조라고 했습니다. 전설과도 관련이 있다고 했습니다. 당신은 무슨 의미인지 아십니까?"

"글쎄요…. 아마도 부족 고유의 신앙과 관련이 있지 않겠습니까?"

압둘 라흐만도 그 이상은 모르는 것 같았다. 모래 언덕을 몇 개 넘고 강줄기를 따라 한참을 내려가자 평원에 늘어선 천막이 눈에 들어왔다. 부족민들이 모두 집결했는지 상당히 많은 사람들이 눈에 들어왔다.

"내가 돌아왔다!"

알리크가 소리치며 그들을 향해 말을 몰았다. 김양상 일행도 알리크의 뒤를 따랐다.

사람들이 일시에 알리크 주위를 에워쌌다. 그런데 오랜만에 나타난 부족장의 아들을 보며 그들은 별로 반가워하지도 않았다. 부족민들은 김양상 일행에게서 경계의 눈초리를 거두지 않았다.

"어째 환영받지 못하는 것 같소."

석연당이 투덜대는데 신관 차림의 늙은 남자가 매의 눈을 하고서 일행을 향해 천천히 걸어왔다.

"내가 돌아왔소. 네게르헷살."

알리크가 당당하게 외치며 앞으로 나섰다.

"왜 너 혼자지? 족장은 어디에 있느냐?"

신관이 잡아먹을 듯 험한 표정으로 알리크를 노려보았다. 유목민들 중에는 부족을 이끄는 족장과 제사를 주관하는 신관이 알력을 빚는 경우가 항용 있다. 짐작건대 신관과 알리크의 부친은 사이가 좋지 못했고, 알리크의 부친이 없는 동안에 신관이 부족민들을 관장한 것 같았다.

"저자가 부족을 이끌고 있는 모양인데 선뜻 말을 내줄 것 같지 않소."

석연당이 중얼거렸다.

"아버지는 바그다드에서 세상을 떠나셨소. 따라서 관례에 따라 내가 족장의 지위를 계승하겠소."

알리크는 당당하게 말했다. 부족민들은 잔뜩 굳은 표정으로 알리크와 신관의 대화를 지켜보았다.

"닥쳐라! 부족을 팔아먹으려던 자가 무슨 족장이냐! 바그다드에서 죽었다고? 왜 홍정이 잘되지 않은 모양이지? 대체 무슨 면목으로 돌아왔나! 그리고 저자들은 또 뭐냐? 호위무사라도 데리고 온 것이냐!"

신관 네게르헷살이 버럭 소리를 질렀다.

"신관은 대체 무슨 소리를 하는가! 누가 부족을 팔아먹었다는 것인가! 아버지는 부족의 멸망을 막기 위해 바그다드로 가셨다. 아버지께서 분명히 말씀하셨다. 헛된 꿈을 버리지 않으면 멸망을 피하지 못할 것이라고!"

알리크는 부족 사람 모두가 들으라는 듯 큰 소리로 외쳤다.

"알리크의 부친은 이슬람제국과 협상하기 위해 바그다드로 갔다가 목숨을 잃은 모양이로군요. 그런데 왜 신관은 이슬람제국과 협상하는 것을 반대할까요?"

석연당이 물었다.

부족의 멸망과 협상, 그리고 헛된 꿈. 김양상은 눈앞에서 벌어지는 장면을 지켜보면서 그동안에 무슨 일이 벌어졌는지 조금씩 이해가 되었다.

"이슬람에 복종하면 알라를 믿어야 하는데 대대로 전해 내려오는 토속 신앙을 주관하는 신관은 그것을 받아들일 수 없었겠지요."

압둘 라흐만도 이미 전후관계를 짐작하고 있었다. 어쨌거나 대다수의 부족민들이 신관의 편에 서면서 알리크는 절대적으로 불리한 입장이었다.

"헛된 꿈이라고? 오랜 세월 참고 기다렸던 바빌론제국의 부흥이 목전에 당도했는데 그것이 왜 헛된 꿈인가!"

신관 네게르헷살도 지지 않고 호통쳤다. 네게르헷살은 일행을 잡아먹을 듯 노려보았는데 소피아와 시선이 마주치는 순간 움찔하며 놀라는 것을 김양상은 놓치지 않았다. 주춤했던 네게르헷살은 다시 매의 눈으로 돌아와서 부족민을 향해 큰 소리로 외쳤다.

"머지않아 위대한 네부카드네자르 대왕의 공중성이 재림할 것이다. 그러면 우리 칼데아 족이 다시 세계를 지배할 것이다!"

네게르헷살의 말이 끝나자 부족민들은 일제히 환호성을 질러댔다. 이게 무슨 소리인가. 바빌론 성이 다시 모습을 드러낸다니. 대왕의 공중성이 재림할 것이라니. 알리크는 환호하는 부족민들을 보며 낭패한 표정을 감추지 못했다. 부족민들은 그사이에 신관을 따르고 있었다.

"부족을 팔아먹으려다 실패하고 돌아온 주제에 감히 족장 승계 운운하다니! 바빌론에 도착하거든 마르두크 신전에 희생물로 바칠 것이다! 모조리 감금하라!"

신관의 명령이 떨어지자 부족민들이 일제히 김양상 일행에게 창칼을 겨누며 다가왔다. 석연당이 장창을 휘두르며 부족민을 막아섰지만 중과부적衆寡不敵이었다. 부족민들은 무엇엔가 홀린 듯했다.

"창을 내려놓아라. 일단 시간을 갖고 대책을 마련해야겠다."

김양상은 석연당에게 창을 내려놓을 것을 지시했다. 저항을 포기하자 부족민들이 우르르 달려들었고, 알리크를 포함한 일행은 토굴에 감금되었다.

"괜히 나 때문에 엉뚱한 일에 휘말리게 되었군요. 정말 죄송합니다."

알리크가 사죄했다.

"대략 짐작이 가지만 일의 전말을 소상히 말해줄 수 있겠느냐?"

어이없는 일을 당했지만 이럴수록 침착해야 한다. 대책을 마련하려면 일의 전말을 파악하는 게 우선이라고 김양상은 판단했다.

"일전에 말씀드린 대로 우리 부족은 바스라에서 해상무역을 중계하면서 살았어요."

알리크는 천천히 입을 열었고 일행 모두 귀를 기울였다.

"이전의 우마이야드 왕조는 공물만 바치면 부족의 일에 관여하지 않았지요. 하지만 제국의 주인이 아바스 가문으로 바뀌면서 사정이 달라졌어요. 아바스 왕조는 이슬람에 복종할 것을 요구했어요."

그것은 압둘 라흐만으로부터 들은 바 있었다. 김양상은 고개를 끄덕이며 계속하라고 했다.

"우리 부족은 큰 위기에 봉착했지요. 이슬람제국에게 대항할 수도 없고, 그렇다고 천 년이 넘는 세월 동안 이어온 신앙을 하루아침에 버릴 수도 없고…. 그래서 아버지는 협상을 하러 바그다드로 가셨다가 자객의 손에 돌아가셨어요."

"그 이야기는 일전에도 들었다. 하지만 재물을 노린 도적일 수도 있지 않느냐?"

김양상이 정색을 하고 물었다.

"자객이 틀림없어요."

"근거는?"

분명한 것을 알아야 대책을 세울 수 있다. 알리크에게는 아픈 기억이겠지만 김양상은 꼬치꼬치 묻기로 했다.

"돈이 그대로 남아 있었어요. 그리고 전후관계를 따져보면 아버지가 아는 자의 소행 같았어요."

그렇다면 암살일 가능성이 크다.

"그럼 너는 신관이 보낸 자라고 생각하느냐?"

"그게…."

알리크가 곤혹스러운 표정을 지었다.

"네게르헷살은 사사건건 아버지와 대립했지만 자객을 보내 사람을 해칠 자는 아니거든요."

김양상이 보기에도 네게르헷살은 광분자일 뿐, 음모를 꾸밀 음흉한 인물은 아닌 것 같았다. 그렇다면 알리크도 모르는 음모가 도사리고 있을까. 갈수록 일이 복잡하게 꼬이는 것 같았다.

"그렇다면 너무 서두른 것 아니냐? 확실한 증거를 확보할 때까지 귀향을 미루는 것이 좋았을 텐데."

"그래서 바그다드에 머물며 은밀히 알아보고 있었는데 갑자기 부족회합이 소집되는 바람에…. 곧 부족의 지파들이 모두 바빌론 평원에 모여서 부족의 앞날을 결정할 거예요. 아버지는 이슬람제국과 맞서는 일은 결단코 막아야 한다고 하셨어요."

김양상은 알리크가 서둔 것을 더 이상 책망하지 않기로 했다. 알리크 부친의 말대로 이슬람제국과 맞서는 것은 곧 멸망을 의미한다.

"유프라테스 강이 마르는 것이 왜 불길한 징조라는 것이냐? 네게르헷살은 위대한 네부카드네자르 대왕의 공중성이 재림하면 칼데아 족이 다시 세계를 지배할 것이라고 했다."

"네부카드네자르 왕은 오래전에 바빌론제국을 통치했던 사람입니다."

정상을 되찾은 듯 알리크가 차분한 목소리로 대답했다. 그와 관련해서는 압둘 라흐만으로부터 간략하게 들은 적이 있었다. 김양상은 계속하라는 듯 고개를 끄덕였다.

"대왕의 공중성은 네부카드네자르 대왕이 유프라테스 강변에 세웠던 거대한 성인데 유프라테스 강의 물줄기가 변하면서 강 속으로 잠겼다고 해요. 대왕의 공중성이 다시 나타나면 부족이 세계를 지배할 것이란 전설이 오래전부터 전해오는데 가뭄이 심해지면서 강이 바닥을 드러내자 네게르헷살이 대왕의 공중성이 재림할 것이라며 부족민들을 선동하고 나선 것이지요."

하필이면 부족의 앞날을 결정지어야 할 중차대한 시기에 알리크의 부친이 우려하던 일이 생겼는가. 현실이 두려우면 사람들은 신에 의지하게 마련이다. 김양상은 부족민들이 네게르헷살의 선동에 쉽게 넘어간 것이 이해되었다.

나름대로 정황이 파악되었다. 그렇다면 이제 대책을 마련해야 한다. 김양상은 궁리에 들어갔다.

"이슬람은 저항하지 않는 상대를 해치지 않습니다. 복종을 약속하고 공물을 바치면 해치지 않을 겁니다. 물론 고유 신앙도 인정하고."

압둘 라흐만이 입을 열었다.

"하지만 알리크는 아바스 왕조는 다르다고 했습니다."

"왕조 초기라 우왕좌왕하는 통에 일부 차질이 있었던 것 같습니다. 하지만 곧 제자리를 잡을 것입니다. 이슬람의 근본은 평화와 포용입니다."

원수일 수도 있는 아바스 가문을 옹호하고 나서는 압둘 라흐만에게서 대인의 면모가 느껴졌다.

정황을 취합해보면 알리크의 부친이 자객에게 피살된 게 분명한데 네게르헷살의 소행이 아니라면…. 또 다른 이유로 알리크 부친을 배척하는 무리가 있단 말인가. 하지만 그와 관련해서는 알리크도 아는 바가 없는 것 같았다.

"이상하군요. 뭔가 다른 음모가 있는 것 같습니다."

압둘 라흐만도 같은 견해를 갖고 있었다.

"내 생각도 같습니다."

김양상이 동의했다. 알리크의 부친은 바그다드에 도착하고서 상당한 시일이 지난 후에 피살되었다고 했다. 그렇다면 협상을 시작한 상태에서 변을 당했을 수도 있다.

"어쩌면 바그다드 당국도 그 일과 관련이 있을지 모르겠습니다."

압둘 라흐만도 그 사실을 감지하고 있었다. 단언할 수는 없지만 어쨌거나 아무리 봐도 미쳐 날뛰는 신관이 꾸몄다고 보기에는 사건의 전말이 너무 복잡했다.

"나와라!"

휘장이 걷히면서 무장한 부족민들이 들어서더니 일행을 밖으로 끌어냈다. 밖으로 나오자 두 필의 말이 끄는 함거가 일행을 기다리고 있었다. 알리크와 김양상은 순순히 부족민들의 지시를 따랐고, 나머지 사람들도 차례로 함거에 올라탔다. 부족들은 어느새 철수 채비를 마치고 서둘러 이동하고 있었다. 짐작건대 지파 전체가 모이는 회합장소로 가는 것 같았다.

유프라테스 강은 하류로 내려갈수록 가뭄이 심했다. 강안을 따라 무성하게 자라는 갈대는 밑동을 다 드러냈고, 내리쬐는 햇빛으로 바닥이 쩍쩍 갈라진 곳도 눈에 들어왔다. 알리크의 말로는 3년째 가뭄이 계속되고 있다고 했다. 정말 유프라테스 강의 바닥에서 대왕의 공중성이 모습을 드러낼까. 김양상은 끌려가면서도 궁금증을 억누를 길이 없었다.

3

오마르의 얼굴이 일그러졌다. 어렵게 칼리프로부터 허락받고 알 하자드 왕자의 궁을 수색했는데 아무리 뒤져도 압둘 라흐만을 찾지 못한 것이다. 그럴 리가 없다. 성문이 봉쇄된 마당에 압둘 라흐만이 숨을 곳은 왕자궁밖에 없다. 그런데 압둘 라흐만은 도대체 어디에 있는가. 알 하자드 왕자의 침실까지 뒤진 마당이었다.

"더 수색할 데가 남았느냐?"

알 하자드 왕자가 노기 가득한 음성으로 오마르를 압박했다. 왕자는 틀림없이 칼리프에게 항의할 것이고 그러면 이 일을 주도한 알 카시프 왕자에게 불호령이 떨어질 것이다. 오마르는 알 하자드 왕자와 칼리프 승계를 놓고 경쟁을 벌이는 알 카시프 왕자의 심복이다. 오마르는 입맛이 썼다. 알 하자드 왕자를 엮어 넣을 수 있는 절호의 기회를 놓친 셈이다.

"어떻게 합니까?"

궁정수비대 부장이 사색이 되어 달려왔다. 아무리 수색해도 없다면 철수하는 수밖에 없다. 오마르는 벌레 씹은 표정으로 철수를 명했다.

"철수한다."

풀이 죽은 오마르는 병력을 이끌고 왕자궁을 나섰다. 압둘 라흐만을 잡을 수 있는 절호의 기회를 이렇게 날려 보내고 마는가. 어디로 몸을 숨겼는지는 모르겠지만 아직 바그다드를 빠져나가지 못했을 테니 언젠가는 내 손에 잡힐 것이다. 오마르는 서두르지 않기로 했다.

그렇다면 그동안 접어두었던 일을 마무리 지을 필요가 있다. 꼴이 우습게 되었지만 다른 쪽에서 고삐를 조이면 된다. 오마르는 왕자궁을 잡아먹을 듯 노려보고는 궁성수비대 본부로 말을 몰았다.

본부에 당도하니 무슨 급한 일이라도 생겼는지 전령이 거칠게 말을 몰며 문을 통과하려다 오마르를 보더니 말 머리를 돌렸다.

"뭐냐?"

오마르는 허겁지겁 달려오는 전령을 보며 혹시 압둘 라흐만을 발견한 것이 아닌가 해서 긴장이 되었다.

"바빌론 평원에서 긴급 보고가 올라왔습니다."

그러나 전령의 보고는 다른 것이었다. 오마르는 맥이 빠졌다. 메마른 불모의 땅에서 무슨 긴급한 일이 발생했는가.

"기마순찰대가 유목민들에게 기습을 당했다고 합니다."

이건 또 무슨 소린가. 이슬람의 정예 기마순찰대가 한갓 평원을 떠도는 유목민들에게 기습을 당했다니.

"도대체 누가 기마순찰대를 기습했다는 말이냐?"

오마르는 화가 치밀었다. 그렇지 않아도 심기가 불편한 마당에 이런 어처구니없는 보고가 올라오는가.

"보고에 의하면 스스로 칼데아 족이라고 칭하는 자들의 소행이라고 합니다."

전령이 허둥대며 보고했다. 오마르는 어이가 없었다. 칼데아 족이라면 까마득한 옛날에 바빌론제국을 건설했던 사람들이다. 세월이 흐르는 동안에 흩어지고 섞이면서 종적을 감춘 지 오래인데 이제 와서 칼데아 족이라니.

"……!"

어처구니가 없어 그대로 본부로 들어가려던 오마르는 불현듯 떠오르는 게 있었다. 그러고 보니 그자로부터 들은 얘기가 있었다. 하면, 그자의 말대로 부족들이 움직이기 시작했단 말인가.

"그자들 중에 당나라 포로로 보이는 자도 있었다고 합니다."

포로? 혹시 상인을 잘못 본 게 아닐까?

"포로가 분명하다고 하더냐?"

"상인은 아닌 것 같다고 했습니다."

하긴 상인이면 기마순찰대에게 대들 리가 없을 것이다. 포로라면 탈주한 자가 틀림없다. 포로는 바그다드를 벗어나지 못하게 되어 있다. 그런데 포로가 탈주했다는 보고는 들은 바 없었다.

'그럼…?'

그러고 보니 아까 알 하자드 궁을 수색했을 때 왕자가 데리고 있던 당나라 포로를 보지 못한 것 같았다. 오마르는 흥분이 되었다. 짐작이 맞는다면 압둘 라흐만을 놓친 것을 만회하는 것은 물론 그 이상의 성과를 올릴 기회를 잡을 수 있을 것 같았다.

"언제라도 출동할 수 있도록 태세를 갖추어라!"

오마르는 부장에게 출동준비를 명했다.

4

도대체 어디로 가는 것일까. 다섯 사람을 태운 함거는 삐거덕거리며 쉬지 않고 굴러갔다. 막을 치는 통에 밖을 볼 수 없었지만 크게 흔들리지 않는 것으로 봐서 평지를 지나는 것 같았다. 함거 안에는 줄곧 침묵이 흘렀다. 알리크는 허탈한 표정으로 눈을 감고 있었고 나머지 네 사람도 입을 굳게 다물고 있었다.

"……!"

갑자기 눈이 부셨다. 함거가 정지하면서 막이 걷힌 것이다. 김양상은 눈을 가늘게 뜨고 주변을 살펴보았다. 짐작대로 유프라테스 강을 따라 내려왔는데 하류로 갈수록 강줄기는 바짝 말라서 곧 바닥을 드러낼 지경이었다.

"저것은!"

압둘 라흐만이 가리키는 곳을 보니 강물 위로 무너져 내린 성벽이 모습을 드러내고 있었다.

"바빌론 성이에요."

알리크가 성벽에서 눈을 떼지 않으며 말했다. 저것이 1,400여 년 전에 번성했던 바빌론제국의 성이란 말인가. 사실이라면 부족민들이 흥분해서 날뛰는 것도 무리가 아닐 것이다.

"내려라!"

호위무사가 함거 문을 열며 눈을 부라렸다. 밖으로 나오자 상상했던 것보다 훨씬 많은 사람들이 강가에 운집해 있었다. 알리크의 말대로 흩어져 살던 지파들이 전부 모인 것 같았다.

"엄청나군요. 줄잡아 2만 명은 되는 것 같습니다."

석연당이 주위를 둘러보며 놀라움을 금치 못했다. 소피아는 내내 말이 없었다. 2만 명에 달하는 군중들은 모두 정신이 나간 사람마냥 한쪽을 향해 천천히 걸어가고 있었다.

"엇!"

고개를 돌려 그들이 향하는 곳을 살피던 김양상이 비명을 질렀다. 강가에 엄청나게 높은 탑이 세워져 있었던 것이다.

"마르두크의 신전이에요."

알리크가 잔뜩 굳은 얼굴로 말했다. 신전은 거대한 세모꼴 형태를 하고 있었는데 바닥은 줄잡아 1백 보, 높이는 70보는 될 것 같았다. 꼭대기는 층계로 이어졌는데 어림잡아도 150계단은 될 것으로 보였다.

"언제 이토록 거대한 지구라트를 쌓았는가…. 놀랍군요."

압둘 라흐만이 경탄을 했다.

"지구라트라면…?"

"옛날에 바빌론 사람들이 마르두크 신에게 제사 지내던 신전이지요. 대부분 무너졌지만 바빌론 평원에는 지금도 무너진 채로 남아 있는 것들도 있습니다."

저렇게 거대한 신전을 만들었다는 것은 그만큼 부족민들이 절박하다는 의미일 것이다.

"아버지가 그렇게 경계하던 일이 그예…. 부족을 이끄는 자는 현실을 똑바로 인식하고 냉정하게 대처해야 하거늘 네게르헷살은 공분을 앞세워 부족을 멸망으로 이끌고 있군요."

알리크는 화를 삭이지 못했다. 아무튼 빨리 여기를 빠져나가야 하는데 결박당하지는 않았지만 보이는 것이라고는 메마른 강줄기와 지평선뿐인 곳에서 2만 명에게 에워싸여 있는 판국이다. 그러니 탈주는 불가능하다. 상황이 그러하니 호위무사들도 일행에게 별반 신경 쓰지 않고 있었다.

"아저씨!"

알리크가 고개를 푹 숙이고 걷는 노인을 발견하고 불렀다. 알리크와 눈이 마주친 노인은 주위를 살피더니 조심스레 알리크에게 다가왔다.

"어떻게 된 것입니까? 왜 사람들이 네게르헷살의 말에 꼼짝을 못하는 거지요? 부족민들은 아버지를 신뢰하지 않았습니까?"

"그게….."

노인이 난처한 표정을 짓더니 조심스럽게 입을 열었다.

"우리 모두 족장님을 철석같이 믿고 바그다드에서 좋은 소식이 오기만을 기다리고 있었다."

"협상은 잘 진행되고 있었습니다. 아버지가 갑자기 돌아가시는 바람에 중단되었지만. 나는 아버지의 지위를 이어받은 후에 협상을 계속할 생각입니다. 그런데 어떻게 이런 일이…. 네게르헷살이 아버지를 싫어하는 것은 잘 알지만 부족민들이 이렇게 쉽게 그의 선동에 넘어갈 줄은 몰랐습니다."

알리크가 항의하듯 물었다.

"네 말대로 우리는 족장님을 신뢰했다. 그런데 족장님께서 바그다드로 떠나고 얼마 지나지 않아서 우르크 지파가 이슬람 궁성수비대에게 기습받는 일이 발생했다. 지파 사람들은 끌려갔고 재물은 약탈당했다. 그리고 신전도 파괴되었고."

알리크의 얼굴이 창백해졌다. 알리크의 부족에게 해상은 소중한 생계수단이며 마르두크 신은 오랜 신앙이다. 그런데 이슬람제국이 부락을 습격하고 신전을 파괴했다니. 분노한 부족민들이 네게르헷살의 선동에 말려드는 것은 당연했다.

"어떻게 그런 일이…. 저항하지 않는 상대는 절대로 해치지 않는 게 이슬람의 원칙인데."

압둘 라흐만이 이해할 수 없다는 표정을 지었다.

"더구나 칼리프 경호를 담당하는 궁성수비대의 소행이라니. 더욱 이해가 가질 않는군요."

김양상도 같은 생각이었다. 궁성수비대는 오마르가 지휘하는 칼리프의 친위부대다. 압둘 라흐만의 말대로 칼리프의 친위부대가 그런 일에 동원되었다는 것은 선뜻 이해가 가지 않는 일이었다.

"하지만 틀림없는 사실이오. 지금 신전을 향해 걸어가는 사람들 중에는 그때 간신히 살아남은 우르크 지파 사람들도 섞여 있소."

노인이 분명한 사실임을 강조했다.

"아버지는 바그다드로 가면서 부족의 일을 자하드 아저씨에게 맡겼습니다. 그런데 자하드 아저씨는 왜 보이지 않습니까?"

"그게…. 자하드는 이슬람제국과 내통한 것으로 몰려서 처형되었네."

"그럴 수가…. 하면, 그 일을 주동한 자가 네게르헷살입니까?"

알리크가 처지도 잊고 언성을 높였다.

"아니, 네게르헷살은 사사건건 부족장님을 물고 늘어졌지만 그렇게 간교한 자는 못 돼. 내 짐작으로는…."

노인이 뭔가를 말하려는데 호위무사들이 일행에게 다가왔다.

"뭘 꾸물거리고 있어! 빨리 걸어라!"

호위무사가 호통을 치자 노인은 황급히 자리를 떴다.

"자르파니트 님을 모셔라. 곧 자그무크를 지낼 것이다."

호위무사를 지휘하는 자가 소피아에게 예를 표하자 호위무사들이 어리둥절해하는 소피아를 에워쌌다.

"무슨 소리냐! 소피아는 자르파니트가 아니다."

알리크가 호위무사에게 달려들었다.

"이들은 부족과 아무런 상관이 없는 사람들이니 빨리 놓아주어라!"

알리크가 거칠게 저항했지만 소용이 없었다.

"소피아!"

김양상이 달려들었지만 소용이 없기는 마찬가지였다. 호위무사들은 칼을 겨누며 위협했다.

"저들이 왜 당신을 끌고 가는지 모르겠지만 무슨 수를 써서라도 구출할 테니 너무 걱정하지 말아요!"

김양상은 겁에 질려 호위무사들에게 끌려가는 소피아를 향해 소리쳤다. 호위무사들은 나머지 사람들을 위협해서 토옥으로 끌고 갔다. 토옥은 빛이 제대로 들지 않아서 겨우 움직이는 물체만 분간될 정도로 어두웠다.

"소피아도 끌려갔소. 이제 어떻게 할 거요?"

석연당이 항의하듯 물었다.

"아까 저들이 소피아를 보고 자르파니트라고 불렀다. 그리고 자그무크를 지낼 것이라고도 했다. 도대체 그것이 무슨 뜻이냐?"

김양상은 일의 전후를 알아본 후에 대책을 세우기로 했다.

"자르파니트 여신은 마르두크 신의 아내지요. 그리고 자그무크는 마르두크 신에게 희생을 바치는 제사를 말하지요. 바빌론제국에서는 마르두크 신전에 제사 지낼 때 가장 아름다운 여인을 자르파니트 여신으로 뽑아서 자그무크 의식을 행할 때 희생물로 바쳤어요."

어둠 속에서 알리크의 시무룩한 목소리가 들렸다. 큰일이었다. 미쳐 날뛰는 저들은 지금 인신공양을 하려 한다. 소피아에게 무슨 일이 닥치기 전에 빨리 여기를 빠져나가야 한다. 하지만 아무리 둘러봐도 빠져나갈 구멍은 보이지 않았다.

5

바그다드의 좁은 골목길을 이리저리 빠져나간 오마르는 허름한 집 앞에서 걸음을 멈추었다. 그리고 주위를 둘러본 후에 조심스럽게 안으로 들어갔다.

"나다."

"기다리고 있었습니다."

키가 작고 음흉한 눈을 가진 남자가 씩 웃으며 오마르를 맞았다.

"하도 연락이 없길래 손을 끊으려는 줄 알았습니다."

"급한 일에 쫓기는 통에 잠시 미뤘던 것이다. 사람을 추격 중인데 칼리프께서 꼭 잡으라는 엄명을 내리신 인물이다."

"알고 있습니다. 우마이야드 가문의 압둘 라흐만이 용케 목숨을 부지했더군요."

음흉한 눈의 남자는 벌써 알고 있었다.

"야곤, 당신은 정보수집 능력이 대단하군. 하지만 압둘 라흐만은 언젠가는 내 손에 잡힐 것이다."

"그래야겠지요. 이번 일만 잘 마무리되면 이 몸이 압둘 라흐만을 찾는 일을 적극 돕겠습니다."

야곤이 기분 나쁜 웃음을 날리더니 말을 이었다.

"지금 부족민들이 전부 바빌론제국의 부흥을 꿈꾸며 바빌론 평원에 집결해 있습니다."

"그렇지 않아도 그 일 때문에 들렀다. 궁성수비대에게 출동 지시를 내려놓았다."

오마르의 말에 야곤은 흠칫 놀랐다. 벌써 일이 그렇게 진행되었단 말인가.

"그렇습니까? 하지만 알 하자드 왕자가 관련됐다는 증거를 아직 확보하지 못했습니다."

야곤은 적지 않게 당황이 되었다. 자기는 아직 약조를 제대로 이행하지 못하고 있는데 오마르는 우르크 지파를 토벌한 데 이어서 또다시 궁성수비대를 출동시키려고 하고 있었다. 거래란, 특히 지금처럼 음모와 관련된 거래라면 받은 만큼만 돌려주는 법이다. 그런데 이렇게 앞서는 것은…. 머리 회전이 빠른 야곤은 곧 전후관계를 헤아렸다.

"압둘 라흐만이 그쪽으로 도주했군요."

"역시 당신은 간교한 인간이군. 그래, 일이 묘하게 돌아가고 있다."

오마르는 부인하지 않았다. 그런데 바라지도 않던 소득을 얻은 셈인데도 야곤의 표정이 밝지 못했다. 역할이 줄어들면 몫도 줄어들게 마련이다.

"하면, 애초의 약조는…?"

"당신의 역할은 이제 길잡이로 한정되었다. 당연히 대가도 그에 어울리게 조정돼야 하지 않겠나."

오마르가 엄한 얼굴로 야곤을 압박했다.

"그렇게 큰소리 칠 입장이 아닐 텐데요. 압둘 라흐만이 지금 바빌론 평원에 있습니다. 그를 놓치면 오마르 당신도 무사하지 못할 텐데 내 협조 없이 그를 체포하는 게 쉽지 않을 겁니다."

야곤은 호락호락 물러서지 않았다. 오마르는 입맛이 썼다. 야곤의 말대로 압둘 라흐만의 소재가 파악된 마당에 놓치면 엄한 문책을 당하게 될 것이다.

"교활한 놈. 좋아, 애초의 약조대로 하겠다. 하지만 일을 성사시키지 못하면 네놈 목이 제자리에 붙어 있지 못할 것이다."

"알겠습니다. 사흘만 말미를 주십시오. 꼭 왕자가 칼리프의 영을 어기고 칼데아 부족과 비밀협상을 벌였다는 증거를 확보하겠습니다."

야곤이 야비한 웃음을 날렸다.

"좋다. 사흘이다."

오마르는 날카로운 눈매로 야곤을 쏘아보고는 자리에서 일어섰다. 혼자 남은 야곤은 생각에 잠겼다. 일이 복잡하게 돌아가고 있었다. 야곤은 진작부터 알리크의 부친을 몰아내고 부족장 자리를 꿰차려고 음모를 꾸미고 있었다. 그래서 알 하자드 왕자와 협상하러 바그다드로 온 알리크의 부친을 살해하고서 그가 부족을 배신했다는 누명을 씌우려던 참이었는데 일이 엉뚱한 데서 차질을 빚은 것이다.

'그런 실수를 하다니….'

야곤은 입맛이 썼다. 부족장과 알 하자드 왕자가 체결한 협정서 초안을 탈취해서 위조할 계획이었는데 부족장만 죽이고 정작 협정서는 손에 넣지 못했던 것이다. 부족장에게 신경을 쓰느라 그만 수행원을 놓쳐버린 것이다. 속히 그 노인을 찾아야 하는데 아무리 수소문해도 노인의 행방을 알 길이 없었다. 그렇다면…. 자고로 적의 적은 내 편이라고 했다. 야곤은 알 하자드 왕자를 못 잡아먹어서 안달인 오마르에게 접근했던 것이다.

그런데 일이 묘하게 돌아가고 있었다. 왕자가 숨겨주었던 압둘 라흐만이 바빌론 평원으로 도주했다. 오마르는 애초의 약조를 지키겠다고 했지만 압둘 라흐만을 체포하고 나면 딴소리를 할 것이 분명하다. 부족장 자리는 인정하더라도 엄청난 공물을 요구할 것이다.

"출동하려면 칼리프의 재가를 얻어야 할 것이고, 그러기 위해서는 알 하자드 왕자를 꼼짝 못하게 만들어놓아야 할 것이오."

야곤이 입을 열었다. 맞는 말이다. 칼리프로부터 신임이 두터운 알 하자드 왕자를 어설프게 건드렸다가는 역풍을 맞는 수가 있다.

"무슨 수라도 있다는 뜻이냐?"

오마르가 야곤을 쏘아보았다.

"물론이오. 협정서 초안을 마련하겠소. 대신 약조를 꼭 지키시오."

야곤은 약조를 지키지 않으면 당신을 물고 늘어지겠다는 뜻을 분명히 했다.

"알겠다. 대신에 빈틈없이 처리해야 한다."

오마르는 쓴 표정을 지으며 등을 돌렸다.

"속히 문서 위조에 능한 자를 수배하라."

야곤이 큰 소리로 부하를 불렀다.

6

시간이 얼마나 흘렀는지 제대로 분간이 되지 않았다. 토옥은 빛만 안 들어오는 것이 아니었다. 외부와는 소리도 차단이 되어서 밖에서 지금 무슨 일이 벌어지는지 도통 알 길이 없었다. 소피아는 무사할까. 김양상은 속이 바짝바짝 타들어갔다.

"자그무크는 폭우가 쏟아질 때 열리니까 당분간 소피아는 괜찮을 거예요."

알리크의 목소리가 들렸다. 그렇다면 일단은 안심이었다.

"저들이 우리를 어떻게 할 것 같으냐?"

"자그무크가 거행될 때 끌어내서 함께 처단할 거예요."

알리크가 풀이 죽어 대답했다. 참으로 답답했다. 여기까지 오는 동안에 여러 번 위기에 직면했지만 이처럼 무기력하게 당하고만 있었던 적은 없었다.

"……!"

그때 무슨 소리가 들리는 것 같았다. 김양상은 긴장해서 소리가 들리는 곳으로 귀를 기울였다. 그렇지만 소리는 더 들리지 않았다.

"……!"

잘못 들은 것인가 생각하는 순간 갑자기 위에서 희미한 빛이 새어나왔다.

"빨리 나오시오!"

다급한 목소리가 들렸다. 누가 문을 연 모양이었다. 김양상은 지체하지 않고 몸을 일으켰고 알리크와 압둘 라흐만, 석연당이 뒤를 따랐다.

"이리로!"

토옥을 나서자 웬 노인이 일행을 기다리고 있었다. 별빛이 총총한 밤이었다. 대낮 같았으면 눈이 부셔서 아무것도 보이지 않을 것이다. 저 노인은 누구일까. 알 수 없지만 지금 상황에서 그를 따르는 수밖에 없었다. 아무튼 어제 알리크와 대화를 나누었던 사람은 아니었다. 탈주가 불가능하다고 판단했는지 토옥 감시는 허술한 편이었다.

일행을 이끌고 조심조심 전진하던 노인은 구석에 있는 흙집에 이르더니 얼른 안으로 들어갔다. 김양상 일행도 그의 뒤를 따라 흙집으로 들어갔다. 밖에서 볼 때는 좁아보였는데 안은 제법 넓었다. 희미한 등

잔불이 방을 밝히고 있었다.

"노인은 누굽니까?"

김양상은 경계심을 늦추지 않고서 노인을 살폈고 석연당과 압둘 라흐만은 입구를 막고 섰다.

"하지브 아저씨! 살아계셨군요!"

알리크가 비로소 노인을 알아봤다.

"그래 알리크, 나다."

하지브가 긴장한 얼굴로 고개를 끄덕이더니 말을 이었다.

"시간이 없소! 되도록 간단히 이야기할 테니 내 말을 잘 들으시오."

짐작건대 하지브는 알리크의 부친과 함께 바그다드로 갔던 사람 같았다.

"부족장님은 이슬람제국과 협상하기로 하고 그 상대를 알 하자드 왕자로 정했습니다."

김양상은 깜짝 놀랐다. 여기서 알 하자드 왕자의 이름을 듣게 될 줄이야. 하긴 왕자는 아바스 왕실에서 제일 합리적이며, 피정복민에게 관용을 베푸는 사람이다.

"협상은 순조롭게 진행되었습니다. 두 분은 협정서 초안에 합의했고, 칼리프의 비준만 남은 상황이었지요. 그런데 갑자기 부족장님이 피살되셨습니다."

"아저씨는 범인이 누군지 알고 있나요?"

알리크는 벌써 흥분했다.

"물론이다. 네 아버지를 죽인 자는 코르사바드 지파를 이끌고 있는 야곤이라는 자다. 그자는 진작부터 바스라를 탐내고 있었지."

"하면, 당신은 알리크의 부친이 피살될 때 함께 있었소?"

먹구름이 알 하자드 왕자를 향해 몰려가고 있었다. 김양상은 잔뜩 긴장이 되었다.

"그렇습니다. 두 눈으로 똑똑히 목격했습니다. 마침 나는 쪽방에서 짐을 정리하고 있었지요. 우리도 속히 부족에게 달려가서 협상이 성공적으로 마무리되었음을 알려야 했으니까요. 알 하자드 왕자는 우리의 요구 조건을 대부분 수용했습니다. 우리 부족은 우마이야드 왕조 때처럼 고유 신앙을 지키며 해상에 전념할 수 있게 되었지요. 세금도 충분히 받아들일 수 있는 액수였습니다."

하지브가 바그다드에서 있었던 일을 전했다.

"그런데 그만 부족장님이 자객에게 피살되셨습니다. 참으로 통탄할 일이었지만 그나마 다행인 것은 저들이 내가 누군지 모른다는 것과 이게 내 손에 있다는 사실이지요."

하지브는 품에서 두루마리 문서를 꺼내들었다.

"협정서 초안입니다."

사람들의 시선이 일제히 두루마리 문서로 향했다.

"부족의 규율에 의하면 부족회의의 비준을 거쳐야 협정이 효력을 발합니다. 이슬람제국의 경우는 칼리프가 비준해야 하는데 칼리프가 이 문제를 알 하자드 왕자에게 일임한 만큼 별 문제가 없을 것입니다."

하지브가 협정에 관해서 간략하게 설명했다.

"하지만 지금 부족회의를 열 상황이 못돼요."

알리크가 풀이 죽은 목소리로 말했다. 협정서 초안의 존재는 알리크에게 큰 힘이 되겠지만 지금 상황이라면 비준을 장담하기 어렵다. 부족민들은 네게르헷살의 선동에 판단력을 잃고 있었다.

"그래서 나도 어쩌지 못하고 숨어 지내는 중이다."

하지브가 한숨을 내쉬었다.

"일이 꼬였군요. 어쩌면 지금쯤 오마르는 내가 여기에 있다는 사실을 간파했을지도 모릅니다. 잘못했다가는 알 하자드가 큰 위험에 빠질 판입니다."

압둘 라흐만이 걱정했다.

"알 하자드 왕자는 일이 이렇게 된 걸 모르고 있습니다. 그래서 왕자에게 접근하려 했지만 야곤이 감시의 눈을 번쩍이고 있기에 뜻을 이루지 못했습니다. 이러지도 저러지도 못하던 차에 여러분이 나타난 것입니다."

하지브가 잠시 숨을 고르고는 말을 이었다.

"네게르헷살보다 야곤이 더 위험한 존재입니다. 이슬람제국 군대를 앞장세우고 이리로 쳐들어올지도 모릅니다. 우르크 지파가 당한 것도 그자의 소행이지요."

"지금 부족민들은 극도로 흥분해 있어서 이슬람제국 군대가 출동하면 싸우려 할 것입니다. 그러면 모든 것이 끝장입니다."

알리크가 심각한 표정을 지었다. 김양상은 진땀이 흘렀다. 압둘 라흐만은 물론 알 하자드 왕자도 지금 큰 위기에 봉착해 있다. 어떻게 하면 이 난관을 극복할 것인가.

"알리크, 이 협정서 초안에 네가 대신 서명해라. 나머지는 내가 바그다드로 가서 알 하자드 왕자를 만나 처리하겠다."

김양상이 숙고 끝에 해법을 내놓았다. 부족장이 피살되었고 부족회의가 정상적으로 소집될 수 없는 비상상황이라면 부족장 승계권을 가진 알리크가 단독으로 서명하는 수밖에 없다. 알 하자드 왕자도 양해할 것이다.

"그렇다면 나도 가겠어요. 지름길을 알아요. 아저씨 혼자 가다가 늪에 빠질 수도 있어요."

알리크가 자기도 바그다드로 가겠다고 했다.

"마침 말 두 필을 준비해 놓았습니다."

하지브가 얼른 나섰다.

"아무래도 그러는 게 좋겠습니다."

압둘 라흐만도 찬성했다.

"좋다. 서둘러라."

김양상이 몸을 일으켰다. 그런데 막상 바그다드로 가려고 하니 소피아가 걱정이 되었다.

"소피아 일은 너무 걱정하지 말아요. 하늘을 보니 당장 비가 쏟아질 것 같지는 않으니까요."

그렇다면 일단 안심이 되었다.

"되도록 속히 돌아오겠다."

김양상은 석연당과 압둘 라흐만의 손을 차례로 잡은 후에 하지브 노인의 뒤를 따라 흙집을 나섰다.

"이리로."

하지브가 주위를 살피더니 두 사람에게 손짓을 보냈다. 그토록 소란스러웠던 낮과는 대조적으로 일대는 쥐 죽은 듯 고요했다. 김양상과 알리크는 바람처럼 어둠 속으로 몸을 날렸다.

7

오마르는 부관의 보고에 귀를 기울였다. 바빌론 평원을 감시하는 대원으로부터 긴급보고가 올라온 것이다.

"인원은?"

"줄잡아 2만 명은 될 것 같다고 합니다."

2만 명이면 예상했던 것보다 훨씬 많은 숫자다. 신속히 출동해서 진압하지 않으면 일이 크게 번질 수도 있다. 출동 준비는 이미 완료되었다. 칼리프의 재가만 얻으면 당장 바빌론 평원으로 출동할 수 있다.

과연 그자가 일을 제대로 꾸몄을까. 부관에게 언제든지 출동할 수 있도록 준비를 끝내놓을 것을 지시한 오마르는 초조한 심정으로 야곤이 나타나기를 기다렸다.

"늦었습니다."

그때 문이 열리면서 야곤이 들어섰다.

"어떻게 되었느냐?"

"여기 있습니다. 감쪽같이 위조했습니다."

야곤이 위조된 협정서를 오마르에게 건넸다. 그 협정서는 공물의 양을 대폭 낮춘 것으로 알 하자드 왕자가 칼리프에게 구두로 보고했던 것과는 커다란 차이가 있다. 그런데도 칼데아 부족이 반기를 들었다면 모든 책임은 왕자가 져야 할 것이다.

"알 하자드 왕자가 위조된 것이라고 주장하면?"

"지금 바빌론 평원에 집결해 있는 칼데아 부족은 여차하면 바그다드로 쳐들어올 기세입니다. 무슨 증거가 더 필요하겠습니까."

야곤이 자신 있게 대답했다.

"진위가 밝혀지기 전에 들이닥쳐서 압둘 라흐만을 체포하면 알 하자드 왕자는 꼼짝없이 당할 것입니다."

야곤이 오마르에게 출동을 재촉했다. 막대한 이익을 보장하는 바스라의 해상교역권이 눈앞에서 어른거렸다.

"알았다."

오마르가 무장을 갖추기 시작했고 야곤은 벌겋게 상기된 얼굴로 먼저 방을 나섰다.

"대장님!"

오마르가 밖으로 나가려는데 부관이 급하게 들어섰다. 그리고 오마르가 무슨 일이냐고 묻기도 전에 다급하게 보고했다.

"알 하자드 왕자궁에 심어놓은 첩자로부터 긴급보고가 당도했습니다."

"무슨 일이냐?"

갑자기 왕자궁에 무슨 일이…. 때가 때인지라 오마르는 신경이 쓰였다.

"한동안 보이지 않던 당나라 포로가 다시 모습을 드러냈다고 합니다. 일전에 대장님께서 유의해서 감시하라던 그 포로 말입니다."

이건 또 무슨 일인가…. 오마르의 미간이 좁아졌다. 오마르는 그날 바빌론 평원에서 기마순찰대와 마주쳤던 당나라 포로는 김양상이라고 확신하고 있었다. 그날 이후로 왕자궁에서 김양상의 모습은 보이지 않았다. 그런데 왜 또 왕자궁에….

"무슨 일입니까?"

오마르가 나오지 않자 야곤이 되돌아왔다.

"출동을 연기한다!"

잠시 생각하던 오마르가 출동을 연기하겠다고 하자 야곤이 발끈했다.

"그게 무슨 소리입니까? 한시가 급한 마당에."

"문제가 발생했다. 어쩌면 진짜 협정서가 알 하자드 왕자의 손에 들어갔을지도 모른다."

"진짜 협정서라니요?"

"왕자궁에서 사라졌던 자가 나타났는데 예감이 좋지 않다."

협정서를 위조한 사실이 밝혀지면 오마르 자신도 살아남지 못할 것이다. 칼리프를 기만하는 행위는 목이 열 개라도 살아남을 수 없는 중죄다.

"이건 당분간 눈에 띄지 않는 게 좋겠다."

오마르가 가짜 협정서를 서랍 속에 넣었다. 야곤의 얼굴이 일그러졌다. 다 된 마당에 이게 무슨 날벼락인가. 그렇다고 이대로 물러설 수는 없다.

"하면, 칼데아 부족이 먼저 싸움을 걸어오면 그때는 출동할 것입니까?"

모사꾼답게 야곤은 짧은 시간에 후속 대책을 마련했다.

"물론이다. 그때는 지체 없이 출동할 것이다."

오마르가 약속했다.

"좋습니다. 그럼 내가 부족을 선동해서 바그다드로 진격하도록 만들겠습니다."

야곤은 그 말을 남기고 휑하니 방을 나섰다.

8

김양상에게서 전말을 전해들은 알 하자드 왕자는 한동안 아무 말도 하지 않고 천장만 쳐다봤다. 참으로 엄청난 일이 벌어진 것이다.

"그대에게 큰 신세를 졌소. 압둘 라흐만을 부탁한 것만 해도 큰 빚을 진 셈인데."

알 하자드 왕자가 김양상에게 사의를 표했다. 하마터면 오마르의 음모에 말려들 뻔했던 것이다.

"네가 부족장의 아들이로구나."

알 하자드 왕자가 알리크에게 눈길을 주었다.

"알리크는 부친의 뒤를 이어 부족을 이끌 인물입니다. 아직 정식으로 부족장이 된 것은 아니지만 상황이 급한 만큼 부족장을 대신해서 협정서에 서명했습니다."

"충분히 이해하고 있소. 세부사항에 대해서는 이미 부족장과 구두로 합의를 봤고, 칼리프는 이 일에 대해서 내게 전권을 위임했소. 그러니 직권으로 부족장의 서명이 유효함을 인정하겠소."

왕자는 협정서를 받아들고는 얼른 서명하고 알리크에게 내주었다.

"이것으로 이슬람제국과 칼데아 부족이 체결한 협정은 유효하게 체결되었다. 빨리 자네 부족에게 돌아가서 이슬람제국은 칼데아 부족의 자치와 고유의 신앙을 허용할 것이란 사실을 알려라."

"감사합니다. 그럼 돌아가겠습니다."

"서두르는 것이 좋겠소. 이유여하를 막론하고 군사적 충돌이 일면 협정서는 무용지물이 될 테니까."

알 하자드 왕자의 말대로였다.

"잘 알고 있습니다. 그럼."

"잠깐!"

왕자가 서둘러 돌아가려는 알리크를 불렀다.

"증표를 줄 테니 가지고 가거라."

"증표라면…?"

"협정서를 다 읽지 못한 모양이구나. 칼리프를 대신해서 내가 직접 서명했다는 것을 증명하기 위해서 증표를 교부하기로 되어 있다."

왕자는 작은 함을 열더니 목걸이를 꺼내들었다.

"이것이 증표다. 잘 보관하라."

"……!"

목걸이에서 반사되는 영롱한 붉은 빛을 보는 순간 김양상은 정신이 번쩍 들었다.

"이 붉은 보석은…?"

김양상의 가슴이 두방망이질을 쳤다. 그 밝고 영롱한 붉은 빛은 일찍이 서라벌에서도 본 적이 있다.

"석류석이라고 하는 보석이지요."

왕자가 보석 목걸이를 알리크에게 건네며 말했다. 그럼 황금보검에 박힌 그 붉은 보석의 정체가 석류석이란 말인가.

"……!"

목걸이를 찬찬히 살피던 김양상은 그만 숨이 막힐 것만 같았다. 목걸이에 소용돌이무늬가 새겨져 있었다. 황금보검에 새겨진 무늬와 똑같은 형태였다. 내가 지금 꿈을 꾸는 것은 아니겠지. 참으로 먼 길을 지나온 끝에 마침내 황금보검과 관련이 있을 것으로 보이는 물건을 눈으로 목도한 것이다. 물론 보검이 아닌 목걸이지만 처음으로 실체를 본 김양상은 흥분을 주체할 길이 없었다.

"이 석류석 목걸이를 어디에서 손에 넣으셨습니까?"

김양상은 떨리는 마음을 진정시키며 물었다.

"팔미라의 보석상에서 구입한 것인데 빛이 아름답고 문양 또한 독특해서 소중하게 간직하고 있었소. 그런데 무슨 일이라도…?"

"일전에 말씀드렸던 서라벌의 황금보검에도 석류석이 박혀 있습니다. 하면 석류석은 팔미라에서 산출된 것입니까?"

"놀라운 일이군요. 이 석류석이 황금보검에도 박혀 있다니. 하지만 석류석은 팔미라에서 산출된 것이 아니고 서쪽에서 들여온 것이라고 들었소."

서쪽이라면 콘스탄티노플을 말하는 것일까. 어차피 팔미라로 가는 길이니 그곳에서 확인해보면 될 것이다.

그렇지만 지금은 빨리 바빌론으로 가서 일을 마무리 짓는 게 급선무다. 김양상은 두근거리는 가슴을 진정시키며 왕자에게 예를 올렸다.

"이것이 필요할 것 같소."

알 하자드 왕자가 활과 전통을 집어 들었다.

"당나라 장수로부터 노획했던 것이오."

"고맙습니다."

참으로 오랜만에 잡아본 맥궁이었다. 김양상은 시위를 힘껏 당겨보았다. 팽팽한 힘이 느껴졌다.

"왕자궁이 감시당하고 있소. 진작부터 오마르가 사람을 시켜 여기를 살피고 있으니 각별히 조심해야 할 것이오."

"잘 알겠습니다. 그럼."

김양상은 알 하자드 왕자와 두 번째 작별을 하고 밖으로 나섰다.

"가자!"

서둘러야 한다. 김양상은 풍운이 몰아치고 있는 바빌론을 향해 황급히 말을 몰았다.

"소택지 쪽으로 가면 궁성수비대가 쉽게 쫓아오지 못할 거예요."

"그렇지만 바그다드를 빠져나온 후에는 평지로 가겠다."

알리크의 말에 일리가 있지만 한시가 급한 마당이다. 아무리 알리크가 지리에 밝아도 늪지를 통과하려면 시간이 많이 걸릴 것이다. 김양상은 오마르도 걱정이지만 야곤이라는 자가 자꾸 신경 쓰였다. 그자가 먼저 바빌론에 도착해서 부족민들을 선동하면 만사가 틀어지고 말 것이다.

강변을 따라 갈대가 무성하게 자란 소택지로 들어선 두 사람은 말에서 내려 조심스럽게 전진했다. 아직 주위가 어두워서 자칫 발을 잘못 디뎠다가는 늪에 빠질 위험이 있지만 다행히 한 번 지난 적이 있기에 두 사람은 안전한 곳을 찾아 신속히 이동했다. 오마르는 영리한 자다. 틀림없이 이쪽의 사정을 정확하게 간파하고 적절한 곳에 매복하고 있을 것이다.

소택지를 무사히 빠져나왔지만 위험은 가시지 않았다. 바빌론으로 통하는 길은 보이는 것이라고는 지평선뿐인 드넓은 평지여서 추격이 붙으면 따돌리기 힘들 것이다. 하늘을 올려다보니 어느새 날이 훤하게 밝아오고 있었다.

"저쪽으로 가지요."

알리크가 서쪽을 가리켰다. 조금 돌아가게 되겠지만 그쪽은 낮은 구릉 지대여서 그런대로 몸을 숨길 수 있을 것 같았다. 김양상은 고개를 끄덕이고는 말 위에 올라탔다. 2필의 말은 여명의 바람을 가르며 힘차게 내달렸다. 날이 환하게 밝기 전에 구릉 아래에 몸을 숨기면 쉽게 발각되지 않을 것이다. 바빌론은 지금 어떻게 돌아가고 있을까. 소피아는 무사할까. 자그무크는 폭우가 쏟아질 때 거행된다고 하니 당장은 안심이지만 소피아가 감금된 채 공포에 떨고 있을 생각을 하니 가슴이 터질 것 같았다.

"저기!"

알리크가 구릉의 뒤를 가리켰다. 고개를 돌리니 언덕 위로 솟아오르는 해에 긴 그림자를 드리우며 여러 필의 말이 맹렬한 기세로 달려오는 것이 눈에 들어왔다. 궁성수비대가 틀림없을 것이다. 오마르는 이쪽으로 탈출할 것을 정확하게 꿰뚫고서 매복하고 있었던 것이다. 거리는 5백 보 정도. 그렇지만 틀림없이 전방에도 매복하고 있을 것이다. 날이 환하게 밝아오면서 주변의 경관이 또렷하게 눈에 들어왔다. 개활지의 오른쪽은 키 작은 나무들이 늘어서서 제법 울창한 숲을 이루고 있었고 왼쪽으로는 낮은 언덕 위에 무너져 내린 토성이 눈에 들어왔다.

"따라오너라!"

탈주로를 정한 김양상은 말 머리를 왼쪽으로 돌렸다.

"그쪽으로 가면 위험해요!"

알리크가 따라오며 소리쳤다. 알리크의 짐작대로 매복병이 키 작은 나무 뒤에 몸을 숨기고 있을 것이다. 그렇다면 제 발로 호랑이 입속으로 들어가는 꼴이 된다. 그렇지만 김양상은 그쪽이 빠져나갈 수 있는 길이라고 판단했다. 말이 거친 숨을 토해냈다. 토성에 이르자 김양상은 몸을 날려 말에서 내리며 알리크에게 소리쳤다. 손에는 어느 틈에 활이 들려 있었다.

"내가 저들을 막을 테니 너는 빨리 바빌론으로 달려가서 사태를 수습하라!"

"나도 같이 싸우겠어요."

"서둘러라! 시간이 없다! 어쩌면 야곤이 먼저 도착해서 부족민들을 선동하고 있을지 모른다!"

김양상은 주저하는 알리크를 재촉한 후에 거리를 재봤다. 부지런히 쫓아오는 궁성수비대는 모두 다섯 기. 맨 앞에서 말을 달리는 자가 오마르일 것이다. 거리는 3백 보. 김양상은 천천히 맥궁의 시위를 당겼다. 맥궁의 강한 힘이 팔에 전해지면서 전의가 살아났다. 설마 대적할 줄, 그리고 이렇게 먼 거리에서 화살을 날릴 줄 예상치 못했던 궁성수비대는 별다른 방어자세를 취하지 않고 있었다.

쉿!

시위를 떠난 화살이 바람을 가르며 선두의 말을 향해 달려들었다. 곧이어 말이 요동을 치더니 오마르가 땅으로 나뒹굴었다. 명중이었다. 예상치 못했던 상황에 궁성수비대가 주춤하는 사이에 두 번째 화살이 시위를 떠났고, 또 한 사람이 나뒹굴자 그제야 궁성수비대는 급히 좌우로 산개했다. 알리크를 쫓아가고 싶은 마음이 굴뚝같지만 아직은 저들의 추격권에서 벗어나지 못했다. 김양상은 궁성수비대에서 눈을 떼지 않으며 세 번째 화살을 꺼내들었다. 그런데 해가 완전히 떠올랐는데도 주변은 더 이상 환해지지 않았다.

"……!"

이상한 생각이 들어 하늘을 올려다본 김양상은 가슴이 철렁했다. 하늘은 서서히 먹구름으로 뒤덮이고 있었다. 머지않아 큰 비를 뿌릴 것 같았다. 김양상은 퍼뜩 소피아가 걱정되었다. 그렇지만 당장은 위기를 벗어나는 것이 급선무다.

다시 전면으로 시선을 돌린 김양상은 말에서 내린 세 사람이 칼을 뽑아들고 허리를 낮춘 채 언덕으로 접근하는 것을 목격했다. 키 작은 나무숲에 매복한 자들은 거리가 한참 떨어졌기에 아직 합류를 못하고 있었다. 저들이 합류하기 전에 빨리 상황을 끝내야 한다. 김양상은 천천히 시위를 당겼다. 토성 벽에 몸을 숨기기 전에 한 사람은 더 처치해야 한다.

쉿!

화살이 바람을 가르며 날아갔고, 비명소리와 함께 접근하던 궁성수비대원이 쓰러졌다. 이제 남은 상대는 둘. 김양상은 활을 내던지고 칼을 뽑아들었다. 이제부터는 토성 벽의 구불구불한 협로를 숨바꼭질하며 서로의 뒤를 노리는 싸움이 될 것이다. 그런데 궁성수비대원은 납작 자세를 낮춘 채 접근할 기미를 보이지 않았다. 겁을 먹고 전의를 상실한 것 같았다. 그렇다면 매복병이 이리로 오기 전에 빨리 여기를 벗어나야 한다. 김양상은 날 듯 말 위에 올라탔다.

9

석연당은 점점 초조해졌다. 아무래도 꼭 무슨 일이 일어날 것만 같은데 김양상은 여태 돌아오지 않았다.

"하늘이 점점 어두워지는데."

압둘 라흐만이 잔뜩 굳은 얼굴로 하늘을 올려다보았다.

"큰일입니다."

밖을 살피러 나갔던 하지브가 허겁지겁 뛰어들어 왔다. 먹구름이 바빌론 평원으로 몰려오면서 부족민들이 더욱 흥분해서 날뛰기 시작했다. 그들은 김양상 일행이 옥을 빠져나갔다는 사실은 안중에도 없는 듯했다. 금방이라도 폭우가 쏟아지고 천둥번개가 칠 것 같은데 김양상은 왜 안 돌아올까. 석연당은 속이 바짝바짝 타들어갔다.

"이대로 가만히 있을 수는 없지 않습니까?"

소피아가 위험하다. 석연당은 당장이라도 뛰쳐나갈 기세였다. 손에는 하지브가 구해준 칼이 들려 있었다.

"조금 더 기다려보는 게 좋겠네."

압둘 라흐만이 만류했다. 그의 손에도 역시 칼이 들려 있었다.

"그렇습니다. 설사 그 여인을 옥에서 꺼낸다고 해도 여기를 빠져나갈 수 없습니다."

하지브의 말대로 넓은 평원에 무려 2만 명에 달하는 사람들이 모여 있다. 그러니 탈출은 불가능하다. 자그무크가 거행되기 전에 김양상과 알리크가 일을 무사히 마치고 돌아와야 할 텐데. 일각이 여삼추의 심정이었다.

"그런데 시간이…. 그리 많이 남지 않은 것 같습니다."

하지브의 표정이 흐린 하늘만큼이나 어두웠다. 상황은 최악으로 치닫고 있었다. 밖을 내다보니 하늘은 시커먼 먹구름으로 가득했다. 당장이라도 번개가 치고 천둥이 울릴 것만 같았다.

사람들이 하나둘씩 마르두크 제단으로 몰려가고 있었다. 정말로 네부카드네자르 대왕이 재림할 것이라 믿는 것일까. 아무튼 모두들 제정신이 아닌 것은 분명했다. 어떻게 해야 하나. 여기까지 오는 동안에 모든 것을 김양상에게 의존했던 석연당은 뭘 어떻게 해야 할지 도무지 갈피를 잡을 길이 없었다.

"일단 우리도 나가는 게 좋겠네."

압둘 라흐만이 얼굴에 두건을 두르며 말했다. 이대로 가만히 있을 수는 없다. 석연당은 얼른 두건을 두르고 압둘 라흐만의 뒤를 따랐다. 제단 주위는 어느새 사람들로 인산인해를 이루고 있었다. 사람들은 두려움과 간절함이 교차하는, 복잡미묘한 표정으로 제단을 올려다보고 있었다.

"칼데아 사람들이여!"

제단 높은 곳에서 카랑카랑한 음성이 들렸다. 고개를 들어 살피니 네게르헷살이 그 위에 있었다.

"우리는 이슬람제국과 평화롭게 지내기를 원했다. 그래서 부족장을 바그다드에 파견하고서 화친을 제의했다."

네게르헷살은 근엄한 표정으로 사람들을 내려다보았고, 사람들은 숨소리조차 내지 않으면서 네게르헷살의 말에 귀를 기울였다. 부족의 흥망이 걸린 문제를 결정하려는 순간이다.

"마침내 그 회답이 당도했다."

네게르헷살의 목소리에 노기가 서려 있었다.

"이슬람제국은 평화롭게 지내기를 원하는 우리의 요청을 거부했다. 저들은 우리에게서 마르두크 신을 빼앗으려 하고 있다. 그리고 우리를 노예로 삼으려 하고 있다. 그렇다면 '눈에는 눈, 이에는 이'다. 저들이 전쟁을 원한다면 우리도 칼을 들고 일어서야 한다!"

네게르헷살의 선동에도 평원을 가득 메운 부족민들은 쉽게 동요하지 않았다. 그들도 이슬람제국을 적으로 돌리는 게 얼마나 무서운 일인지 잘 알고 있었다. 부족민들은 네게르헷살의 선동에 귀가 솔깃했지만 알리크의 부친에 대한 신뢰는 완전히 가시지 않았던 것이다. 제발 정신을 차렸으면…. 석연당과 압둘 라흐만은 손에 땀을 쥐고 하회를 지켜보았다.

"비다! 비가 온다!"

사람들이 웅성거렸다. 그예 하늘에서 빗방울이 떨어지기 시작한 것이다.

"바빌론제국의 위대한 네부카드네자르 대왕께서 재림하신다!"

네게르헷살이 다시 선동하기 시작했다. 정말로 대왕이 재림하는 것일까. 사람들은 두려움과 기대가 교차하는 심정으로 하늘을 올려다보았다.

"칼데아 사람들이여!"

그때 키가 작은 사내가 네게르헷살의 뒤에서 모습을 드러냈다.

"나는 부족장과 함께 바그다드로 갔던 코르사바드 지파의 야곤이다. 이슬람제국은 일체의 협상을 거부하고 오로지 복종만을 강요했다. 그리고 사절단을 감금했다. 부족장은 저들의 손에 죽었고 나는 간신히 빠져나왔다."

야곤이 거짓말로 사람들을 선동하는데 멀리서 우르릉거리는 소리가 들렸다. 천둥번개가 몰려오고 있었다.

"두려워 마라!"

네게르헷살이 소리쳤다.

"위대한 네부카드네자르 대왕께서 우리를 지켜주시기 위해 땅에 내려오시는 것이다!"

번쩍하며 번개가 어두운 밤하늘을 가르고 지나가자 사람들은 미쳐 날뛰기 시작했다. 저들이 부족장을 죽였다고 했다. 그렇다면 남은 것은 싸움뿐이다.

"참으로 야비한 자로군. 부족을 희생시켜가면서까지 자신의 욕망을 채우려 하다니."

야곤을 노려보는 압둘 라흐만의 두 눈에 분노가 가득했다.

"저자가 알리크의 부친을 살해한 자로군요. 자기가 일을 꾸며놓고 저리도 뻔뻔하게 거짓말을 하다니. 광분한 신관마저 저자의 음모에 놀아나고 있으니 큰일입니다. 그런데 두 사람은 왜 여태 돌아오지 않을까요? 혹시 무슨 일이 생긴 게 아닐까요?"

석연당은 김양상이 자꾸 걱정이 되었다.

"이제 어떻게 해야 합니까? 여기서 더 지체하면 소피아가 위험합니다."

석연당이 압둘 라흐만에게 물었다. 이 마당에 상의할 사람은 압둘 라흐만밖에 없었다. 빗줄기는 점점 굵어졌고 천둥번개도 잦아졌다. 부족민들은 광분해서 당장이라도 바그다드로 쳐들어갈 기세였다.

"곧 자그무크 예식이 거행될 것 같은데 저들이 소피아를 공물로 바치기 전에 토옥에서 빼내서 여기를 탈출하는 수밖에."

압둘 라흐만이 결정을 내렸다. 이 마당에 달리 방도가 없었다. 슬그머니 인파를 빠져나온 두 사람은 주위를 살피며 하지브의 천막으로 향했다. 사람들의 미쳐 날뛰는 틈을 이용해서 소피아를 빼낸 후에 멀리 달아나야 한다.

"말을 세 필 준비해주시오!"

석연당은 하지브에게 말을 부탁하고는 압둘 라흐만과 함께 소피아가 감금된 곳으로 내달렸다. 무사히 탈출할 수 있을지, 그리고 김양상과 다시 만날 수 있을지 장담할 수 없지만 지금 다른 것을 생각할 여유가 없었다. 불행 중 다행인 것은 소피아가 감금된 천막이 토벽에 둘러싸여 있어 외부의 눈에 잘 띄지 않는다는 사실이다. 석연당과 압둘 라흐만은 주위를 살핀 후에 얼른 토벽 안으로 몸을 숨겼다.

모두들 제단으로 몰려갔는지 천막에는 두 사람만 남아 지키고 있었다. 충분히 제압할 수 있었다. 압둘 라흐만과 눈짓을 교환한 석연당은 번개같이 경비병에게 달려들었고, 깜짝 놀라는 경비병을 순식간에 제압해버렸다. 나머지 경비병은 압둘 라흐만의 일격에 나가떨어졌다.

"소피아!"

갑자기 석연당이 들어서자 소피아는 깜짝 놀랐다. 그사이에 얼마나 마음의 고초가 심했는지 몰골이 말이 아니었다.

"빨리 여기를 빠져나갑시다!"

석연당은 소피아를 이끌고 밖으로 나왔다. 토벽에 몸을 숨기고 밖을 감시하던 압둘 라흐만이 빨리 오라고 손짓을 보냈다.

"그 사람은? 그 사람은 어디에 있나요?"

소피아가 주위를 둘러보며 김양상을 찾았다.

"급한 일로 바그다드로 갔는데 아직 돌아오지 않았습니다. 우선은 여기를 빠져나가는 게 급합니다. 형과는 꼭 다시 만나게 될 겁니다."

석연당이 망설이는 소피아를 재촉했다. 압둘 라흐만이 앞장을 서고 석연딩과 소피아가 뒤를 따르며 세 사람은 황급히 하지브의 천막으로 향했다. 하지브가 말을 구했을까. 지금은 그를 믿는 수밖에 없었다.

"……!"

압둘 라흐만은 걸음을 멈추었다. 무장한 한 무리의 사람들이 토벽길을 가로막고 선 것이다. 석연당은 얼른 뒤를 돌아보았다. 뒤에도 많은 사람들이 칼을 들고 퇴로를 차단하고 있었다. 세 사람은 꼼짝없이 갇히고 말았다.

"당신이 압둘 라흐만이로군. 이제 오마르에게 큰소리칠 수 있게 되었군."

사람들 틈에서 야곤이 이죽거리며 모습을 드러냈다. 일을 너무 쉽게 생각했군. 왜 함정일지 모른다는 생각을 안 했을까. 석연당과 압둘 라흐만은 너무 서둘렀음을 후회했다. 번쩍하며 번개가 치더니 곧 사방이 떠내려갈 것 같은 큰 소리의 천둥이 뒤를 이었다.

"곧 자그무크 의식이 거행될 것이다. 자르파니트 님을 정중히 모셔라."

네게르헷살이 지시를 내리자 무장한 사람들이 서서히 다가왔다. 도망갈 수도, 대항할 수 없는 상황이다. 석연당과 압둘 라흐만은 순순히 저들의 포박을 받았다.

석연당과 압둘 라흐만은 함거에 갇혔고, 소피아는 사람들의 엄중한 호위를 받으며 제단으로 끌려갔다. 빗줄기는 앞을 구분하기 힘들 정도로 굵어졌고 번개는 쉬지 않고 밤하늘을 갈랐다. 마르두크 신에게 자르파니트를 시집보낼 때가 온 것이다. 소피아를 본 사람들은 미쳐 날뛰었다.

"자르파니트 님을 제단 위로 모셔라."

네게르헷살은 그 말을 남기고 성큼성큼 단 위로 올라갔다. 건장한 부제副祭 둘이 소피아를 양쪽으로 부축했다. 저항이 불가능한 상황이었다. 온몸에서 힘이 빠져나간 소피아는 그들에게 이끌려 비틀거리며 계단을 올라갔다.

계단의 중간에 이르렀을 무렵에 번쩍하며 번개가 쳤다. 어느 틈에 단 위에 올라간 네게르헷살이 매의 눈을 하고 소피아를 노려보고 있었다. 참으로 소름이 끼치는 얼굴이었다. 천둥이 엄청난 굉음을 울리며 신전을 강타했다. 신전 아래에 운집한 사람들은 이미 제정신이 아니었다.

신전 꼭대기에 오르자 금칠을 한 수송아지 상이 이글거리는 횃불에 거대한 형체를 반사시키고 있었다. 소피아는 그 앞에 놓여 있는 금칠을 한 관을 보는 순간 휘청거리며 주저앉았다. 하면, 저 안에 나를….

그렇지만 희망을 잃지 말아야 한다. 그 사람이 반드시 나를 구하러 올 것이다. 소피아는 그렇게 믿으며 혼미해지려는 정신을 바로잡았다. 빗줄기는 더욱 굵어졌고, 천지가 무너져 내릴 듯 요란한 천둥소리가 그치질 않았다.

"마르두크 신이시여!"

네게르헷살이 금지팡이를 번쩍 치켜들며 큰 소리로 외치자 단 아래의 사람들은 일제히 엎드리며 마르두크 신을 연호했다.

10

굵은 빗줄기가 사정없이 얼굴을 때렸다. 죽을힘을 다해 돌아온 바빌론 평원은 최악의 상황으로 치닫고 있었다.

"어떻게 하지요? 저들은 곧 소피아를 관 속에 집어넣을 텐데."

알리크가 발을 동동 굴렀다. 야곤과 네게르헷살은 득의만면해서 큰 소리를 치고 있는데 석연당과 압둘 라흐만은 저들에게 붙잡혔다. 이런 상황에서 달랑 알리크와 둘이서 소피아를 구해낼 수 있을까. 그렇지만 유리한 국면도 있었다. 사람들이 미쳐 날뛰는 통에 옆에 신경을 쓰지 못한다는 사실이다. 아무튼 빨리 대책을 마련하지 못하면 소피아는 관 속으로 들어가게 될 것이다. 그 위에 못질을 하면 끝이다. 김양상은 주변을 찬찬히 살피며 대책을 강구했다.

"무슨 수를 써서라도 네게르헷살과 야곤을 제압해야 한다. 하지만 그것이 끝이 아니다. 지금 제정신이 아닌 부족민들을 설득해야 하는데 그 일을 할 수 있는 사람은 너밖에 없을 것 같구나."

난국을 타개하려면 알리크의 힘이 절대적으로 필요할 것이다.

"무슨 말인지 잘 알겠어요. 해볼게요."

알리크가 비감한 얼굴로 대답했다. 아버지는 존경받는 부족장이었다. 진실을 알리고, 진심으로 호소하면 부족민들이 이성을 되찾을 것이다. 알리크는 그렇게 믿으며 협정서를 손에 꼭 쥐었다.

"좋다. 그러면 내가 단 위로 올라가서 소피아를 구할 테니 너는 부족민들을 잘 설득해라."

김양상은 알리크에게 할 일을 일러준 후에 단 위까지의 거리를 가늠해보았다. 꼭대기까지 오르려면 무려 150개의 계단을 올라가야 하지만 뒷면 벽을 타고 오르면 그보다는 빨리 올라갈 수 있을 것 같았다. 경사가 가파르지만 사람들 눈에 띄지 않는 이점도 있다.

"그럼."

김양상은 알리크의 손을 힘껏 잡은 후에 슬그머니 사람들 틈을 빠져 나왔다. 빗줄기는 점점 더 굵어져서 이제는 장대비로 변해 있었다.

신전 뒷면에 이른 김양상은 심호흡을 하고서 벽면을 오르기 시작했다. 활을 등에 매고, 칼을 옆구리에 찬 채로 빗물이 흘러내리는 벽면을 오르는 게 쉽지 않았지만 그런대로 잡을 곳, 디딜 곳이 있어서 그나마 다행이었다. 일이 벌어지기 전에 빨리 단 위로 올라가야 한다. 김양상은 부지런히 손과 발을 움직였다.

"와!"

사람들의 환호성이 들렸다. 의식이 절정에 이른 듯했다. 시간이 없다. 김양상은 신전 앞쪽으로 서둘러 이동했다. 번개가 번쩍하면서 단 위에서 부제 2명이 소피아를 양편에서 부축하고서 황금관으로 데리고 가는 모습이 눈에 들어왔다. 소피아는 정신을 잃었는지 아무런 저항 없이 끌려가고 있었다. 그들은 소피아를 관 속에 넣고 못질한 후에 신전에 매장할 것이다. 김양상은 떨리는 가슴을 진정시키며 활을 겨냥했다. 장대비가 내리고 있지만 이미 정확한 거리와 방향을 측정해놓은 터였다.

쉿!

바람을 가르며 날아간 화살은 부제를 명중시켰고 화살을 맞은 부제는 비명을 지르며 나가떨어졌다. 김양상은 틈을 주지 않고 계단을 뛰어 올라갔다. 여기까지 오느라 힘을 많이 소진했지만 상황은 숨 돌릴 틈조차 허용하지 않았다.

남은 부제가 눈을 부릅뜨며 덤벼들었지만 김양상의 적수가 되지 못했다. 김양상은 전광석화의 기세로 달려들었고, 그 서슬에 놀란 부제는 뒷걸음을 치다 단 아래로 굴러떨어졌다.

"감히 신전을 범하다니! 용서할 수 없다!"

네게르헷살이 호통쳤지만 칼을 든 김양상에게 덤벼들지는 못했다. 야곤은 매의 눈을 하고서 김양상을 노려보았다.

"소피아! 소피아! 정신을 차리시오!"

김양상은 눈을 감은 채 쓰러져 있는 소피아에게 달려갔다.

"당신은…."

다행히 소피아가 눈을 떴다.

"내가 돌아왔소. 빨리 여기를 빠져나갑시다."

김양상은 얼른 소피아를 부축했다.

"자르파니트 님을 어디로 데려가려고 하느냐!"

네게르헷살이 김양상의 앞을 가로막고 섰다.

"침입자가 있다! 빨리 저자를 포박하라!"

어느 틈에 단 아래로 내려간 야곤이 소리를 쳤다. 그 순간 번쩍하고 번개가 치면서 단 위에서 벌어지고 있는 상황이 생생하게 드러났다. 뭔가 심상치 않은 일이 벌어지고 있다고 추측하던 사람들은 비로소 상황을 똑똑히 알게 되었다.

"저자를 잡아라!"

야곤이 호통치자 앞줄에 있던 호위무사들은 황급히 움직였고 여기저기서 횃불이 일렁였다.

"멈추어라!"

한걸음에 계단으로 뛰어 올라간 알리크가 단 위로 몰려가는 호위무사들을 제지하고 나섰다.

"여러분들은 지금 저자에게 속고 있다. 저자는 부족장인 내 아버지를 죽이고 사욕을 채우기 위해 부족을 멸망으로 몰고 가고 있다. 이슬람제국과의 화친 협정은 순조롭게 체결되었다. 이전에 우마이야드 왕조에게 바치던 세금만 내면 얼마든지 자유롭게 장사할 수 있고, 신앙도 지킬 수 있다. 여기 그러한 사실을 입증하는 협정서가 있다."

알리크가 협정서를 번쩍 들었다. 모여든 횃불이 제단 주변을 환하게 비추고 있었다. 피는 속이지 못하는 것일까. 알리크는 의젓한 자세로 운집한 부족민들을 상대했다.

"거짓말이다! 이슬람제국은 우리를 노예로 삼으려 하고 있다!"

야곤이 계단 중간에서 악을 썼다.

"협정서는 칼리프로부터 위임을 받은 알 하자드 왕자가 서명했다. 여기 그러한 사실을 보증하는 증표가 있다!"

알리크가 석류석 목걸이를 높이 치켜들었다. 사람들이 술렁이기 시작했다. 알리크의 부친은 모두에게 존경받던 부족장이었다.

"쥐새끼처럼 빠져나가더니 어디서 가짜 협정서를 가지고 부족민을 속이려 하느냐! 네부카드네자르 대왕께서 지상에 다시 내려오고 있다. 위대한 바빌론제국의 부활이 목전에 당도한 마당이다. 저자의 말에 현혹되어서는 안 된다!"

야곤이 언성을 높이자 알리크의 말에 귀를 기울이던 사람들이 다시 동요하기 시작했다.

"알리크의 말이 사실이오. 나는 처음부터 모든 것을 지켜보았소."

하지브가 뛰어 올라오며 알리크의 말이 사실임을 밝혔다. 누구의 말을 믿을까. 김양상은 숨을 죽이고 단 아래를 지켜보았다. 사람들이 누구 편에 서느냐에 따라 대세가 결정될 것이다.

"앗!"

김양상이 비명을 질렀다. 어느 틈에 계단을 내려갔는지 야곤이 알리크에게 달려들었다. 손에 단검이 들려 있었다. 창졸간에 기습을 당한 알리크는 미처 피할 틈이 없었다. 김양상도 어찌할 수 없는 상황이었다. 부친의 뒤를 이어 알리크마저도 야곤의 칼에…. 그 순간 하지브가 알리크의 앞을 가로막고 섰다.

"악!"

단검에 찔린 하지브가 비명을 지르며 쓰러졌다. 뜻을 이루지 못한 야곤이 계속해서 알리크에게 달려들었다. 하지만 이번에는 김양상이 빨랐다. 김양상의 손을 떠난 칼이 야곤의 팔에 꽂히면서 알리크는 위기를 모면하게 되었다.

"뭣들 하느냐! 빨리 저자들을 포박하라!"

야곤이 팔을 부여잡고 고래고래 악을 썼다.

"멈추어라!"

그때까지 엉거주춤한 자세로 상황을 지켜보고 있던 호위무사들이 태도를 정한 듯 출동하려 하는데 한 무리의 남자들이 계단으로 올라서며 그들을 막아섰다. 모두 10명이었는데 나이가 지긋한 것으로 봐서 지파를 대표하는 사람들 같았다.

"부족 규율에 따르면 부족장이 유고시에는 지파 대표들이 임시로 부족을 이끌게 되어 있다. 우선 사실관계부터 확인하겠다."

나이가 지긋한 남자가 앞으로 나서며 알리크로부터 협정서를 받아들었다. 지파 대표들은 차례로 협정서를 살피더니 모여서 숙의에 들어갔다. 과연 어떤 결정을 내릴 것인가. 저들이 증표를 믿어줄까. 김양상은 제발 석류석이, 그리고 소용돌이무늬가 신비스러운 힘을 발휘해서 사람들에게 진실을 전해주었으면 하고 기원했다.

"지파 대표들의 뜻을 전하겠다."

알리크로부터 협정서를 받아들었던 사람이 앞으로 나섰다. 부족민들은 숨을 죽이고 지파 대표들의 결정에 귀를 기울였다.

"우리는 이 협정서가 진본임을 믿는다."

지파 대표의 결정은 신속하게 뒤로 전달되었고 사람들은 차례로 환호하기 시작했다. 그렇다면 이제 이전처럼 평화롭게 장사에 종사하며, 고유의 신앙을 믿으며 살 수 있게 된 것이다. 광란이 지배하던 바빌론 평원은 기쁨으로 충만했고 핏기를 잃었던 사람들의 얼굴에 생기가 돌기 시작했다.

"즉시 저자를 포박하라!"

지파 대표의 명이 떨어지자 호위무사들이 야곤에게 달려들었다.

"안 돼! 협정서는 가짜야!"

야곤이 끌려가면서 악을 썼지만 이제 그의 말에 귀를 기울이는 사람은 아무도 없었다.

조마조마한 심정으로 단 아래 상황을 지켜보던 김양상은 안도의 숨을 내쉬며 털썩 주저앉았다. 참으로 큰 고비를 넘긴 것이다. 알리크가 훌륭히 자기 몫을 해낸 것이 매우 대견스러웠다. 하늘을 올려다보니 그 사이에 빗줄기는 많이 가늘어져 있었다. 이제 소피아에게 가봐야 한다.

"……!"

그 순간 소피아의 비명소리가 들렸다. 김양상은 서둘러 계단을 뛰어 올라갔다. 단 위에 오르니 네게르헷살이 소피아를 끌고 가고 있었다. 이글거리는 그의 눈에서 초인적인 힘이 느껴졌다. 네게르헷살은 이미 제정신이 아니었다.

"무슨 짓이냐! 모든 게 끝났다! 속히 소피아를 놓아주어라!"

김양상이 호통을 치며 네게르헷살의 앞을 가로막았다.

"감히 마르두크 신의 신부를 빼내려 하다니!"

네게르헷살이 김양상을 밀쳤는데 엄청난 괴력에 김양상은 뒤로 나뒹굴고 말았다. 네게르헷살은 미쳐 날뛰는데 기력은 소진되었고 활도 칼도 없는 마당이다.

"네놈을 죽이고 자르파니트 님을 마르두크 신께 바칠 것이다."

살기등등해서 다가오는 네게르헷살의 손에 황금지팡이가 들려 있었다. 석연당과 압둘 라흐만은 어찌된 것일까. 알리크라도 달려와 주었으면 좋겠는데…. 그럴 여유가 없었다.

"내 뒤로!"

김양상은 소피아를 등 뒤로 숨겼다. 조금이라도 시간을 벌 요량이었다. 등을 통해서 소피아의 떨림이 느껴졌다. 살아도 같이 살고 죽어도 같이 죽는다. 그렇게 생각하니 크게 두렵지 않았다.

네게르헷살은 냉소를 날리더니 황금지팡이를 번쩍 치켜들었다. 피할 기력도 이미 상실한 마당이었다. 여기서 끝인가…. 그 순간 번쩍하며 번개가 쳤다.

"악!"

강력한 기를 내뿜으려 떨어진 번개는 치켜든 네게르헷살의 황금지팡이를 때렸고 벽력霹靂을 맞은 네게르헷살은 외마디 비명을 지르며 나가

떨어졌다.

　이것이 당신이 말한 대왕의 재림인가. 급사한 네게르헷살을 보면서 김양상은 문득 측은한 마음이 일었다. 그 또한 야곤의 야욕에 희생된 사람일 것이다.

　"이제 다 끝났소."

　김양상은 아직도 떨고 있는 소피아의 손을 꼭 잡았다. 이제 여기 일을 마무리 지었으니 다마스쿠스로 가서 배를 타고 콘스탄티노플로 가면 된다. 콘스탄티노플에 무사히 당도할 수 있을까. 김양상은 다시 한 번 콘스탄티노플이 자욱한 안개 너머의 신기루처럼 느껴졌다.

팔미라

1

오후로 접어들며 바람이 더욱 거세어지면서 숨을 쉬기조차 쉽지 않았다. 팔미라까지는 아직도 여정이 많이 남았기에 오늘 밤도 사막에서 지내야 할 것이다. 김양상을 선두로 압둘 라흐만과 석연당, 그리고 소피아는 고개를 푹 숙인 채 부지런히 길을 재촉했다.

그렇게 한참을 나가자 본격적으로 사막이 펼쳐졌다. 열기는 더했지만 다행히 바람이 잦아들면서 숨 쉬기가 한결 편해졌다. 군데군데 늘어서서 오아시스를 이룬 대추야자 숲은 보기만 해도 힘이 되었다.

'꼭 뜻을 이루세요. 서라벌로 돌아갈 때 제일 좋은 배를 마련해 드릴 테니.'

알리크는 이별을 아쉬워하면 김양상에게 서라벌로 돌아갈 때 꼭 바스라에 들를 것을 당부했다. 그간의 혼란을 수습하려면 눈코 뜰 새 없이 바쁘겠지만 슬기로운 알리크는 어려움을 잘 극복하고 갈등을 빚었던 지파들을 다시 하나로 결속시킬 것이다.

김양상은 석류석 목걸이를 꺼내들었다. 알리크가 정표로 준 것이다. 바빌론에서 예상치 못했던 위기를 겪었지만 덕분에 석류석 목걸이를 손에 넣게 되었다. 팔미라에 가면 황금보검의 비밀을 풀 수 있는 단서를 찾을 것 같기에 김양상은 벌써부터 가슴이 설레었다.

　어느새 해가 지평선 너머로 넘어가려 하고 있었다. 모래언덕에 오르니 저만치 앞에서 대상의 행렬이 황혼에 그림자를 길게 늘어뜨리고 사막을 지나고 있었다. 저들과 합류하면 큰 불편 없이 사막에서 하룻밤을 지낼 수 있을 것이다. 김양상 일행은 길을 서둘렀고, 다행히 어둠이 깔리기 전에 대상과 합치게 되었다.

　"당신은 당나라 사람이오?"

　대상의 행두가 김양상을 보고 눈을 휘둥그레 떴다. 대상은 다마스쿠스와 바그다드를 오가며 장사하는 사람들인데 말과 낙타의 등에는 바그다드에서 구입한 비단과 종이가 가득 실려 있었다.

　"바그다드에서 당나라 사람을 많이 봤지만 여기서 당나라 사람을 만나게 될 줄은 몰랐소. 보아하니 대상은 아닌 것 같은데 어디까지 가는 길이오?"

　처음에는 경계하던 행두는 도적이 아님을 알자 호의를 보였다.

　"장안에서 왔지만 나는 당나라 사람이 아닙니다. 내 고향은 먼 동쪽에 있는 신라지요. 바그다드에 머물다 일이 있어 다마스쿠스를 거쳐 콘스탄티노플로 가는 중입니다."

　김양상이 간략하게 설명했다.

　"그렇군요. 우리도 다마스쿠스로 가는 길인데 우리 상단을 호위해 주면 어떻겠습니까? 숙식은 우리가 제공하겠습니다."

행두가 석연당과 압둘 라흐만을 번갈아 쳐다보며 말했다. 그것은 오히려 바라던 바였다.

"좋습니다."

김양상은 즉시 수락했다.

"그런데 도적이 나타납니까?"

"시리아와 팔레스타인 일대는 아직 아바스 왕가의 기반이 단단하지 못합니다. 그러다 보니 도적이 출몰하고 있지요. 우마이야드 왕가 시절에는 이런 일이 없었는데….."

행두는 압둘 라흐만이 누군지 알 리 없었다. 행두와 이런저런 얘기를 나누며 길을 걷다 보니 어느새 사방이 깜깜해졌다.

"오늘은 여기서 묵는 게 좋겠습니다."

행두가 정지를 명하자 대상들은 익숙한 솜씨로 천막을 쳤다. 일행은 모두 10명 정도로 작은 규모의 상단이었다.

"이 부근은 안전합니까?"

호위를 맡은 이상 책임을 다해야 한다. 김양상이 주변을 살피며 물었다.

"아직까지는 그렇습니다만 그렇다고 마음을 놓을 수는 없겠지요."

행두는 김양상 일행과 합류한 것을 크게 안도하고 있었다. 김양상은 석연당이 묵묵히 천막을 치는 것을 보며 압둘 라흐만에게 다가갔다.

"도적이 출몰할 것 같습니까?"

"예전 같으면 상상도 할 수 없는 일이지요. 아무튼 경계해야 할 것 같습니다."

압둘 라흐만이 주위를 살피며 대답했다.

"천막이 완성되었소. 내가 경계를 설 테니 들어가 쉬시오."

석연당이 다가왔다. 손에는 바빌론을 떠날 때 챙겼던 장창이 들려 있었다.

"아니다. 내가 먼저 경계를 설 테니 네가 쉬어라."

어차피 교대로 밤을 새야 할 판이다. 김양상은 먼저 번을 서기로 하고 반월도를 빼들었다. 처음에는 많이 어색했지만 지금은 그런대로 이슬람의 칼을 구사하게 되었다. 김양상은 주변을 살피기로 하고 모래언덕으로 향했다. 교교한 달빛이 사막의 적막함을 더해주고 있었다. 끝없이 펼쳐진 사막. 마치 모래의 바다 한복판에 홀로 서 있는 기분이었다.

팔미라에 가면 제일 먼저 보석상으로 달려가서 석류석 목걸이에 대해서 알아볼 작정이다. 황금보검으로 인해서 누명을 쓰고 쫓겨났는데 우연한 계기로 서행西行을 하게 되었고, 서쪽으로 걸음을 옮길 때마다 막연하게나마 황금보검과 관련된 단서를 손에 넣고 있었다. 그렇다면 팔미라에서도 일이 잘 풀릴 것이다. 꼭 황금보검의 비밀을 밝혀서 떳떳하게 서라벌로 돌아갈 것이다. 김양상은 석류석 목걸이를 꼭 쥐며 그렇게 다짐했다.

김양상은 밤하늘을 올려다보았다. 환한 빛을 뿌리고 있는 달을 보자 더욱 서라벌 생각이 났다. 하지만 지금은 망향의 정에 빠져들 때가 아니다.

"……!"

정신을 가다듬고 다시 주변을 살피던 김양상의 눈에 모래언덕 아래로 웬 건물이 눈에 들어왔다. 사막 한복판에 저런 건물이 있을 줄이야.

김양상은 끌리듯 모래언덕 아래로 걸음을 옮겼다.

건물은 신전 같았는데 열주회랑列柱回廊에 반사된 달빛이 주변에 하얀 빛을 뿌리고 있었다. 신전은 오래전에 사람의 발길이 끊긴 폐허 같았다. 그래도 여기까지 온 김에 살피고 돌아가는 게 좋을 것이다. 김양상은 조심스럽게 둥근 기둥이 양편으로 길게 늘어선 회랑을 걸어갔다. 달빛에 모습을 드러낸 신전은 사람의 발길이 끊긴 지 오래임을 여실히 보여주고 있었다.

"……!"

발길을 돌리려던 김양상은 눈을 의심했다. 신전 끝에서 하얀 옷을 입은 여인이 갑자기 나타난 것이다. 잘못 본 게 아닐까. 그러나 틀림없는 여인이었다. 이런 곳에 사람이 있을 줄이야. 웬 여인이 사막 한복판의 폐허에….

"……!"

여인도 김양상을 보고 놀랐는지 겁에 질린 표정으로 뒷걸음쳤다. 젊은 여인은 몹시 고혹적인 자태를 지니고 있었다. 여인은 허둥대며 나타난 것으로 봐서 무엇에 쫓기는 것처럼 보였다.

젊은 여인은 곤혹스러운 표정을 짓더니 다시 돌아서서 열주회랑 끝으로 내달렸다. 저 여인은 누구며 도대체 이 폐허의 신전에서 무슨 일이 벌어지는가. 김양상은 반월도를 뽑아들고 여인을 쫓아갔다.

열주회랑을 지나자 넓은 방이 모습을 드러냈다. 다른 사람의 인기척은 느껴지지 않았다. 김양상은 신경을 곤두세우고 조심스럽게 방으로 들어섰다. 큼직한 방은 본전本殿인 것 같았다. 여인은 누구일까. 김양상은 문득 타클라마칸 사막의 서역도호부 사람들이 떠올랐다. 그렇다면 이 여인도 사막 한복판에서 숨어 사는 사람일까. 하지만 이곳은 대상들의 통행로에서 별반 벗어난 곳이 아니었다. 마침 구름 사이로 달이 모습을 드러내면서 방 안이 환해졌다.

"……!"

그런데 아무리 살펴도 여인은 보이지 않았다. 어떻게 된 일일까. 분명 입구는 하나뿐이고 사면이 막힌 방이다. 하늘로 솟은 것일까. 아니면 땅으로 꺼졌을까. 어찌된 영문인지 알 수 없지만 눈을 씻고 찾아봐도 여인의 모습은 보이지 않았다. 이럴 수가…. 김양상은 방을 찬찬히 살폈다. 벽은 벽화로 장식되어 있는데 모래바람 속에서 세월을 견뎌낸 벽화는 지난날의 영화를 말해주는 것 같았다.

"……!"

벽화를 살피던 김양상의 눈이 벽화 속의 한 여인에게 멈추었다. 여인은 이곳을 통치하던 사람이었는지 높은 자리에 앉아서 사람들을 내려다보고 있었는데 이상하게 낯이 설지 않았던 것이다. 김양상은 그리로 걸음을 옮겼다.

"헛!"

벽화를 자세히 살피던 김양상은 짧은 비명을 내질렀다. 벽화 속의 여인은 놀랍게도 방금 전에 김양상과 마주쳤던 바로 그 여인이었다. 생김새도, 복장도 분명 그 여인이었다. 이게 어떻게 된 일인가. 하면, 그 여인이 벽화 속으로 들어가기라도 했단 말인가. 김양상은 주춤주춤 뒷걸음을 쳤다. 일찍이 경험해보지 못했던 공포가 밀려온 것이다.

허겁지겁 신전을 빠져나온 김양상은 일행이 머무르는 곳으로 내달렸다. 혹시 무슨 일이 생기지는 않았을까. 다행히 숙소는 평온했다.

"왜 그럽니까? 무슨 일이라도?"

주변을 살피던 압둘 라흐만이 정신없이 달려오는 김양상을 보며 경계 자세를 취했다.

"별일 아닙니다. 저기에 폐허가 된 신전이 있기에 살피고 오는 길입니다."

김양상은 신전에서의 일은 일단 함구하기로 했다. 갈 길이 먼 마당에 공연히 소란을 피우고 싶지 않았던 것이다. 다른 사람들은 모두 자는지 숙소는 조용했다.

"폐허가 된 신전이 이 부근에 있다면 어쩌면 오래전에 멸망한 팔미라 왕국의 신전일지 모르겠군요."

압둘 라흐만이 혼잣말 비슷하게 중얼거렸다.

"팔미라왕국이라면…."

"로마제국과 동방의 교역을 중계하면서 번성했던 시리아 사막의 오아시스 왕국이었지요."

그렇다면 팔미라왕국은 한과 대진국의 교역을 중계하면서 막대한 부를 구축했다고 위서魏書 〈서융전西戎傳〉에 기록된 차란왕국且蘭王國인 것 같았다.

"그토록 번성했던 왕국이 왜 폐허가 되었습니까?"

서융전은 차란왕국의 존재만 거론했을 뿐, 상세한 내용은 다루지 않았다.

"로마제국에 대항하다 멸망했지요. 그게 5백여 년 전의 일인데 팔미라의 여왕 제노비아는 아름다운 자태만큼이나 성격이 강하고 야심만만한 여인이었습니다."

120

여왕 제노비아…. 어쩌면 신전 벽화의 그 여인일지 모른다는 생각이 스치고 지나갔다. 그런데 아까 내가 본 것은 무엇일까. 혹시 낯선 환경, 이국적인 분위기에 홀려서 잠시 정신이 혼미했던 것이었을까. 신전의 정체는 밝혀졌지만 혼란은 여전했다.

"들어가서 쉬십시오. 내가 밖을 살피겠습니다."

압둘 라흐만이 교대하자고 했다. 아무래도 잠시 쉬는 게 좋을 것 같았다. 김양상은 압둘 라흐만에게 경계를 맡기고 막사로 들어갔다.

"무슨 일이라도…?"

소피아가 근심스러운 표정으로 물었다. 석연당은 구석에서 세상모르고 자고 있었다.

"별일 아니오. 왜 여태 자지 않고? 종일 사막을 지나느라 힘들었을 텐데."

고향이 가까워지고 있기 때문일까. 소피아는 흥분을 감추지 못하고 있었다.

"콘스탄티노플은 어떤 곳이오?"

김양상에게 콘스탄티노플은 두 가지 의미를 지니고 있다. 소피아와의 약조를 지키는 곳인 동시에 황금보검의 비밀을 밝혀야 하는 곳이기도 하다.

"아름다운 곳이지요."

소피아는 짧게 대답하고 입가에 미소를 지었다.

"그곳에서 당신의 뜻을 이루었으면 좋겠어요."

소피아는 그 말과 함께 김양상의 어깨에 얼굴을 기댔다.

2

팔미라는 예상했던 것보다 훨씬 큰 오아시스 도시였다. 거리는 대상들로 붐볐고 시장에서는 동방과 서방에서 건너온 물자들로 넘쳐났다. 당연히 거리를 오가는 사람들 중에는 먼 이역에서 온 사람들도 많았고 피부가 검은 사람도 쉽게 눈에 띄었다. 그래서일까. 사람들은 김양상과 석연당을 별로 주목하지 않았다. 성가신 일을 겪지 않게 되어 다행이었다.

김양상과 석연당, 소피아 그리고 압둘 라흐만은 인파를 헤치며 나갔다. 압둘 라흐만은 이곳에서 수하와 만나기로 했다고 했다. 압둘 라흐만은 사람들의 통행이 뜸한 골목길로 접어들더니 자그마한 벽돌집에 이르러서 조심스레 문을 두드렸다. 김양상은 골목 밖을 살폈지만 특별히 이들을 주목하는 사람은 눈에 띄지 않았다.

"왕자님! 무사하셨군요."

쪽문이 열리면서 모습을 드러내자 노인은 압둘 라흐만을 보고 황급히 예를 갖추었다.

"그래, 카림. 나는 무사하다."

압둘 라흐만이 성큼성큼 안으로 들어섰다. 김양상과 석연당, 소피아는 압둘 라흐만의 뒤를 따라 안으로 들어갔다.

"나를 도와준 은인들이다."

압둘 라흐만이 카림에게 김양상 일행을 소개했다.

"참으로 감사합니다. 앞으로는 제가 책임지겠습니다."

카림이 세 사람에게 차례로 감사를 표했다.

"이곳 상황이 어떠냐?"

인사가 끝나자 압둘 라흐만이 정색을 하고 카림에게 물었다.

"아바스 가문은 아직 이곳에 뿌리를 내리지 못하고 있습니다. 그러면서 여기저기서 도둑들이 날뛰고 있습니다. 덩달아 이런저런 소문까지 떠돌면서 민심이 흉흉한 상태입니다."

카림의 말대로 신흥 아바스 왕조는 우마이야드 가문의 본거지인 시리아 일대를 아직 완전하게 장악하지 못하고 있었다. 두 사람의 대화는 이어졌고 김양상은 잠자코 두 사람의 대화에 귀를 기울였다.

"그래 어떤 소문들이 떠도느냐?"

"우마이야드 가문이 재기해서 다마스쿠스로 진격할 거라는 소문도 떠돌고 있습니다."

카림이 압둘 라흐만의 눈치를 살피며 조심스럽게 입을 열었다.

"그런 일은 없을 것이다. 이슬람제국의 내분을 일으키는 일은 하지 않겠다고 알 하자드 왕자와 약조했다. 칼리프의 자리가 아바스 가문으로 넘어간 데는 정복에 치중하느라 신민臣民들의 삶을 도탄으로 내몰았던 우리의 잘못도 크다."

압둘 라흐만의 얼굴에 회한이 가득했다.

"코르도바로 가서 자리를 잡은 후에 다시 돌아와서 나를 따르겠다는 사람들을 데리고 가겠다."

압둘 라흐만이 미련을 버리고 새로운 세계를 개척해갈 것임을 분명히 했다. 김양상은 신민들의 안녕을 먼저 고려하는 그에게서 참다운 군주의 모습을 보았다.

"잘 알겠습니다. 다마스쿠스로 가면 안달루시아로 가는 배를 얼마든지 수배할 수 있습니다."

"콘스탄티노플로 가는 배도 알아보거라."

압둘 라흐만이 김양상 일행은 콘스탄티노플로 갈 것임을 알렸다.

"그리하겠습니다. 그런데 떠도는 소문 중에 기이한 게 있습니다."

"무슨 소문인데 그러느냐?"

"지금 아루르사파에 제노비아 여왕이 환생했다는 소문이 퍼지고 있습니다."

카림이 조심스럽게 입을 열었다.

"그게 무슨 소리냐? 제노비아 여왕은 5백여 년 전에 죽은 사람인데."

"시절이 하 수상하다 보니 별의별 소문이 다 떠도는 것 아니겠습니까. 그런데 환생한 여왕을 봤다는 사람도 있어서 소문이 쉽게 가지실 않고 있습니다."

"쓸데없는 소리! 소문이란 본래 사람들의 입을 통해 퍼져나가면서 과장되게 마련이다."

압둘 라흐만은 대수롭지 않게 넘겼지만 김양상은 카림의 말을 흘려버릴 수 없었다. 사막에서의 일이 떠오른 것이다.

"참!"

카림이 생각났다는 듯이 말을 꺼냈다.

"바드르를 봤다는 사람이 있습니다."

"바드르를?"

제노비아 여왕과 관련된 소문은 일축했던 압둘 라흐만이 정색했다. 사실이라면 대학살 때 용케 살아남았단 말이 된다.

"확실한 것은 아닙니다. 어쩌면 닮은 사람을 본 것일지도 모릅니다."

카림이 말끝을 흐렸다.

"언제 출발할 수 있느냐?"

잠시 주춤했던 압둘 라흐만은 곧 정상을 되찾았다.

"동행할 대상을 물색하겠습니다."

"그렇다면 우리와 동행했던 대상과 다시 합류하는 것이 좋겠다. 그들도 팔미라에서 며칠 머문다고 하니."

김양상이 동행했던 대상을 추천했다. 믿을 만한 사람이었던 것이다.

"잘되었군요. 그리 알고 준비하겠습니다. 팔미라에 머무는 동안에는 이곳에서 지내시면 됩니다."

카림이 김양상에게 웃음을 지어보였다. 일이 그런대로 순조롭게 풀리고 있었다. 팔미라에서 지내는 일도, 사막을 지나는 일도, 또 배편을 알아보는 일도 전부 해결된 셈이다.

"잠깐 다녀올 데가 있다."

방이 정해지자 김양상은 잠시 외출할 뜻을 비쳤다.

"어디를 다녀오겠다는 거요? 팔미라에 아는 사람이라도 있소?"

석연당이 퉁명스럽게 물었다.

"보석상에 알아볼 것이 있다."

김양상은 석류석 목걸이를 들어보이고는 밖으로 통하는 문으로 향했다. 팔미라는 처음이지만 알 하자드 왕자가 말한 보석상을 찾는 것은 어렵지 않을 것 같았다.

시간이 흘러 해가 서쪽으로 기울기 시작했는데 거리는 여전히 인파로 분주했다. 각처에서 모여든 여러 인종의 사람들이 바쁘게 거리를 오갔지만 별다른 위험은 감지되지 않았다. 김양상은 사람들이 몰리는 중심가로 발길을 옮겼고, 어렵지 않게 보석상을 찾았다. 팔미라에서 제일 큰 저 보석상이 알 하자드 왕자에게 석류석 목걸이를 판 곳일 것이다.

보석상으로 들어서자 원석을 살피던 남자가 김양상을 위아래로 훑어보며 다가왔다. 차림으로 봐서 주인 같지는 않았다.

"무슨 일입니까?"

점원이 경계심을 늦추지 않으며 물었다. 사방각지에서 모여든 사람들로 들끓는 팔미라지만 먼 동쪽에서 온 김양상은 낯이 설었던 것이다.

"알아볼 것이 있어서 왔소."

김양상은 석류석 목걸이를 꺼내들었다.

"내 친구로부터 얻은 물건인데 이곳에서 구입했다고 들었소."

점원은 석류석 목걸이를 찬찬히 살피더니 고개를 끄덕이며 여기서 판 물건임을 확인했다.

"귀한 물건 같아서 내역에 대해서 상세히 알고 싶어 들른 것이오. 내 친구는 콘스탄티노플에서 들어온 물건 같다고 했는데 사실이오?"

"그렇습니다. 누금세공기법은 콘스탄티노플의 장인들의 장기지요."

보석상 점원이 갑자기 조심스러운 태도를 취했다. 석류석 목걸이는 알 하자드 왕자에게 판 물건이 틀림없다. 그런데 어떻게 저 동방인의 손에…. 혹시 바그다드에서 급파된 암행감찰원이 아닐까. 보석상 남자는 퍼뜩 그런 생각이 들었다.

"하면, 이 보석은? 석류석이라고 들었는데 이것도 콘스탄티노플에서 산출된 것이오?"

"아닙니다. 석류석은 트라키아(불가리아)에서 들여온 것입니다."

트라키아? 처음 듣는 지명이었다.

"콘스탄티노플의 장인들은 자신이 만든 물건에 특유의 무늬를 새긴다고 들었소. 혹시 이 무늬가 무엇을 의미하는지 알겠소?"

김양상은 석류석 목걸이 둘레에 새겨진 소용돌이무늬를 가리켰다.

"그것까지는 모릅니다. 그저 이 석류석 목걸이는 상당히 오래된 것으로 콘스탄티노플에서도 이름난 금세공사가 만든 것이란 사실만 알고 있습니다. 혹시 주인님이라면 아실지도 모르겠습니다만."

보석상 점원이 잔뜩 굳은 표정으로 대답했다.

"주인이 외출 중인 모양인데. 하면, 언제 돌아오시오?"

"그게…. 언제 돌아오신다고 확실하게 말하기 어렵습니다."

멀리 간 것이면 어떻게 하나 걱정했는데 그런 것은 아닌 것 같았다. 김양상은 팔미라를 떠나기 전에 만날 수 있기를 빌며 등을 돌렸다.

"……!"

김양상이 보석상을 나서려 할 때 쪽문이 열리면서 미모의 젊은 여인이 밖으로 나왔는데 왠지 낯설지 않았다. 어디서 봤더라…. 궁리하는데 여인은 급한 일이 있는지 서둘러 보석상을 나섰다.

'앗!'

어디서 봤는지 떠올린 김양상은 여인을 따라 황급히 밖으로 나왔다. 그때 폐허의 신전에서 홀연히 사라졌던 그 여인이 틀림없었다. 화려하게 치장했던 그때와는 달리 수수한 차림새였지만 분명히 그 여인이다. 여인은 누가 따라오지 않는지 힐끔힐끔 뒤를 살피며 빠른 걸음으로 걷는데 그렇다고 김양상을 의식하는 것 같지는 않았다.

그렇다면…. 김양상은 걸음을 멈추고 주위를 살펴보았다. 과연 저만치에서 날카로운 눈매를 지닌 남자가 여인의 뒤를 따르고 있었다. 저자는 또 누굴까. 쫓아갈까 말까. 망설이는 사이에 여인과 남자는 인파 속으로 사라졌다.

숙소로 돌아오자 카림이 다가왔다.

"먼 동쪽 나라의 왕족이라고 들었습니다."

카림의 얼굴에 감탄의 빛이 가득했다.

"그리고 무슨 이유로 먼 여행에 나섰는지도 들었습니다. 꼭 뜻을 이루시기를 빌겠습니다."

"고맙소. 그런데 당신은 혹시 보석상 주인이 어떤 사람인지 알고 있소?"

"안면은 없지만 보석에 대해서는 모르는 것이 없는 박식한 사람이라고 들었습니다."

그것은 점원에게서도 확인한 사실이었다. 김양상은 희망을 가지게 되었다.

"일전에 당신은 제노비아 여왕이 환생했다는 소문이 떠돈다고 했는데 5백 년 전에 죽은 사람이 다시 살아날 리가 만무한데 왜 그런 소문이 떠돈다고 보시오?"

사막에서의 일이 마음에 걸렸던 김양상은 진지한 얼굴로 카림에게 물었다.

"세상이 어수선해지면 사람들은 좋았던 시절을 그리워하게 마련이지요. 그런 사람들의 바람이 제노비아 여왕이 환생했다는 소문을 만든 것으로 봅니다."

카림이 웃으며 대답했다. 일리가 있는 분석이었다.

"팔미라왕국은 동서교역을 중계하면서 번영을 구가했다고 들었소. 제노비아 여왕이 통치하던 때가 전성기였소?"

"그렇습니다. 제노비아 여왕은 로마제국과 사산 조朝 페르시아제국 사이에서 교묘하게 줄타기를 하며 대추야자의 도시를 번영으로 이끌었지요."

"대추야자의 도시라면…."

"팔미라왕국의 또 다른 이름입니다."

카림은 미소를 잃지 않은 얼굴로 김양상의 질문에 성심껏 대답했다.

"먼 동쪽에서 건너온 비단은 로마제국에서 아주 비싼 값에 팔렸습니다. 팔미라는 비단 교역을 중계하며 막대한 부를 쌓았지요. 지금도 팔미라의 폐허에서는 그때 거래되었던 비단들이 출토되곤 합니다."

"그렇게 번영을 구가하던 왕국이 왜 멸망했소?"

표연히 사라진 여인처럼 홀연히 사라진 팔미라왕국. 김양상은 점점 강한 호기심을 느꼈다.

"글쎄요…. 제노비아 여왕의 과욕 때문일지도 모르지요."

"여왕의 과욕이라면…?"

"팔미라의 왕은 로마제국 동방령의 속왕屬王이면서 원로원 의원이었지요. 하지만 제노비아 여왕은 그것으로 만족하지 못했습니다."

"하면, 로마제국으로부터 독립하려 했단 말이오?"

"그렇습니다. 제노비아 여왕은 과감하게 로마제국을 상대로 군사를 일으켰지요."

막강한 부를 구축하고서 당당하게 로마제국과 상대했던 팔미라왕국. 그렇다면 혼란을 겪는 이곳 사람들이 제노비아 여왕을 그리워하는 것은 당연할 것이다.

"사람들은 제노비아 여왕을 그리워하지만 제노비아 여왕이야말로 팔미라왕국을 멸망으로 이끈 장본인입니다. 헛된 욕망과 원대한 포부는 엄연히 다른 것임을 깨닫지 못한 결과는 너무도 비참했으니까요."

새 땅에서 새 출발을 하려는 압둘 라흐만에게 카림은 좋은 조언자가 될 것 같았다. 사막에서의 일을 카림과 상의할까 잠시 망설였던 김양상은 입을 다물기로 했다.

3

대상으로부터 내일 다마스쿠스로 출발한다는 연락이 왔다. 예상했던 것보다 이른 출발이어서 김양상은 당황스러웠다. 오늘은 보석상 주인을 만날 수 있을까. 아무튼 기회는 오늘밖에 없다. 김양상은 단검을 챙겨들고 일어섰다. 미심쩍은 일들을 겪었기 때문일까. 왠지 무장을 하는 게 좋을 것 같다는 생각이 든 것이다.

"무슨 일이 있소?"

석연당이 단검을 챙기는 김양상을 보며 다가왔다.

"보석상에 들를 것이다."

"나도 같이 갑시다."

석연당이 호위를 자처하고 나섰다.

"소피아와 함께 있거라. 어쨌거나 다마스쿠스를 떠나기 전까지는 안심할 수 없으니."

김양상은 따라가겠다는 석연당을 만류하고 거리로 나섰다. 그사이에 두 차례 더 허탕을 쳤으니 오늘은 무슨 일이 있어도 보석상 주인을 만나야 한다. 어디 멀리 여행을 떠난 게 아닌 것은 분명한데 보석상 주인은 좀처럼 보석상에 나타나지 않았다. 김양상은 오늘은 제발 보석상 주인이 자리에 있기를 빌며 보석상으로 들어섰다.

"주인 계시오?"

"아직….."

보석상 점원이 김양상을 보고 말꼬리를 흐렸다. 처음 봤을 때보다 더 경계하는 눈빛이었다.

"하면, 언제 돌아올 예정이오?"

"주인님이 요즘 많이 아프십니다."

"먼저는 출타 중이라고 하지 않았소?"

"그게….."

추궁을 하자 보석상 점원이 허둥댔다. 뭔가 미심쩍었지만 남의 가게에 와서 없다는 주인을 데려오라고 호통칠 수도 없는 노릇이다. 김양상은 일단 보석상을 나서기로 했다. 혹시 나를 바그다드에서 급파된 비밀 관헌으로 오해하는 것일까. 아무튼 주인이 피하고 있는 게 명백했다. 그렇다면 그쪽에서 다가오게 하면 될 것이다.

짐작대로 누가 뒤를 쫓아오고 있었다. 김양상은 모른 체하며 천천히 걸음을 옮겼다. 그리고 모퉁이를 돌자 얼른 골목으로 몸을 숨겼다.

황급히 따라온 미행자는 김양상이 보이지 않자 당황한 듯 사방을 두리번거렸다. 그런데 낯이 익은 얼굴이었다. 두리번거리는 미행자는 먼젓번에 보석상을 찾았을 때 의문의 여인의 뒤를 쫓던 움푹 팬 눈의 그 남자였다.

그는 김양상을 찾지 못하자 당황한 표정을 짓더니 걸음을 돌렸다. 김양상은 눈에 띄지 않게 조심하며 남자의 뒤를 따랐다. 지금 복잡한 일을 벌일 처지가 아니라는 사실은 잘 알지만 보석상 주인과 만나려면 어쩔 수 없었다.

어디로 가는 걸까. 옴폭 팬 눈의 남자는 사람들이 별반 다니지 않는 골목길로 접어들었다. 김양상은 발소리를 죽이며 그 남자 뒤를 따랐다. 그는 누가 자기 뒤를 쫓는지 전혀 눈치를 채지 못한 듯 성큼성큼 걸음을 옮기더니 골목 끝에 자리한 작은 건물로 들어섰다. 저 안에 누가 있을까. 오래전에 지어진 건물은 작은 사원처럼 보였다. 이제 어떻게 할 것인가. 섣불리 저 안으로 들어갔다가 위험에 직면할지도 모른다. 그렇지만 이대로 발길을 돌려버리면 보석상 주인은 영영 만나지 못할 것이다.

잠시 망설이던 김양상은 마음을 정하고 천천히 사원을 향해 걸음을 옮겼다. 그리고 조심스럽게 문을 열었다. 저들이 오해하고 있는 게 있다면 사실대로 해명하면 될 것이다.

"……!"

보석상 주인이 있을 거라 기대하고 사원으로 들어섰던 김양상은 흠칫 놀라며 걸음을 멈추었다. 아무도 없었다. 출구가 따로 있었나. 그러나 사방은 벽이었고 문은 하나밖에 없었다. 그럼 방금 이리로 들어온 그 남자는 어디로 갔는가. 김양상은 얼른 발아래를 살펴보았다. 하지만 바닥 어디에도 지하로 통하는 문 같은 것은 눈에 들어오지 않았다.

이럴 수가…. 김양상은 문득 전에 폐허에서의 일이 떠올랐다. 거듭 뒤통수를 맞은 느낌이었다. 그래도 그때는 밤이었고 사막 한가운데였지만 지금은 해가 환한 낮이고 팔미라 한복판이다.

김양상은 정신을 가다듬고 사방을 찬찬히 살펴보았다. 그리고 벽을 장식한 벽화 중에서 한 여인을 찾아내고 시선을 고정시켰다. 우아한 자태를 한 저 여인은 팔미라를 통치했던 여왕 제노비아일 것이다. 벽화 속의 제노비아 여왕은 빛나는 관을 쓰고, 황금지팡이를 든 채 당당한 자태로 신하들을 내려다보고 있었는데 방금 사라진 움푹 팬 눈매의 남자가 꼭 저들 중에 있을 것 같았다.

잠시 혼미했던 김양상은 곧 정신을 되찾고 사원을 빠져나왔다. 아쉽지만 보석상 주인과 만나는 일은 포기해야 할 것 같았다. 아직은 아바스 왕조의 통치가 미치는 땅이다. 알 하자드 왕자와의 약조가 아직 끝나지 않은 것이다.

4

팔미라를 벗어나자 황량한 사막이 전개되었다. 도적이 출몰한다는 소문이 돌면서 대상들은 떼를 지어 움직였고 호위무사들도 여럿 대동하고 있었다. 팔미라에 도달할 때는 10여 명에 불과했던 대상들은 다마스쿠스를 향해 출발할 때는 30여 명에 이르렀다. 그리고 팔미라에서 따로 채용한 호위무사도 20명이나 되었다.

"이만한 인원이면 웬만한 도적은 감히 덤벼들 엄두를 못 내겠소."

석연당이 주위를 둘러보았다. 김양상과 석연당, 소피아, 그리고 압둘 라흐만과 카림은 대상의 행렬에 섞여서 다마스쿠스로 향했다. 김양상과 석연당, 압둘 라흐만은 팔미라에서 따로 모집한 호위무사들과 함께 대상들을 경호하며 일행은 천천히 사막을 가로질렀다.

"다마스쿠스에서 배를 타면 콘스탄티노플까지 가는 것은 큰 문제가 없을 것이오."

김양상이 말없이 따라오고 있는 소피아에게 다가갔다. 마침내 고향으로 돌아가게 된 것이다.

"보석상 주인을 만나지 못하고 떠난 게 너무 아쉬워요"

소피아는 김양상 걱정을 하고 있었다.

"그렇기는 하지만 석류석의 산지가 트라키아라는 곳이라는 사실을 안 것만도 큰 수확이오."

김양상이 미소를 지으며 아쉬워하는 소피아에게 마음 쓰지 말 것을 일렀다. 다마스쿠스에 이르면 서해西海(지중해)가 펼쳐질 것이다. 그곳은 650여 년 전에 후한의 서역도호 반초의 명을 받고 로마로 향했던 감영甘英이 후한과 로마가 직접 교역하는 것을 원치 않았던 파르티아 상인들의 농간으로 발길을 돌렸던 곳이다. 김양상은 그 후로 아무도 가본 적이 없는 미지의 바다를 향해 걸음을 옮기는 중이다. 한발 한발 다마스쿠스가 가까워질수록 김양상은 점점 흥분에 휩싸였다.

"왕자님."

카림이 압둘 라흐만에게 다가오더니 소리를 죽이며 말했다.

"조심하셔야 하겠습니다. 새로 고용된 호위무사를 지휘하는 하산이라는 자는 이전에 다마스쿠스 경비대에서 무관을 지냈던 자입니다."

다마스쿠스 경비대 출신이라는 말에 압둘 라흐만의 얼굴이 굳어졌다.

"먹고살 길이 막막해서 호위하는 일을 하는 것인가?"

"그럴 수도 있지만 아바스 가문에 충성을 맹세하고 바그다드의 궁성 수비대에 편입되었을 수도 있습니다."

카림의 눈에 경계의 빛이 가득했다.

"그렇다면 따로 목적이 있어 상단 호위를 한다는 것이냐?"

"어쩌면 아루르사파와 다마스쿠스의 분위기를 염탐하기 위해서 밀파

되었을지도 모르지요. 아무튼 조심하십시오. 왕자님을 알아보는 것 같지는 않지만 그래도 주의하셔야 합니다."

"알았다."

다마스쿠스 경비대의 하급무관이라면 왕자의 얼굴을 알아보지는 못하겠지만 그래도 카림의 말대로 조심하는 게 좋을 것이다. 압둘 라흐만은 고개를 푹 숙이고 행렬의 뒤로 물러났다.

다행히 날씨는 좋았고 여기까지 오는 동안에 아무 일도 일어나지 않았다. 해가 서쪽으로 기울기 시작하자 행두는 야영을 하기로 하고 대상들에게 천막 칠 것을 지시했다.

"너는 소피아를 지켜라. 경계를 서는 것은 나와 압둘 라흐만이 맡을 테니."

김양상이 천막을 치는 석연당에게 소피아를 당부했다. 소피아에게는 압둘 라흐만보다는 석연당 쪽이 편할 것이다.

"다마스쿠스가 얼마 남지 않았군요."

김양상은 막상 압둘 라흐만과 헤어진다고 하니 섭섭한 마음이 들었다.

"그렇습니다. 머지않아 헤어지게 되겠군요."

압둘 라흐만도 같은 생각을 하고 있었다. 둘은 말없이 밤하늘을 올려다보았다. 밤하늘의 총총한 별들이 두 사람의 복잡한 심사를 대변하는 것 같았다.

"카림에게서 들었습니다. 카림의 우려대로 하산이라는 자가 바그다드에서 밀파된 관헌이라고 보십니까?"

김양상은 보석상에서의 일이 떠올랐다.

"단언할 수는 없지만 그럴 가능성은 있지요. 다마스쿠스를 비롯해서 시리아 일대에는 여전히 우마이야드 가문을 따르는 사람들이 많으니 바그다드로서는 신경이 쓰이겠지요."

압둘 라흐만의 얼굴에 만감이 교차했다.

"카림은 우마이야드 가문의 부흥을 외치며 주민들을 선동하는 자도 있다고 했습니다."

"어느 가문이 제국을 다스리느냐는 것은 중요하지 않습니다. 빨리 평화와 안정을 되찾는 것이 우선입니다. 나는 다마스쿠스와 팔미라 사람들이 하루속히 아바스 왕조에 충성을 다하는 훌륭한 이슬람 신민이 되었으면 하는 바람입니다. 나는 새로운 땅에서 새로운 삶을 개척하겠습니다."

만감이 교차할 텐데도 압둘 라흐만은 주저 없이 무엇이 군주가 갈 길인지를 선택했다. 압둘 라흐만과 알 하자드 같은 인물이 있기에 이슬람 제국은 왕조교체기의 혼란을 극복하고 다시 대제국으로 자리를 잡게 될 것이다.

"서두르는 바람에 팔미라에서 당신 일을 제대로 마무리하지 못한 것이 마음에 걸립니다. 콘스탄티노플은 아주 큰 도시입니다. 팔미라에서 무슨 단서라도 찾았어야 했는데…."

압둘 라흐만이 김양상의 일을 걱정했다.

"……!"

그때 무슨 소리가 들리는 것 같았다. 두 사람은 본능적으로 자세를 낮추었다. 귀를 기울이자 멀지않은 곳에서 인기척이 느껴졌다. 그렇다면…. 김양상과 압둘 라흐만은 손을 칼로 가져가며 앞을 주시했다.

"누구냐!"

조금 떨어져서 경계하던 호위무사가 호통쳤다. 그도 어둠 속에 몸을 숨긴 채 접근하는 무리를 발견한 모양이었다. 호위무사에게 발각된 무리들은 얼른 몸을 돌려 도주했는데 얼핏 5명 정도 되는 것 같았다.

"잡아라!"

하산이 추격을 명했다. 김양상은 좀도둑에 불과한 무리를 굳이 추격할 필요가 있을까 하는 생각이 들었다. 어쩌면 유인책일 수도 있다. 압둘 라흐만도 같은 생각인지 신중한 표정으로 상황을 주시하고 있었다.

"뭘 하는가! 당신들도 상단을 호위하는 사람들 아닌가!"

하산이 두 사람에게도 추격할 것을 지시했다. 괜한 일로 하산과 실랑이를 벌일 이유가 없었다. 김양상과 압둘 라흐만은 다른 호위무사들과 함께 추격에 나섰다. 하산이 왜 호위무사가 되었는지는 알 수 없지만 아무튼 자기 직분에 충실한 자 같았다.

"열 명은 남겨놓는 게 좋겠소."

"알겠소."

김양상이 유인책에 대비해서 호위무사를 남겨놓자고 하자 하산은 순순히 요구를 받아들었다.

5명의 도적들은 허겁지겁 모래언덕 너머로 도주하고 있었다. 보이는 것이라고는 모래뿐인 사막 한복판이다. 달아나봐야 멀리 못 가서 잡힐 것이다. 김양상은 혹시 있을지 모를 매복에 대비하며 도적들의 뒤를 쫓았다.

"어!"

막막한 사막일 줄 알았는데 모래언덕 위에 오르자 상당히 큰 신전이 눈에 들어왔다. 김양상은 가슴이 철렁했다. 이전에도 비슷한 경험을 했던 터였다. 신전은 그때보다 훨씬 큰 것 같았다.

"태양신의 신전 같은데….."

압둘 라흐만이 혼잣말처럼 중얼거렸다.

"태양신이라면…?"

"팔미라왕국을 수호하는 태양의 신 야르히볼을 말함입니다."

달빛에 생생하게 모습을 드러낸 태양신의 신전은 사람의 발자취가 끊긴 지 오래인 듯 황량한 모습이었다. 혹시 복병이 매복하고 있지는 않을까 해서 압둘 라흐만과 호위무사들은 선뜻 안으로 들어가지 못했다.

"안을 살펴라!"

하산이 수색을 명했다. 도적들이 태양신의 신전으로 도주한 것이 분명한 마당에 그냥 돌아갈 수는 없었다. 김양상이 앞장을 서고 호위무사들이 뒤를 따르며 추격대는 조심스레 신전으로 들어갔다. 신전 안은 쥐죽은 듯 고요했는데 무너져 내린 천장 사이로 새어드는 달빛으로 안은 그런대로 사물을 식별할 만했다.

신전 안에는 아무도 없었다. 하산과 호위무사들은 당혹스러운 표정을 감추지 못했다.

"어떻게 이런 일이…?"

깜짝 놀라기는 압둘 라흐만도 마찬가지였다. 하지만 흡사한 일을 겪었던 김양상은 당황하지 않고 주변을 찬찬히 살폈다. 짐작대로 신전 벽면은 벽화로 가득했는데 도도한 자태로 주위를 압도하는 여인의 모습이 벽화의 한복판에 자리하고 있었다. 팔미라왕국을 통치했던 제노비아 여왕일 것이다.

"……!"

벽화를 살피던 김양상의 입에서 짧은 신음이 새어나왔다. 그때 팔미라에서 봤던 그 여인이 틀림없었다. 정녕 소문이 사실일까. 김양상은 당장이라도 제노비아 여왕이 벽화 밖으로 뛰쳐나올 것 같은 혼란에 빠져들었다.

"제노비아 여왕이로군요."

압둘 라흐만이 다가왔다.

"뭣들 하고 있소! 빨리 돌아가야 하오!"

하산이 소리쳤다. 그의 말이 맞다. 유인책일 수도 있다. 그러니 빨리 숙소로 돌아가는 게 좋을 것이다. 김양상은 밀려오는 오만 가지 의혹을 떨쳐버리며 신전을 빠져나왔다.

숙소로 돌아오니 다행히 아무 일도 일어나지 않았다. 김양상은 불안해하는 소피아에게 아무 일도 아니라며 안심시켰지만 자꾸 불길한 예감이 밀려왔다. 콘스탄티노플로 가는 길은 참으로 멀고 험했다.

"도적들은 어찌 되었습니까?"

카림이 달려왔다.

"달아났소. 좀도둑에 불과한 자들이었소."

김양상은 그렇게 둘러댔다.

"그런데 사람들의 표정이 왜 저리 심상치 않소?"

석연당의 말대로 숙소로 돌아온 호위무사들은 모두 넋이 나간 얼굴을 하고 있었다. 석연당에게는 사실대로 얘기해야 할 것 같았다.

"실은…."

김양상은 그동안의 일을 석연당에게 차례대로 이야기했다.

"왜 진작 애기하지 않았소!"

석연당이 원망 가득한 얼굴로 말했다.

"공연한 일로 사람들을 놀라게 하고 싶지 않았다. 그때는 내가 뭘 잘못 본 게 아닌가 하는 생각도 들었고."

"은잠술隱潛術을 썼소. 저들 중에 환술사가 있는 모양이오."

환술…? 김양상은 이해할 수 없다는 얼굴로 석연당을 쳐다봤다. 아무리 환술이라고 해도 그렇지 어떻게 사람이 벽화 속으로 들어갈 수 있는가.

"벽의 일부에 거울을 설치하고 각도를 교묘하게 조절하면 거울에 비친 형상이 마치 실제 형상처럼 보이는 수가 있지요. 어두운 곳, 주변이 벽화나 요란한 무늬로 장식된 곳일수록 잘 통하지요. 어쨌거나 형이 세 차례나 당했다면 상대는 대단한 솜씨를 지닌 환술사가 틀림없소."

그렇다면 그 여인과 움푹 팬 눈의 남자, 그리고 도적떼들은 거울 뒤에 몸을 숨기고 나를 지켜보고 있었을까. 김양상은 화가 치밀었다. 농락당한 느낌이 든 것이다. 왜 조금 더 면밀히 살피지 못했을까 하는 후회도 일었다. 어쩌면 신비스러운 분위기도 사람의 정신을 빼는 데 한몫을 했을 것이다.

"내가 따라갔으면 현장에서 확인할 수 있었을 텐데."

석연당이 아쉬워했다.

"무슨 까닭으로 그런 짓을 할까요?"

김양상도 그것이 궁금했다. 세상이 어수선하면 별의별 일이 생기게 마련이지만 그래도 이것은 너무 괴기했던 것이다. 도대체 누가 무슨 목적으로…. 하지만 지금 중요한 것은 무사히 다마스쿠스에 도달하는 것이다. 김양상은 더 파고들지 않기로 했다.

"어떻게 생각하십니까? 하산 말입니다."

카림이 다시 곁으로 다가왔다.

"바그다드에서 밀파된 자일 수도 있겠지만 압둘 왕자와는 관련이 없는 것 같소."

김양상은 자기 생각을 전했다.

"그렇다면 다행이군요. 그런데 괴기한 일을 당했다고 왕자님으로부터 들었습니다."

왠지 카림의 표정이 밝지 못했다.

"아무래도 제노비아 여왕과 관련된 소문이 마음에 걸립니다."

카림이 염려하는 바를 밝혔다.

"환생과 관련된 소문 때문이라면 크게 염려할 것 없소. 내 동생은 환술에 능한데 동생은 거울을 이용한 눈속임이라고 했소. 사람의 눈을 속이는 사술은 오래가지 못할 것이오."

"그렇다면 다행이로군요. 사람들이 헛된 소문에 현혹될까봐 걱정했는데. 갈 길이 멉니다. 그만 주무십시오."

카림이 인사말을 건네며 일어섰다. 그런데 뭘까. 짧은 순간이지만 김양상은 카림의 눈에서 망설임이 이는 것을 놓치지 않았다. 무슨 얘기를 꺼내려다 생각을 바꾼 모양이었다. 무슨 얘기를 하려던 것일까. 짐작건대 압둘 라흐만에게도 꺼내지 않은 이야기 같았다. 궁금했지만 김양상은 묻지 않기로 했다. 충직한 카림의 판단을 존중해주기로 한 것이다.

다행히 아무 일 없이 밤이 지나가고 사막이 다시 환하게 밝아왔다.

서둘러 천막을 걷은 대상들은 다마스쿠스로 향해 길을 재촉했다. 어제의 일이 마음에 걸렸던 것일까. 모두들 입을 굳게 다문 채 부지런히 걷기만 했다.

"사람들의 표정이 잔뜩 굳어 있군요. 충격이 컸던 모양입니다."

압둘 라흐만이 다가왔다.

"그렇기는 하지만 도적은 호위무사들이 충분히 대적할 수 있는 상대라는 사실도 확인된 셈이니 곧 진정될 겁니다."

"하지만 왠지 저들이 다시 나타날 것 같은 예감이 드는군요."

그것은 김양상도 마찬가지였다. 아무튼 오늘 밤만 무사히 넘기면 다마스쿠스에 당도할 수 있다. 환술임을 안 마당에 혼란에 빠지는 일은 더 이상 없을 것이다. 김양상은 행렬을 살핀 후에 선두로 나섰다.

모래를 뒤집어쓰며 강행군을 하다 보니 다시 밤이 되었다. 대상들은 서둘러 야영을 준비했고 호위무사들은 잔뜩 굳은 얼굴로 경계에 임했다. 눈속임이었음을 알려주었는데 저리 경직된 것은 여전히 반신반의하기 때문일 것이다.

"너는 어떤 경우에도 소피아 곁을 떠나지 말거라."

김양상이 석연당에게 당부했다.

"싫소. 형이 소피아를 지키시오. 환술을 쓰는 자라면 내가 상대하는 편이 더 나을 것이오."

"내 말대로 하거라."

석연당의 말에 일리가 있지만 김양상은 무슨 이유로 일행을 농락하는지를 자기 손으로 밝히고 싶었다. 무장을 갖추고 나오자 압둘 라흐만이 기다리고 있었다. 그 역시 같은 생각일 것이다.

"예감이 좋지 않군요."

싸움을 앞둔 전사는 동물적 본능이 살아난다. 김양상과 압둘 라흐만 모두 격돌 전의 고요를 인지하고 있었다. 도적떼들이 기습해온다면 어느 쪽일까. 사방 모두 모래사막이다.

긴장 속에 시간은 흘렀고, 달은 어느새 중천에 떠서 사방을 환하게 비추고 있었다. 이대로 밤이 지나고 아침이 돌아왔으면 좋으련만…. 그러나 그 바람은 오래가지 못했다. 김양상은 살기가 서서히 다가오고 있음을 느꼈다.

"저기!"

호위무사가 화들짝 놀라며 소리쳤다. 고개를 그쪽으로 돌리니 저편 모래언덕 위로 말을 탄 무리들이 모습을 드러냈다. 줄잡아 20명은 되는 것 같았다.

"별것 아니다. 겁먹지 마라!"

하산이 앞으로 나서며 호위무사들을 독려했다. 도적떼는 느릿느릿 다가왔다. 도적떼는 정면승부를 걸 모양이었다.

"어…!"

그들의 모습이 시야에 들어오면서 호위무사들이 동요하기 시작했다. 이리로 다가오는 도적떼는 어제 태양신의 신전 벽화에서 봤던 병사들과 똑같은 모습이었는데 제노비아 여왕이 선두에서 그들을 이끌고 있었다.

"제노비아 여왕이다! 여왕이 환생했다!"

공포에 휩싸인 호위무사들이 비명을 질러댔다.

"물러서지 마시오! 환술에 불과할 뿐이오."

김양상이 앞으로 나서며 호위무사들을 독려했지만 겁에 질린 호위무사들의 귀에는 아무런 소리도 들리지 않았다. 전의를 상실한 호위무사들은 앞뒤 볼 것 없이 그대로 달아났다. 호위무사들이 도망치자 대상들도 기겁을 하며 그들의 뒤를 따랐다. 환술임을 뻔히 알면서도 이렇게 당할 줄이야. 김양상은 너무 허탈했다.

김양상과 석연당, 소피아, 압둘 라흐만, 그리고 카림은 도적들에게 포위가 되었다. 도적들은 벽화 속의 팔미라왕국 병사들의 복장을 하고 얼굴에는 복면을 쓰고 있었다. 오로지 제노비아 여왕만이 차가운 표정으로 일행을 지켜보고 있었다.

이제 어떻게 되는 걸까. 셋이서 저들을 대적할 수는 없다. 그러나 도적들은 대상들이 놓고 달아난 재물에만 관심을 쏟을 뿐, 세 사람에게 달려들지는 않았다. 대항하지 않으면 해치지는 않겠다는 것 같았다. 아직 알 하자드 왕자와의 약조를 완수하지 못했고 소피아도 보호해야 하는 처지다. 김양상은 분통이 터졌지만 그냥 참고 지켜보기로 했다.

김양상은 제노비아 여왕에게 눈길을 돌렸다. 틀림없이 아루르사파에서 봤던 그 여인이다. 연약해 보이는 여인이 도적떼의 수장일 줄이야. 그런데 가만히 보니 실제 지휘는 제노비아 행세를 한 여인 옆에 서 있는 자가 하는 것 같았다.

"……!"

무엇을 본 것일까. 김양상은 지휘자의 눈이 복면 속에서 동요하고 있음을 놓치지 않았다. 김양상이 고개를 돌리는 순간 지휘자가 압둘 라흐만을 가리켰고, 짐을 챙기던 도적들이 일제히 압둘 라흐만에게 달려들었다.

"무슨 짓이야!"

도적들이 압둘 라흐만의 앞을 가로막으려는 김양상의 목에 칼이 겨 누었다. 석연당과 소피아도 마찬가지였다. 압둘 라흐만을 인질로 삼겠 다는 걸까. 도적들은 압둘 라흐만을 끌고 갔다.

"안 된다!"

카림이 그들 앞을 가로막고 섰다. 그러자 지휘자가 다가오더니 칼을 뽑아들었고, 번쩍하며 칼이 달빛을 반사하더니 카림이 단발마의 비명 과 함께 쓰러졌다.

"카림!"

압둘 라흐만이 비명을 지르며 카림에게 달려들었다.

"무슨 짓이냐!"

압둘 라흐만이 거칠게 항의했지만 소용이 없었다. 압둘 라흐만은 도 적들에게 에워싸인 채 끌려갔다. 어쩔 도리가 없었다. 다마스쿠스가 그리 멀지 않은 곳까지 왔는데 이런 일을 당할 줄이야. 김양상은 하늘 이 무너지는 심정이었다.

"이보시오….."

카림이 마지막 힘을 다해 김양상을 불렀다.

"압둘 왕자님을 끌고 간 자는 바드르입니다."

"바드르?"

"그렇습니다. 우마이야드 왕가 지혜의 주머니라고 불리던 자지요. 저들이 왕자님을 끌고 간 이유는….."

카림은 간신히 거기까지 말하고 그대로 고개를 떨어뜨렸다. 하면, 저들이 압둘 라흐만을 납치한 이유가….. 김양상이 추리하고 있는데 달아났던 대상과 호위무사들이 다시 몰려들었다. 그들은 카림의 시신을 보고 경악했다.

"다행히 말과 식수는 남겨주고 떠났군."

행두가 그나마 다행이라는 표정이었다.

"우리들은 다마스쿠스로 가겠소. 당신들은 마음대로 하시오."

"팔미라로 돌아가겠소. 미안하게 되었소. 약속을 지키지 못해서."

하산이 고개를 숙이며 행두에게 사과했다.

"그럼 당신들은? 우리와 함께 다마스쿠스로 가겠소?"

행두가 김양상에게 물었다. 다마스쿠스로 가면 콘스탄티노플로 가는 배를 탈 수 있다. 그렇지만 압둘 라흐만이 저들에게 붙잡힌 마당이다.

"우리도 팔미라로 돌아가겠습니다."

김양상이 아루르사파로 돌아가겠다고 하자 소피아와 석연당은 말없이 짐을 챙겼다.

5

돌아온 팔미라는 분위기가 확 달라져 있었다. 소문으로만 떠돌던 제노비아 여왕의 환생이 사실이라는 말이 골목 구석구석까지 퍼져 있었다.

"사람들 표정이 묘하군요."

석연당이 주위를 둘러보며 말했다. 제노비아 여왕의 환생 소문은 그들에게 두려움과 바람을 동시에 가져다주었을 것이다.

"당신!"

하산이 그만 헤어지려는 김양상을 불러 세웠다.

"진작부터 물어보려고 했다. 당나라 사람이 왜 이곳에 있는가? 혹시

146

탈주한 포로 아닌가? 그리고 당신 일행은 누구기에 도적들이 그를 잡아간 것인가?"

하산이 날카로운 눈매로 김양상을 훑어보았다.

"보아하니 당신은 바그다드에서 파견된 사람 같소."

김양상이 반문하자 하산은 부인하지 않았다. 그때 태양신 야르히볼의 신전으로 출동했던 다섯 사람이 하산의 뒤를 따르고 있었다.

"당신 짐작대로 나는 당나라 포로로 알 하자드 왕자궁에서 일했는데 왕자가 풀어주었소."

김양상이 알 하자드 왕자를 거명하자 하산은 더 따지지 않았다.

"하면, 도적에게 잡혀간 사람은 누구인가?"

"내가 팔미라로 돌아온 것은 그를 구해내기 위함이오. 그가 누구인지는 그를 구해낸 다음에 직접 물어보시오."

하산은 자기 임무에 충실한 무관 같았다. 김양상은 피하는 대신에 협력할 수 있는 방도를 모색하기로 했다.

"그럼 당신은 그들이 어디 있는지 알고 있소? 그때 당신은 저들이 환술을 쓴다고 했는데."

"아직은 모르지만 이제부터 추적할 생각이오. 내 친구를 구해야 하니까. 당신의 도움이 필요하오."

"좋소. 아무래도 단순히 재물을 노리는 도적이 아닌 것 같은데 그렇다면 우리도 그냥 넘어갈 일이 아니니까."

하산이 수락했다. 다마스쿠스와 팔미라 일대에서 우마이야드 왕가의 부흥을 꾀하려는 무리들이 준동한다는 정보를 입수하고 실태를 파악하러 바그다드에서 급파된 무관인 하산은 어제의 괴이한 사건이 그무리들과 연관이 있을 거라 판단한 것이다.

"뭘 어떻게 하려는 거요?"

석연당이 끼어들었다.

"보석상을 찾아가볼 생각이다."

김양상은 제노비아 여왕 행세를 하는 여인이 틀림없이 보석상과 관련이 있을 것이라 확신했다.

"그렇다면 나도 가겠소."

석연당이 자기도 따라가겠다고 했다. 환술을 쓰는 자가 있는 마당이다. 석연당이 큰 힘이 될 것이다.

"저 여인을 보호해주시오. 그리고 당신은 우리와 함께 갑시다."

김양상이 소피아를 보호해줄 것을 요청하자 하산이 고개를 끄덕였다.

"너희들은 이 여인을 데리고 숙소로 돌아가 있거라."

김양상은 불안해하는 소피아에게 다가갔다.

"염려하지 말고 저들과 함께 있어요. 일을 마치는 대로 갈 테니."

"내 걱정은 마세요. 아무튼 조심하세요."

"콘스탄티노플로 가는 일은 잠시 미뤄야 할 것 같소. 압둘 라흐만을 두고 혼자 갈 수는 없으니까."

"당신 마음을 충분히 이해해요."

김양상은 걱정 가득한 눈길로 쳐다보는 소피아를 뒤로 하고 시장으로 발길을 옮겼다. 품에는 짧은 칼을 지니고 있었다. 석연당과 하산이 뒤를 따랐다. 며칠 동안 꼬박 사막을 헤맸던 터라 몹시 피곤했지만 압둘 라흐만을 생각하면 잠시도 쉴 수가 없었다.

"저기로군. 이제 어쩔 셈이오?"

"들어가서 바그다드에서 파견된 관헌임을 밝히시오. 그 다음은 내가 알아서 할 테니."

김양상은 하산을 앞세우고 보석상으로 들어갔다. 낯이 익은 보석상 점원은 경계의 빛을 띠며 김양상 일행을 훑어봤다.

"주인은 어디에 있는가?"

하산이 인상을 쓰며 점원을 압박했다.

"주인님은 출타 중입니다. 그런데 왜 그러십니까?"

"바그다드에서 파견된 감찰관이다. 보석상을 수색할 테니 그리 알라."

하산이 엄포를 놓자 보석상 점원은 낯빛이 창백해졌다.

"도대체 왜 이러십니까? 우리는 아무런 불법도 저지르지 않았습니다."

"주인은 어디에 있소? 오늘은 기어코 만나고 돌아가겠소."

김양상이 앞으로 나섰다.

"주인님은 다마스쿠스에 가셨습니다."

점원이 잔뜩 겁에 질린 얼굴로 더듬거렸다.

"거짓을 고하면 어떤 벌을 받게 되는지 잘 알고 있겠지!"

하산이 눈을 부라리며 윽박지르자 점원은 사색이 되어 벌벌 떨었다.

"우리는 이 보석상이 도적들과 결탁하고 있다는 사실을 알고 있소!"

김양상이 나섰다. 제노비아 여왕 행세를 하는 여인이 이 보석상에서 나오는 것을 목도했던 터였다.

"그게… 결탁이 아니고…."

"우리는 도적이 예사 도적이 아니라는 사실도 알고 있소. 그래서 바그다드에서 감찰관이 급파된 것이오. 사실대로 고하지 않으면 엄벌에

처해질 것이오.”

김양상이 점원을 압박했다.

“주인님은 저들과 결탁한 게 아니고 납치된 것입니다.”

점원이 기어들어가는 목소리로 대답했다.

“하면 제노비아 여왕 행세를 하는 여인은? 여기서 나오는 것을 내 눈으로 보았소.”

“아이사는 부친 때문에 어쩔 수 없이 제노비아 여왕 행세를 하고 있습니다.”

점원은 보석상 주인 라하드는 가문 대대로 보석을 취급하는 상인이며 제노비아 여왕 행세를 하는 여인은 주인의 딸 아이사라고 했다.

“그자들이 누구인지 아는가? 그리고 당신 주인은 어쩌다 그들에게 납치되었는가?”

하산이 나섰다. 아무래도 우마이야드 가문의 부흥을 꾀하려는 무리일 거란 예감이 맞을 것 같았다. 김양상은 도적의 우두머리는 우마이야드 왕조에서 고관을 지냈던 바드르라는 사실을 일단 함구하기로 했다. 지금 상황에서 일이 더 꼬이는 것은 바람직하지 않았다.

“그들이 누구인지 자세히는 모릅니다. 다만 두목은 애초부터 주인님과 친분이 있던 자 같았습니다.”

짐작대로 단순 납치는 아니었다.

“혹시 그자들의 은신처를 알고 있는가?”

“모릅니다. 다만 연락처는 알고 있습니다. 마침 오늘이 연락하는 날입니다.”

더 심문해봐야 그 이상 알아낼 게 없을 것 같았다. 점원으로부터 연

150

락처를 알아낸 김양상과 석연당, 하산은 보석상을 나섰다. 하산은 기대 이상의 성과를 거둔 사실에 흡족해했지만 김양상은 바드르라는 인물이 자꾸 마음에 걸렸다.

6

지루하던 낮이 지나고 다시 밤이 돌아왔다. 팔미라 교외에 있는 라하드의 별장은 짐작했던 것보다 훨씬 호화스러웠다. 고급 대리석으로 꾸민 로마풍의 열주회랑의 후원後苑은 제비꽃과 장미를 비롯해서 화사한 색의 꽃들로 가득했고 울창한 수목들은 작은 오아시스를 연상시켰다.

김양상과 석연당, 하산은 아트리움의 기둥 뒤에 몸을 숨기고 점원과 만나기로 한 자가 나타나기를 기다렸다. 가운데 분수가 있고, 천장이 뚫린 형태의 로마식 거실인 아트리움은 서재와 식당, 침실, 그리고 베스티불라라고 불리는 로마식 현관 등 별장의 모든 곳과 통하는 장소여서 이곳에 매복하고 있으면 어느 곳으로 도주하든 따라 잡을 수 있을 것이다. 별장은 라하드가 도적들에게 납치된 후로 빈 채로 남아 있었다. 뚫린 천장 위로 별들이 하나둘씩 모습을 드러내며 약속 시간이 가까워오고 있음을 알려주었다.

"점원이 우리를 속인 것은 아니겠지요?"

석연당이 품 안의 짧은 칼을 만져보며 입을 열었다.

"그런 것 같지는 않다. 혹시 이번에도 환술을 쓸지 모르니 주의하거라."

"염려 마시오. 솜씨가 자못 궁금하군요."

석연당이 대답하는데 현관 쪽에서 인기척이 느껴졌다. 세 사람은 긴장해서 기둥 뒤로 몸을 숨겼다.

잠시 있다가 한 남자가 천천히 아트리움으로 들어섰는데 움푹 팬 눈의 남자는 그때 보석상에서 아이사를 쫓아가던 그자였다.

"……!"

분수 쪽으로 걸어오던 움푹 팬 눈의 남자는 뭔가 이상을 감지했는지 걸음을 멈추었다. 어떻게 할 것인가. 덮치기에는 조금 거리가 멀지만 그대로 도주해버리면 잡기 힘을 것이다.

"꼼짝 마라!"

덮치기로 한 김양상은 짧은 칼을 뽑아들고 전광석화의 기세로 눈이 움푹 팬 남자를 향해 달려들었다. 동시에 석연당은 마구간으로 통하는 낮은 담장을, 하산은 식당으로 통하는 문을 가로막고 섰다. 이렇게 되면 뒤로 돌아 다시 현관으로 빠져나가는 수밖에 없다. 그렇다면 충분히 뒤를 잡을 수 있다.

움푹 팬 눈의 남자는 삽시간에 퇴로가 차단되었는데도 크게 당황하지 않았다. 그런데 어떻게 된 일일까. 그 남자는 몸에 날개라도 달린 듯 스르르 위로 올라가더니 아트리움의 천장을 통해 사라졌다. 세 사람은 한순간에 그야말로 닭 쫓던 개 꼴이 되고 말았다.

"식과술植果術이오. 만약의 경우에 대비해서 군데군데 환술장치를 마련해놓았군요."

석연당이 나무에 가려진 채 아트리움 천장으로 연결된 철선을 찾아냈다.

"멀리 가지는 못했을 거요. 철선은 2층 거실을 통해 후원 쪽으로 연결되었을 테니."

그렇다면 서둘러야 한다. 김양상은 후원으로 몸을 날렸다. 과연 후원에 이르자 움푹 팬 눈의 환술사가 장미정원을 지나 열주회랑으로 허겁지겁 달아나고 있었다. 이번에는 절대로 놓치지 않을 것이다. 김양상은 있는 힘을 다해 장미정원을 가로질렀다. 이번에도 환술을 써서 열주회랑의 벽화 속으로 들어갈까. 하지만 통하지 않을 것이다. 김양상은 몸을 날리며 열주회랑으로 올라섰다. 석연당과 하산은 반대편으로 달려갔다.

황급히 달아나던 움푹 팬 눈의 환술사가 도주를 멈추고 뒤를 돌아보더니 김양상을 쏘아보았다. 거리는 불과 20여 보. 퇴로는 없다. 김양상은 짧은 칼을 겨누며 거리를 좁혀갔다.

"앗!"

순간 번쩍하며 섬광이 일었다.

"어…?"

본능적으로 눈을 감았던 김양상이 다시 눈을 뜨고 살펴보니 어느 틈에 움푹 팬 눈의 환술가는 다시 장미정원을 가로질러 현관 쪽으로 내달리고 있었다. 어떻게 저럴 수가…. 50보가 넘는 거리인데 그 짧은 순간에 어떻게 단숨에 이동했는가. 김양상은 믿을 수 없었다.

"저쪽이다!"

아무튼 빨리 쫓아가야 한다. 김양상이 소리치며 장미정원으로 뛰어들자 맞은편에서 달려오던 석연당과 하산도 합류했다. 그렇지만 너무 멀리 떨어졌다. 별장을 빠져나온 환술사는 그대로 어둠 속으로 사라졌다.

"어떻게 된 일이오?"

석연당이 숨을 헐떡이며 물었다.

"나도 모르겠다. 갑자기 번쩍하는 섬광이 일더니 바로 앞에 있던 자가 순식간에 징원을 가로질러 도망갔다."

김양상은 눈앞에서 당하고도 도무지 믿어지지가 않았다.

"도주로를 살펴봅시다."

석연당이 앞장서서 열주회랑으로 향했다.

"저곳은 뭘 하는 곳입니까?"

석연당이 열주회랑 끝에 있는 작은 방을 가리켰다.

"페나테라고 로마 사람들이 신을 모시는 성소지요."

하산이 대답했다.

"일행이 있었던 것 같소. 똑같은 복색을 하고서 형의 눈을 속인 것이오."

그렇다면 잠시 눈이 부셨던 사이에 눈이 움푹 팬 남자는 페나테에 숨고 가짜가 대신 도주를…. 김양상은 칼을 뽑아들었다.

"소용없소. 벌써 몸을 피했을 것이오."

석연당이 만류했다. 그렇다면 또 당했단 말인가. 김양상은 분노가 치밀었다.

"죄송하게 되었소. 일행이 있을지 모른다는 점도 고려해야 했는데."

석연당이 미안해했다.

"이제 어떻게 하면 좋겠소?"

하산이 어느새 김양상에게 의지하고 있었다.

"비록 놓쳤지만 너무 걱정할 필요 없소. 저들이 다시 모습을 드러낼 곳이 어딘지 짐작이 가니까."

김양상은 불안해하는 하산을 안심시켰다. 점원으로부터 들은 것과

154

그동안 겪었던 일들을 고려하면 그들이 노리는 것이 무엇인지, 그리고 다음 계책이 무엇인지 그런대로 예측이 되었다.

7

여기가 어딜까. 결박이 풀리고 두건이 벗겨지자 압둘 라흐만은 천천히 눈을 떴다. 조금 있자 주위가 눈에 들어왔다. 호화롭게 꾸며진 제법 넓은 방인데 아무도 없었다. 저들은 누구며 왜 나를 이리로 끌고 왔을까. 하면, 내 정체를 알고 있단 말인가. 알 수 없지만 여기까지 오는 동안에는 함부로 대하지는 않았다.

발걸음 소리가 났다. 고개를 돌리자 키가 훤칠한 남자가 수하를 데리고 이쪽으로 다가오고 있었다.

"압둘 왕자님을 이렇게 뵙게 될 줄 몰랐습니다. 살아 계시다는 것은 알았습니다만."

키가 큰 남자가 압둘 라흐만에게 정중하게 예를 표했다.

"너는… 바드르?"

비로소 상대를 알아본 압둘 라흐만은 깜짝 놀랐다. 우마이야드 왕가의 꾀주머니로 불렸던 재상 바드르를 여기서 만나게 될 줄이야. 그러고보니 카림으로부터 바드르를 봤다는 사람이 있다는 말을 들었던 기억이 났다.

"어떻게 된 일이냐? 일국의 재상이 도적을 이끌고 있다니."

"우리는 도적이 아닙니다. 우마이야드 가문의 영광을 되찾으려는 중입니다."

"대상을 약탈하는 게 어떻게 우마이야드 가문의 영광을 되찾는 일이란 말이냐?"

압둘 라흐만은 가슴이 철렁했다. 비드르기 일을 꾸미고 있다면 결코 유야무야 넘어가지 않을 것이기 때문이었다.

"큰일을 하려면 자금이 필요합니다. 그래서 대상들로부터 잠시 자금을 빌리는 중입니다."

차가운 눈매에 당당한 자태. 거듭되는 정복전으로 신민들은 도탄에 빠졌는데도 아랑곳하지 않고 오로지 제국의 영광만을 내세우던 예전의 모습 그대로였다.

"도대체 뭘 어쩔 작정이냐?"

"시리아 일대는 아직 아바스 왕가의 힘이 미치지 못하고 있습니다. 그래서 팔미라왕국을 다시 세워서 이슬람제국으로부터 독립할 계획입니다. 시리아에는 여전히 우마이야드 왕가를 따르는 사람들이 많습니다. 압둘 왕자님께서 우리와 뜻을 함께하시면 큰 힘이 될 것입니다."

바드르가 정색하고 말했다.

"그랬다가는 바그다드로부터 철퇴가 내려질 것이다. 헛된 꿈은 죄 없는 사람들의 희생만 강요할 뿐이다."

압둘 라흐만은 바드르를 만류하고 나섰다. 그것은 알 하자드 왕자와의 약조이기도 했다.

"나는 코르도바로 가서 새 터전을 마련하려 한다. 기틀을 짠 후에 나를 따르겠다는 신민들을 데리러 오겠다. 남겠다는 사람은 아바스 왕가에 충성을 다하면 될 것이다."

압둘 라흐만은 자기 의사를 분명히 밝혔다.

"쿠라이시의 매 입에서 그런 말이 나오다니 실망스럽군요. 대학살을 겪으면서 약해진 것입니까."

바드르의 입가에 경멸의 냉소가 지어졌다.

"현실을 똑바로 보는 것뿐이다. 그리고 대체 무슨 수로 이슬람제국으로부터 독립하겠다는 것이냐."

"팔미라왕국은 로마제국과 사산 조 페르시아를 오가며 번영을 구가했습니다. 우리도 바그다드와 콘스탄티노플 사이에서 독자의 길을 갈 것입니다."

바드르는 지혜의 주머니라는 별칭답게 정세를 날카롭게 파고들었다.

"위험한 줄타기는 언젠가는 떨어지게 마련이다. 그리고 너를 따르는 부하들이 겨우 50여 명에 불과한데 뭘 어떻게 하겠다는 것이냐?"

"지금 팔미라와 다마스쿠스에는 제노비아 여왕이 환생했다는 소문이 쫙 퍼졌습니다. 충분히 그들을 끌어들일 수 있습니다. 바그다드에서 군사를 출동시키면 콘스탄티노플에 도움을 청할 것입니다. 비잔틴제국과의 일전은 바그다드로서도 부담이 될 것입니다."

바드르가 열을 올리는데 문이 열리면서 눈이 움푹 팬 환술사가 들어섰다.

"무슨 일이냐? 아부카드."

"바그다드에서 파견된 감찰관이 우리 뒤를 추적하고 있습니다."

"감찰관이 그사이에 벌써? 제법이구나."

"그런데 압둘 왕자님과 함께 있던 당나라 사람이 감찰관과 함께 있었습니다."

"당나라 남자가?"

바드르가 고개를 갸우뚱하며 압둘 라흐만에게 고개를 돌렸다.

"그렇지 않아도 궁금하던 차였습니다. 도대체 그자는 누굽니까? 바그다드에서 파견한 감찰관은 우리가 모조리 파악하고 있습니다. 하지만 당나라 사람을 감찰관으로 파견했다는 말은 들은 적이 없습니다."

진작 바그다드에 정보원을 심어놓은 바드르는 그곳 동향에 훤했다.

"그는 먼 동쪽 나라에서 온 왕족인데 사정이 있어 콘스탄티노플로 가는 중이다. 나를 무사히 다마스쿠스까지 호위하기로 알 하자드 왕자와 약조했다."

압둘 라흐만의 입에서 알 하자드 왕자라는 말이 나오자 바드르의 안색이 변했다. 왕자가 당부했다면 예사 인물이 아닐 것이다. 바드르는 잠시 생각하더니 경비병을 불렀다.

"압둘 왕자님을 정중히 모셔라."

뭘 어쩌자는 것일까. 아무래도 바드르를 설득하는 건 어려울 듯했다. 압둘 라흐만은 경비병을 따라 무거운 걸음을 옮겼다.

"왠지 느낌이 좋지 않다. 알 하자드 왕자의 측근이라…. 더구나 쿠라이시의 매도 인정하는 남자라면 결코 만만한 상대가 아닐 것이다. 설마 뒤를 밟히지는 않았겠지?"

"물론입니다. 그런데 어떻게 연락 장소를 알았을까요?"

"아마도 보석상을 다그쳤겠지. 그자가 어떻게 보석상을 알아냈는지는 모르겠지만."

"하면, 계획은 어떻게 할까요? 잠시 미룰까요?"

"아니, 그대로 진행한다."

바드르가 고개를 가로저었다.

"의외의 상황이 발생했지만 2백 년 만에 열리는 아그리볼의 축제는 하늘이 우리에게 준 기회다. 절대로 놓칠 수 없다."

"알겠습니다. 그럼 차질 없도록 준비하겠습니다."

아부카드가 예를 표하고 물러갔다.

8

나를 어디로 데리고 갈까. 바드르가 뭔가를 벌이는 모양인데 무슨 짓을 하려는 걸까. 그는 무모하게 일을 벌이는 자가 아니다. 그러니 뭔지 몰라도 엄청난 일이 벌어질 것이다.

"이곳입니다."

경비병이 제법 호화롭게 꾸며진 방 앞에서 멈추었다. 이렇게 된 마당에 저들의 지시를 따르는 수밖에 없었다. 압둘 라흐만은 답답한 심정을 누르며 문을 열고 들어갔다.

"……!"

의외로 선객이 있었다. 나이가 지긋한 남자와 젊은 여인이 일어서며 압둘 라흐만에게 예를 표했는데 젊은 여인은 제노비아 여왕 행세를 하던 그 여인이었다.

"라하드라고 합니다. 다마스쿠스와 팔미라에서 보석상을 하고 있습니다. 그리고 딸 아이사입니다."

라하드가 자신과 딸을 소개했다.

"그대는 제노비아 여왕 행세를 하는 여인이로군. 그런데 당신은 무슨 연유로 바드르와 한패가 되었는가."

압둘 라흐만이 추궁하듯 물었다.

"제 불찰이었습니다. 바드르가 시리아 일대의 보석거래 독점권을 준다고 하기에 그만…. 바드르의 야욕을 눈치 챘을 때는 너무 깊숙이 들어온 다음이었습니다."

라하드가 한숨을 내쉬었다.

"이 아이는 저 때문에 어쩔 수 없이 저들이 시키는 대로 할 뿐입니다."

이것으로 일의 전말은 그런대로 파악된 셈이다. 비뚤어진 천재 전략가의 야욕을 빨리 분쇄하지 못하면 죄 없는 사람들이 또 엄청난 희생을 치를 것이다.

"바드르가 조만간 무슨 일을 저지를 것 같은데 짐작 가는 것이 있느냐?"

"오늘 밤에 아그리볼의 축제가 열립니다. 바드르는 그때 저 아이를 제노비아 여왕으로 분장시켜서 축제에 모인 사람들을 현혹할 계획입니다."

"환술을 쓰는 자가 있다고 들었다."

압둘 라흐만은 아까 눈이 움푹 팬 자가 환술사일 것으로 추정했다.

"안티오크에서 온 아부카드라는 자입니다. 그자가 아그리볼의 축제를 사실상 관장할 것입니다."

압둘 라흐만의 입에서 탄식이 새어나왔다. 바드르를 적으로 돌리는 일이 생길 줄이야. 상대의 허점을 집요하게 파고드는 바드르는 팔미라 사람들의 불안한 심리와 막연한 기대를 교묘히 엮어서 자신의 야욕을 채우려 하고 있었다. 우마이야드 왕가의 부활은 구실일 뿐, 실제로는 자신의 소왕국을 꿈꾸고 있었다.

소문은 퍼지면서 과장되게 마련이고 사람들은 자기가 믿고 싶은 것을 사실로 받아들이게 마련이다. 교활한 바드르는 소문을 조금씩 조금

씩 흘려서 소문이 자생自生하기를 기다렸다가 결정적인 순간에 제노비아를 등장시켜서 사람들을 완벽하게 현혹하려 할 것이다.

'안 돼!'

압둘 라흐만은 고개를 내저었다. 자기 필요에 따라 이쪽에 붙었다 저쪽에 붙었다 하면 결국에는 양쪽 모두로부터 배척을 당하게 마련이다. 팔미라왕국도 끝내 로마제국에 의해 멸망하지 않았던가. 그러니 또 한 차례 피바람이 불기 전에 무슨 수를 써서라도 바드르의 야욕을 꺾어야 한다.

"괜찮으십니까, 왕자님?"

라하드가 조심스럽게 입을 열었다. 압둘 라흐만은 불안한 표정으로 자기를 지켜보는 두 사람에게 차례로 눈길을 주었다. 그리고 천천히 입을 열었다.

"너무 염려할 것 없다. 내게는 더없이 든든한 친구가 있다. 그 친구는 반드시 나를 구하러 올 것이다."

김양상은 그냥 돌아설 사람이 아니다. 압둘 라흐만은 그렇게 확신하고 있었다.

"이곳은 어딘가?"

"팔미라 시내에서 반나절 정도 떨어진 곳의 고대 팔미라왕국의 왕궁입니다. 겉은 폐허지만 속은 새로 조영을 했습니다. 바드르는 시리아 일대의 대상로를 장악한 후에 이곳을 치소治所로 삼을 모양입니다."

라하드의 말대로 방은 제법 호화롭게 꾸며져 있었다. 압둘 라흐만이 주위를 살피는데 문이 열리면서 아부카드가 들어섰다. 아부카드는 날카로운 눈매로 방 안을 둘러보더니 아이사에게 일어서라고 했다.

"시간이 되었다. 준비할 것이 많으니 따라오너라."

"어디로 데리고 가려는 것이냐!"

압둘 라흐만이 가로막고 섰다.

"압둘 왕자님께서도 하실 일이 있습니다. 곧 모시러 오겠습니다."

말은 정중했지만 거부할 수 없는 지시였다.

"압둘 왕자님의 일행이 왕자님을 찾고 있던데 절대로 여기까지 오지는 못할 겁니다. 그리고 당신!"

아부카드가 라하드에게 눈길을 돌렸다.

"당신도 해야 할 일을 잊지 않았겠지!"

아부카드는 그 말을 남기고 하얗게 질린 아이사를 데리고 나갔다.

"당신 딸을 아그리볼 축제로 데리고 가려는 것인가?"

"그렇습니다. 그런데 저들은 압둘 왕자님도 이용하려는 것 같군요."

라하드가 한숨을 내쉬었다. 큰일이다. 시간이 예상보다 촉박했다. 그런데 아까 환술사는 김양상이 추적하다 실패했다고 했다. 김양상이 어떻게 환술사의 뒤를 밟았는지, 그리고 왜 중도에서 놓쳤는지는 알 수 없지만 그가 떠나지 않은 것은 확인이 되었다. 그는 알 하자드와의 약조를 반드시 지킬 것이다. 압둘 라흐만은 그렇게 믿으며 밀려오는 불안감을 떨쳐냈다.

9

하면, 그 사람이 압둘 라흐만 왕자였단 말인가. 김양상으로부터 전말을 전해들은 하산은 깜짝 놀랐다.

"알 하자드 왕자궁에 있었다는 말을 들었을 때부터 뭔가 사연이 있을 것이라 짐작했지만 동행인이 압둘 라흐만 왕자님일 줄이야…. 앞으로는 당신의 지휘를 따르겠습니다."

하산이 김양상에게 예를 갖추었다. 비록 아바스 왕가에 충성을 맹세했지만 압둘 라흐만 왕자에 대한 존경심은 여전했다.

"형의 짐작이 맞을 것 같소. 시간이 없어서 구석구석을 살피지 못했지만 원형극장은 환술을 행하기에 아주 적합한 장소요."

김양상이 하산과 대책을 숙의하고 있는데 석연당이 들어섰다. 아그리볼의 축제가 열릴 예정인 원형극장을 살피고 온 길이다. 김양상은 그동안 겪었던 일들을 종합해서 바드르가 무엇을 노리는지를 추리해냈고, 다음 장소로 원형극장을 짚었다. 계략과 선동에 뛰어난 재능을 지닌 바드르는 틀림없이 오늘 밤에 열리는 아그리볼의 축제를 이용하려 들 것이다. 제노비아를 내세우는 그에게 팔미라왕국의 달의 신 아그리볼을 찬양하는 축제는 더없이 좋은 구실일 것이다.

"지금 팔미라 사람들은 몹시 흥분해 있소."

석연당이 거리에서 보고 들은 것을 전했다.

"아그리볼의 축제에 모인 사람들 앞에 제노비아 여왕을 출현시킬 속셈이로군요."

영리한 소피아도 바드르의 계략을 눈치챘다.

"일의 전말은 파악됩니다만 뭘 어떻게 해야 할지 모르겠습니다."

하산이 걱정했다. 불온한 움직임을 파악하러 급파됐는데 바그다드에 보고할 틈도 없이 일이 벌어진 것이다.

"일단 현장으로 가서 상황을 살펴보는 게 좋겠소."

김양상은 일행 모두에게 짧은 칼을 지니라고 지시했다. 중무장을 해서 남의 이목을 끌면 곤란하다. 바드르의 음모를 제지하려면 우선 제노비이 여왕이 가짜임을 밝혀야 할 텐데 사람들이 미처 날뛰는 마당이어서 걱정이었다. 시간이 얼마 남지 않았다. 해가 지면 아그리볼의 축제가 시작될 것이다. 김양상은 서두를 것을 지시했다.

아무에게도 말하지 않았지만 김양상은 고심거리가 하나 더 있었다. 혹시라도 압둘 라흐만이 바드르와 손을 잡으면 어떻게 하나. 그렇게 되면 제노비아가 가짜라는 걸 밝혀도 사람들의 동요를 막지 못할 것이다.

'그럴 리 없을 것이다!'

김양상은 압둘 라흐만을 믿기로 했다.

해가 지면서 아루르사파의 교외에 자리한 원형극장으로 사람들이 몰려들기 시작했다. 번영을 구가했던 팔미라왕국을 상징하듯 화려하게 꾸며진 원형극장은 팔미라 주민들을 전부 수용할 수 있을 만큼 크고 넓었다.

김양상과 석연당, 소피아 그리고 하산과 그의 부하들은 사람들 틈에 섞여 원형극장으로 들어섰다. 사람들이 얼마나 될까. 둘러보니 이미 1만 명에 이르는 사람들이 모여든 것 같았다. 제노비아 여왕은 어디서 어떤 방식으로 모습을 드러낼까. 알 수 없지만 바드르는 결정적인 순간에 등장시켜 극적인 효과를 노릴 것이 분명했다.

"저들이 우리를 먼저 알아보는 일이 없도록 조심해야 하오."

객석 제일 높은 곳으로 이동한 김양상이 하산과 그의 부하들에게 주의를 주었다. 원형극장은 반원형의 무대를 중심으로 2층으로 된 반원형의 객석이 둘러싸고 있는 구조였다. 반원형 무대 뒤는 성의 일부를 옮겨놓은 듯한 형태의 높은 건축물이 가로막고 있었다. 바드르는 어디에 몸을 숨기고 있을까. 김양상은 주의를 기울여서 객석과 중앙무대 뒤쪽의 건축물을 유심히 살폈다.

"그런데 무대 아래는 무엇이 있느냐? 입구가 따로 있던데."

김양상이 일차로 원형극장을 둘러보고 온 석연당이 물었다.

"무대 아래는 작은 방이 여러 개 있는데 이전에는 검투사 방과 맹수 우리로 쓰였지만 지금은 공연에 출연하는 사람들이 대기하는 곳이라고 하오."

쫓아가서 일일이 뒤지고 싶었지만 그럴 형편이 못되었다. 김양상은 일단 지켜보기로 했다. 그사이에 해가 완전히 저물면서 횃불이 하나둘씩 불을 밝히기 시작했다.

"오늘 축제는 어떻게 진행됩니까?"

그러고 보니 아그리볼의 축제에 대해서 아는 게 별반 없었다.

"본래는 달의 신 아그리볼을 기리는 제사였지만 지금은 춤과 노래, 유희를 즐기는 축제로 바뀌었습니다."

하산이 설명하는데 환호성이 일면서 무대에 페르시아 복색으로 꾸민 무희들이 등장했다. 아그리볼의 축제가 시작된 것이다. 처음 보는 형태의 현악기가 기묘한 음률을 토해내면서 페르시아 무희들은 느릿느릿 몸을 흔들었는데 너울거리는 횃불과 대조를 이루면서 신비한 분위기를 자아냈다.

"슬그머니 지하로 내려가서 방들을 뒤지는 게 어떻겠소?"

석연당이 지켜보기만 하는 게 답답했는지 움직일 것을 재촉했다.

"일단 지켜보기로 하자."

바드르 일당은 적어도 30명은 될 것이다. 그렇다면 정면 승부로는 그들을 제압할 수 없다. 그러니 몸을 숨기고 있다가 결정적인 순간에 기습해서 압둘 라흐만을 구출해야 한다.

현악기가 점점 빠른 음률을 토해내자 무희들의 몸놀림도 빨라졌다. 처음에는 5명이었는데 어느 틈에 10명으로 늘어나 있었다. 객석을 메운 관중들도 점점 흥분의 도가니로 빠져들어가고 있었다.

"하면, 무대 쪽으로 이동하는 것이 좋지 않겠소? 아무래도 무대에서 일이 벌어질 것 같은데."

석연당이 거듭 재촉했다. 그렇지 않아도 김양상도 무대가 신경 쓰이던 차였다. 어디에 몸을 숨기든 결국 무대를 통해 등장할 것이다. 김양상과 하산의 부하들은 서둘러 1층으로 통하는 계단으로 향했다. 1층으로 내려와 무대 곁에 이르자 페르시아 무희들의 순서는 끝나고 건장한 체격의 남자들이 무대에 등장했다.

그들의 손에는 짧은 칼과 방패, 그리고 삼지창 등의 무기가 들려 있었다. 짐작건대 로마제국에서 성행했다는 검투를 재현하려는 것 같았다. 남자 배우들이 칼을 휘두르며 검무劍舞를 추자 관중들의 흥분은 절정에 달했다. 검투는 예전에 팔미라왕국에서도 크게 성행했던 것 같았다.

"대단하군요. 이렇게 많은 사람들이 열광하는 것은 처음 보았소."

석연당이 혀를 내둘렀다. 열기는 갈수록 고조되어 갔다. 바드르는 어디에 있을까. 영리한 그는 어쩌면 우리가 나타날 것에 대비해서 함정을 파고 기다리고 있을지도 모른다.

검투가 끝나자 환술이 펼쳐졌다. 환술사 세 사람이 차례로 등장하면서 입에서 불을 뿜어내고, 구슬 여러 개를 공중에서 돌리고, 또 삽시간에 빈 통에 아름다운 꽃을 가득 채웠다. 그럴 때마다 관중은 환호성을 질러댔다. 유심히 살펴봤지만 그들 중에 움푹 팬 눈의 환술사는 보이지 않았다.

혹시 헛짚은 것이 아닐까. 이대로 아무런 일이 생기지 않고 축제가 끝나면 어떻게 되나. 어떻게 압둘 라흐만을 구하나. 그런 고민이 드는 순간 극장이 일시에 적막에 잠겼다. 환술사들은 어느새 퇴장했고 무대를 비추던 햇불들이 일시에 꺼지면서 교교한 달빛만이 무대를 가득 메우고 있었다. 무슨 일이 벌어질 것인가. 사람들은 숨을 죽이고 무대를 주시했다.

저게 뭘까…. 김양상은 무대 뒤를 장식하는 성벽으로 황급히 시선을 돌렸다. 성벽에서 뭔가 꿈틀거리는 것이 감지되었다.

'……!'

김양상은 눈을 의심했다. 사람이 벽을 뚫고 나오는 것일까. 아니면 벽면을 장식한 부조浮彫가 살아서 움직이기 시작한 것일까. 사람들이 마치 허공을 떠다니는 것처럼 유유자적한 걸음으로 성벽을 통과하면서 무대를 향해 걸어 나오고 있었다.

성벽에서 빠져나온 사람은 모두 5명인데 4명의 무장이 흰 옷을 입은 여인을 좌우에서 호위하고 있었다. 마치 조각이 살아서 움직이는 것 같았다. 관객들은 넋을 잃고 그 광경을 지켜보았다. 어떻게 저럴 수가…. 엄청난 충격에 휩싸인 관객들은 숨소리조차 제대로 내지 못했다.

어떻게 된 걸까. 상대가 환술을 쓰고 있음을 아는데도 김양상은 정신이 혼미했다. 고개를 돌리니 석연당도 충격을 받은 듯 아무 말 없이 지켜보고 있었다.

천천히 계단을 내려온 흰 옷의 여인과 4명의 호위무사들은 반월형 무대 하단에 이르러 걸음을 멈추었다. 관객들은 홀린 듯 꼼짝 못하고 그 광경을 지켜보았다.

"제노비아 여왕이 환생했다!"

누군가 객석에서 소리쳤다.

"여왕이다! 제노비아 여왕이다!"

사람들이 여기저기서 수군거리기 시작했다. 무대에 자리한 여왕과 4 인의 호위무사들은 석고상처럼 무표정한 얼굴로 꼼짝 않고 서 있었다.

"대단하군요. 마치 사람이 벽에서 빠져나온 것처럼 연출했소. 사람이 더 현혹되기 전에 무대 위로 올라가서 가짜임을 밝혀야 하지 않겠소?"

석연당이 당장이라도 뛰어 올라갈 기세였다. 하지만 이럴수록 침착해야 한다. 섣불리 움직였다가는 일을 그르칠 수 있다. 사람들이 일제히 제노비아 여왕을 환호하면서 분위기에 압도된 하산과 그의 부하들은 잔뜩 겁을 먹고 어쩔 줄을 몰라 했다.

"기다렸다가 압둘 라흐만을 구출한다."

김양상이 대책을 마련했다.

"어떻게…?"

짧은 칼을 움켜쥔 석연당의 손에 땀이 흥건하게 배어 있었다.

"바드르는 사람들의 흥분이 최고조에 달했을 때 압둘 라흐만을 사람들 앞에 내보낼 것이다. 그때 기습해서 구한다."

기습이 성공하려면 장소를 정확하게 예측해서 선점해야 한다. 언제, 어디서, 어떻게 등장할 것인가. 김양상은 신경을 집중시키며 무대 주변을 살폈다.

"하면, 압둘 라흐만이 저들에게 협조할 거란 말이오?"

석연당이 하산을 돌아보고는 소리를 죽이며 물었다.

"절대로 그런 일은 없을 것이다. 아마도 바드르는 효과를 극대화하려고 제노비아 여왕이 사라진 즉시 압둘 라흐만을 등장시킬 텐데 강제로 끌려나오는 만큼 아주 짧은 시간만 모습을 보일 것이다. 그러니 그 틈을 놓치면 안 된다."

김양상은 그렇게 추리했다.

"제노비아 여왕이 홀연히 사라지면서 압둘 라흐만이 모습을 드러내면 사람들은 제노비아 여왕이 압둘 라흐만에게 팔미라왕국을 재건하라는 계시를 내렸다고 받아들이겠군요. 그렇다면 저쪽에서 나타날 것 같소."

석연당이 무대 뒤 성 제일 깊숙한 곳을 가리켰다. 입구를 원주가 좌우에서 받쳐주는 로마 양식의 작은 신전이었다.

"어떻게 꿈틀꿈틀 벽을 뚫고 나타났는지는 아직 알아내지 못했지만 홀연히 사라지게 하는 수법은 짐작이 가오. 틀림없이 무대 아래로 통하는 장치가 있을 것이오. 어둡다가 갑자기 환해지면 사람들은 일시적으로 앞을 못 보게 되는데 그 틈을 이용해서 제노비아 여왕은 아래로 빠져나가고, 동시에 저쪽으로 압둘 라흐만이 등장할 것이오."

석연당이 다음 환술을 예측했다. 그렇다면 더 미룰 이유가 없었다. 그가 어디에 있을 것이란 예측이 섰으니 빨리 움직여야 한다.

"저들의 의도를 간파했으니 여럿이 몰려다닐 필요가 없소. 나와 동생이 기습할 테니 당신은 부하들을 데리고 원형극장 밖에서 대기하고 있다가 저들이 우리를 추격하거든 가로막으시오."

기습하려면 여럿이 몰려다닐 필요가 없다.

"무슨 말인지 잘 알겠습니다."

하산이 고개를 끄덕이고는 부하들에게 움직일 것을 명했다.

"소피아는 숙소로 돌아가 있어요. 곧 뒤를 따를 테니."

김양상은 소피아를 돌려보내기로 했다. 한바탕 활극이 벌어질 판이다. 소피아를 미리 피신시킬 필요가 있었다.

김양상은 걱정스러운 눈길로 쳐다보는 소피아를 안심시키고는 뒤편을 향해 내달렸다. 석연당이 바람처럼 뒤를 따랐다. 원형극장은 열광의 도가니에 휩싸여서 옆에서 누가 죽어도 모를 지경이었다.

무대 배경을 이루고 있는 성은 멀리서 볼 때는 평평한 벽처럼 보였는데 가까이 다가가니 제법 입체를 이루고 있었다. 단숨에 무대 상단에 오른 김양상과 석연당은 몸을 날려 작은 신전 형태의 건축물 위로 올라섰다. 사람들은 광분해서 날뛰는 바람에 아무도 두 사람에게 신경을 쓰지 않았다. 다행히 들키지 않고 여기까지 왔지만 이제부터는 주의해야 한다. 바드르 일당이 부근에 몸을 숨기고 있을 것이다. 김양상과 석연당은 원주 뒤에 몸을 숨기고 주변에 신경을 집중했다.

과연 조금 있자 신전 입구 아래에서 사람들의 움직임이 감지되었다. 지하 격실로 통하는 장치가 있는 것 같았다. 석연당의 예측이 맞은 것이다. 몇이나 몰려올까. 김양상은 숨을 죽이고 상황을 지켜보았다. 도주로는 이미 정했다. 압둘 라흐만을 구한 후에 무대 주변에 몰려 있는 사람들 틈에 섞여서 반월형 무대와 성벽 사이의 틈으로 빠져나가면 제법 숲이 우거진 지대가 나온다. 언제 횃불이 꺼질 것인가. 짧은 틈을 노려야 한다.

"……!"

갑자기 무대가 어두워졌다. 횃불들이 일제히 꺼진 것이다.

'지금이다!'

눈빛을 교환한 김양상과 석연당은 신전 입구를 향해 달려갔다. 그와 거의 동시에 '덜컹' 하는 소리와 함께 신전 입구 바닥이 열리면서 사람들이 모습을 드러냈다. 모두 4명인데 2명이 좌우에서 한 사람을 호위하고 있었고 나머지 한 사람은 뒤를 따르고 있었다. 가운데서 호위받는 사람이 압둘 라흐만일 것이다. 김양상과 석연당은 압둘 라흐만을 호위하는 자들을 향해 달려들었고, 기습을 당한 두 사람은 뒤로 벌렁 나자빠졌다.

"시간이 없습니다. 빨리 여기를 빠져나가야 합니다."

김양상이 본능적으로 경계자세를 취하는 압둘 라흐만을 잡아끌었다.

"당신이 올 줄 알았소. 저 사람도 데리고 가야 합니다."

압둘 라흐만이 뒤에서 벌벌 떨고 있는 라하드를 가리켰다. 바드르 일당이 몰려오기 전에 빨리 여기를 벗어나야 한다.

"서라!"

네 사람이 무대 하단으로 뛰어내리려 하는데 뒤에서 호통소리가 들렸다. 뒤따르던 아부카드는 악을 쓰며 일행을 불렀고 그사이에 네 사람은 무대 아래를 향해 내달렸다. 무대 위에서 무슨 일이 벌어지는지 알 길이 없는 사람들은 연신 '여왕! 여왕!'을 연호하며 날뛰고 있었다. 저들 틈에 섞이면 쫓아오지 못할 것이다. 네 사람은 얼른 관중들 사이로 뛰어들었다.

이럴 수가…. 아부카드는 분통이 터졌다. 여기서 일을 망치게 될 줄이야. 아부카드는 이를 갈며 바드르에게 달려갔다.

"뭐야! 왜 압둘 라흐만을 등장시키지 않는 거냐?"

저쪽에서 바드르가 달려오며 호통쳤다.

"그게…. 그자가 기습하는 바람에 놓쳤습니다."

아부카드는 죽을 맛이었다.

"지금 무슨 소리를 하는 거냐!"

바드르의 눈에서 불꽃이 일었다. 일이 다 된 마당에 이 무슨 날벼락인가.

"어떻게 할까요? 제노비아를 다시 내보낼까요?"

무대에서 무슨 일이 벌어졌는지를 알 리 없는 관중들은 여전히 제노비아를 연호하고 있었다.

"바보 같은 소리 마라!"

바드르가 짜증을 냈다.

"이대로 철수한다!"

바드르는 신속하게 대책을 강구했다. 이럴 때는 치고 빠지는 게 능사다. 뒤통수를 맞은 꼴이 되었지만 그래도 팔미라 사람들에게 제노비아여왕이 환생했다는 사실을 믿게 했으니 절반은 성공한 셈이다. 소문은삽시간에 다마스쿠스까지 퍼질 것이다. 반응은 기대 이상일 것이다.그렇다면 굳이 압둘 라흐만을 꼭두각시로 내세울 필요가 없다. 괜히 나중에 처치하기가 곤란해질 수도 있다. 이제 남은 일은 바그다드에서 군대를 보내기 전에 거사를 단행하는 것이다.

10

광란의 밤이 지나고 아침이 밝았다. 그러나 어제와는 확연히 다른 아침이었다. 거리에서는 일촉즉발의 위기감이 전해졌다. 누가 툭 치기만 해도 터질 것만 같은 분위기였다.

"분위기가 심상치 않습니다. 빨리 손을 쓰지 않으면 폭동이 일어날 것 같습니다."

바깥 분위기를 살피고 온 라하드가 걱정 가득한 얼굴로 말했다.

"큰일이군. 폭동이 일어났다가는 끝장인데."

압둘 라흐만의 얼굴에 수심이 가득했다. 빨리 바드르를 제압하지 못하면 팔미라와 다마스쿠스는 피의 보복을 당할 판이다.

김양상은 이후의 대책을 압둘 라흐만에게 맡기기로 했다. 그가 잘 알아서 처리할 것이라 판단한 것이다.

"너!"

압둘 라흐만이 하산을 지목했다. 지목을 받은 하산은 벌떡 일어서더니 압둘 라흐만에게 달려왔다.

"내가 누군지 알고 있지?"

"그렇습니다."

하산이 큰 소리로 대답했다.

"상황이 매우 급박하다. 나는 바드르를 찾아서 그의 음모를 분쇄할 테니 너는 즉시 바그다드로 달려가서 원병을 이끌고 오너라!"

"알겠습니다."

과거 우마이야드 왕조에서 다마스쿠스 경비대장을 지냈던 하산은 부동자세로 복명했다.

"폭동이 일어나기 전에 도착해야 한다! 분명히 말하지만 토벌군이 아니고 치안유지를 위한 출병이다. 서둘러라! 물론 나를 만났다는 말은 일체 비밀에 부치고."

"잘 알겠습니다."

복명을 마친 하산이 황급히 숙소를 떠났다.

"이제 어쩔 셈입니까?"

김양상이 압둘 라흐만에게 물었다.

"바드르의 은신처를 알고 있습니다. 그가 움직이기 전에 선제기습을 하겠습니다."

"바드르는 수십 명의 부하를 거느리고 있습니다. 그리고 팔미라 주민들은 여차하면 그의 편에 설 태세입니다."

김양상이 신중할 것을 권했다.

"잘 알고 있습니다. 하지만 시간이 없습니다. 바드르가 일을 도모하기 전에 선수를 쳐야 합니다. 당신은 이제 다마스쿠스로 가도 좋습니다. 원형극장에서 나를 구해준 것으로 알 하자드 왕자와의 약조는 지킨 셈입니다."

"알 하자드 왕자와의 약조는 당신을 다마스쿠스까지 호위하는 것입니다. 그리고 약조는 알 하자드 왕자와 한 것입니다."

김양상이 결연한 태도로 끝까지 행동을 함께할 뜻을 밝혔다.

"고맙습니다. 당신이 그냥 떠나지 않을 거라 짐작하고 있었습니다."

압둘 라흐만은 김양상의 손을 힘껏 잡았다. 더없는 원군을 얻은 셈이다. 상황이 많이 불리하지만 바드르가 폭동을 주도하기 전에 선수를 쳐야 한다. 김양상과 압둘 라흐만은 해가 질 때를 기다리며 구체적인 방책을 논의했다.

"아이사를 꼭 구해주십시오."

라하드가 김양상에게 매달렸다.

"최선을 다하겠소."

김양상이 라하드를 안심시켰다.

"그리고 이것은…."

김양상이 품에서 석류석 목걸이를 꺼냈다. 그동안 잊고 있었던 일이 생각난 것이다.

"알 하자드 왕자는 이 목걸이를 당신 보석상에서 구입했다고 했소."

"그렇습니다. 내가 알 하자드 왕자에게 판 물건입니다."

라하드가 석류석 목걸이를 살피더니 고개를 끄덕였다.

"석류석은 트라키아라는 곳에서 산출된 보석이라고 들었소."

"그렇습니다. 3백여 년 전에 콘스탄티노플의 명장이 만든 귀한 목걸이입니다."

"어떻게 3백여 년 전이라고 단정 짓는 것이오?"

"가공기법이 그 무렵에 성행하던 방식입니다. 그리고 요즘은 이렇게 큰 석류석은 채굴되지 않습니다. 그런데 무엇을 알고 싶은 것입니까?"

"실은…."

김양상은 서라벌을 떠나 여기까지 오게 된 이유를 간략하게 설명했다.

"바그다드에서 당나라 사람들은 많이 봤지만 먼 동쪽 나라에서 온 왕족일 줄이야. 그런데 콘스탄티노플에서 제작된 것으로 추정되는 황금 보검이 그곳에 있다니. 참으로 경탄할 일입니다."

라하드가 벌린 입을 다물지 못했다.

"이만한 크기의 석류석도 매우 귀한데 황금보검의 석류석은 이것보다 두 배 혹은 세 배나 크다니 정말 놀랍군요. 그런데 소용돌이무늬가 새겨져 있다고 했습니까?"

라하드는 뭔가를 생각하더니 조심스럽게 입을 열었다.

"소용돌이무늬는 훈족의 왕실을 상징하는 것입니다. 그리고 황금보검은 아무나 가질 수 있는 물건이 아닙니다. 더구나 그렇게 큰 석류석이 박힌 황금보검이라면⋯. 주인은 단 한 사람밖에 없습니다."

"하면, 그가 누구요?"

김양상은 숨이 멎을 것 같았다. 마침내 황금보검의 원주인을 알게 된 것이다.

"훈제국을 통치했던 위대한 정복왕 아틸라지요."

아틸라⋯. 그가 황금보검의 원주인이란 말인가. 김양상이 멍한 표정으로 아틸라라는 이름을 되새기고 있는데 압둘 라흐만이 나섰다.

"놀라운 일이로군요. 아틸라의 보검이 먼 동쪽 나라에 있다니. 하지만 라하드 말을 듣고 보니 이해가 갑니다. 짐작건대 그 보검은 콘스탄티노플의 명장이 제작해서 아틸라에게 바친 대왕의 보검일 겁니다."

압둘 라흐만의 목소리가 사뭇 떨렸다. 아틸라! 그가 어떤 인물이기에 두 사람이 이렇게 놀라는 것일까. 김양상도 덩달아 긴장이 되었다.

"아틸라는 3백여 년 전에 훈제국을 통치했던 왕입니다. 훈족은 대초원을 떠돌던 유목민인데 드네프르 강변으로 이동해서 훈제국을 세웠지요. 훈제국은 로마제국도 압박할 정도로 강대한 제국이었습니다."

라하드가 간단하게 훈제국과 아틸라에 대해서 설명했다.

"그런데 왜 아틸라의 보검이 먼 동쪽 서라벌까지 오게 되었을까요?"

아틸라…. 훈제국…. 대왕의 보검…. 김양상은 아무런 연결점을 찾지 못했다. 마침내 황금보검의 원주인을 알아냈지만 실감이 나지를 않았다.

"글쎄 말입니다. 참으로 기이한 일입니다. 아틸라 대왕의 보검이 왜 그 먼 동쪽에…. 하지만 그 이상은 알 길이 없습니다. 어쩌면 콘스탄티노플에서 단서를 찾을 수 있을지 모르겠군요."

압둘 라흐만이 조심스럽게 대답했다. 원주인을 알아냈음에도 여전히 신비 저편에 있는 황금보검. 마음 같아서는 당장 콘스탄티노플로 가고 싶지만 아직 여기서 해야 할 일이 남아 있다.

"완전히 어두워지기 전에 바드르의 본거지에 도달하려면 지금 출발해야 합니다."

김양상이 화제를 돌렸다.

"그래야 할 것 같습니다."

압둘 라흐만이 칼을 챙겨들었다.

"아이사를 부탁합니다."

라하드가 다시 딸을 당부했다.

"너무 염려 마십시오."

김양상이 딸을 당부하는 라하드를 안심시켰다.

"팔미라로 돌아온 보람이 있군요. 중요한 단서를 찾았으니."

석연당이 자기 일처럼 기뻐했다. 김양상은 말없이 지켜보고 있는 소피아에게 다가갔다.

"별일 없을 테니 기다리고 있으시오."

"부디 몸조심하세요."

"돌아오는 대로 다마스쿠스로 떠날 것이오. 그곳에서 배를 타면 콘스탄티노플에 도착할 것이오."

잡힐 듯 잡힐 듯 멀어져갔던 콘스탄티노플. 그러나 이번에는 반드시 배에 오르리라. 김양상은 그렇게 다짐하며 숙소를 나섰다.

11

바드르가 매의 눈을 하고 노려보자 아이사는 겁에 질려 파르르 떨었다.

"시키는 대로 다 했으니 이제 돌려보내주세요."

"네 부친이 약속을 어기고 도주했다. 그러니 돌려보내줄 수 없다."

바드르는 아이사의 간청을 차갑게 거절했다.

"네가 할 일이 더 있다. 뭘 해야 할지는 아부카드가 알려줄 것이다."

바드르가 눈짓하자 호위무사가 아이사에게 다가왔다.

"제발…."

아이사는 애원했지만 소용이 없었다.

"이제 어떻게 하실 겁니까? 압둘 라흐만이 여기를 알고 있습니다. 어쩌면 바그다드에서 파견된 감찰관과 합류했을지도 모릅니다."

"토벌대가 도착하려면 아무리 빨라도 4~5일은 걸린다. 그동안에 우리는 팔미라왕국의 독립을 선포할 것이다."

동요하는 아부카드와 달리 바드르는 조금도 흔들리지 않았다.

"지금 팔미라 사람들은 폭발하기 일보직전이다. 다마스쿠스도 마찬가지고. 한 번만 더 선동하면 사람들은 폭동을 일으킬 것이다."

"동방인이 왠지 순순히 물러갈 것 같지 않습니다."

아부카드는 김양상이 자꾸 걸렸다.

"그래 봤자 우리를 당할 수는 없다. 설사 바그다드에서 파견된 자들이 합세했다고 해도 10명 남짓이다. 그들을 포박해서 사람들에게 끌고 가면 오히려 더 큰 효과를 거둘 것이다."

바드르는 거기까지 내다보고 있었다. 창밖을 보니 어느덧 해는 지평선으로 넘어가고 있는데 낮부터 불던 모래바람은 아직도 수그러들지 않고 있었다. 어쩌면 여태껏 살아온 가운데 제일 긴 밤이 될지도 모른다. 그렇지만 해가 뜨면 새로운 세상이 펼쳐질 것이다. 팔미라에서 폭동을 일으킨 후에 다마스쿠스로 진격해서 시리아 일대를 장악하면 꿈을 이루게 될 것이다.

"경비를 늘려라!"

오늘 밤만 무사히 넘기면 된다. 바드르는 그렇게 지시하며 긴 밤에 대비했다.

12

바드르가 결전에 대비할 무렵에 김양상과 석연당, 압둘 라흐만은 팔미라 고성에 당도해서 모래언덕에 몸을 숨긴 채 일대를 정찰하고 있었다. 주위는 완전히 어두워졌는데 모래바람은 갈수록 거세졌다. 폭동이 일어나기 직전이다. 빨리 수습하지 못하면 대참사로 이어질 것이다. 그것은 알 하자드 왕자, 그리고 압둘 라흐만이 절대로 피하고 싶은 일이다.

세 사람은 별다른 움직임이 포착되지 않자 조심스럽게 전진했다. 고성은 겉은 폐허처럼 보이지만 속은 새로 조영을 했는데 바드르는 30명에 달하는 부하들을 거느리고 있다고 했다. 그리고 환술사 아부카드가 여러 곳에 함정을 설치해놓았기에 잠입하기 쉽지 않을 것이다.

모든 것이 불리한 상황이지만 와중에 라하드가 활과 화살을 구해준 것은 큰 힘이 되었다. 바그다드에서 구매했다는 맥궁은 그런대로 손질이 잘되어 있었다. 고성은 30여 명에 달하는 인원이 머무는 곳이라고는 믿기지 않을 만큼 고요했고 불빛 한 점 새어나오지 않았다. 세 사람은 소리를 죽이며 고성 아래로 접근했다.

"바드르는 우리가 이리로 올 것이라 예측하고 있을 겁니다."

압둘 라흐만이 목소리를 죽이며 말했다. 김양상도 같은 생각이었다.

"왠지 예감이 좋지 않소. 함정이 기다리는 것 같은 느낌이오."

석연당이 성벽까지의 거리를 가늠하며 말했다.

"경비병이 눈에 띄지 않는 것도 이상합니다."

압둘 라흐만도 경계의 눈초리를 늦추지 않았다. 그렇다고 물러설 수는 없다. 김양상이 고개를 끄덕이자 석연당이 성벽 위로 밧줄을 던졌다. 환술사답게 밧줄 고리를 단번에 성벽 모퉁이에 건 석연당은 날랜 몸놀림으로 단숨에 성벽 위로 올라갔다. 석연당이 아무도 없다는 신호를 보내자 김양상과 압둘 라흐만은 차례로 밧줄에 매달렸다.

성벽에 오르자 로마풍으로 꾸며진 팔미라의 고성이 한눈에 들어왔다. 반원형의 문을 중심으로 2층 구조의 석벽이 길게 늘어서서 세 사람의 앞을 가로막았다. 방금 타고 넘은 바깥 성벽은 모래바람을 막는 용도에 불과한 듯했다. 그렇다면 이제부터가 진짜 관문일 것이다.

앞을 유심히 살피던 김양상은 기분이 섬뜩했다. 2층의 낮은 기둥들 사이에 늘어선 석조상들이 마치 세 사람을 노려보는 것 같은 느낌을 주었던 것이다. 기둥이 일부 깨어진 것으로 봐서 앞을 가로막은 석벽은 새로 조영된 것이 아닌 듯했다.

"이제 어떻게 하지요?"

석연당이 물었다. 일단 부딪혀보는 것 말고 뾰족한 수가 있을 리 없다. 김양상은 주위를 둘러본 후에 성벽 아래로 내려섰다. 그리고 재빨리 어둠 속에 몸을 숨겼다. 막상 바닥에 내려서자 신전의 일부를 이루고 있는 전면의 석벽까지 상당히 멀다는 느낌이 들었다.

"이대로 30명과 맞붙어야 하는 거요?"

장기인 장창을 구하지 못한 게 아쉬운지 석연당은 그답지 않게 조금 겁먹은 얼굴이었다. 어쩌면 아부카드라는 환술사가 신경 쓰였기 때문인지도 모른다. 어쨌거나 달랑 셋이서 30명을 상대로 싸워서 이길 수는 없다. 그렇다고 바그다드에서 원병이 도착할 때까지 기다릴 형편도 못 되었다.

"경비병이 나타났소."

대책을 강구하는데 석연당이 벽 위를 가리켰다. 달리 도리가 없었다. 바드르를 잡으려면 신전으로 들어가야 하고 신전으로 들어가려면 석벽의 문으로 들어가야 하는데 그러려면 감시병부터 처치해야 한다. 김양상은 조각상 사이를 왔다 갔다 하는 감시병을 향해 활을 겨누었다. 단발에 명중시켜야 하는데 감시병이 조각상 틈으로 노출되는 시간은 극히 짧았다.

쉿!

화살은 시위를 떠났고 정확하게 감시병에게 명중되었다. 세 사람은 단숨에 석문으로 달려갔다. 문이 잠겨 있으면 어떻게 하나. 그러나 다행히 석문은 석연당이 밀자 별다른 저항 없이 열렸다.

"조심하시오."

석연당은 선뜻 안으로 들어서지 않았다. 솜씨가 뛰어난 환술사가 있음을 잘 알기 때문이다.

"내가 앞장서겠소."

잠시 주위를 살핀 석연당은 조심스럽게 안으로 들어섰다. 김양상과 압둘 라흐만이 뒤를 따랐다. 안으로 들어서자 기둥이 양쪽으로 길게 늘어선 로마식 회랑이 나타났다. 길게 늘어선 기둥은 20개도 더 될 것 같았는데 언제 불을 밝혔는지 곳곳에 걸린 횃불이 너울거리며 신전 안을 환하게 밝히고 있었다. 신전 안은 기분 나쁠 정도로 조용했다. 기둥의 간격이 20보 정도 되는 상당히 긴 회랑이었다. 그런데 여느 신전의 회랑과는 달리 끝이 격벽으로 막혀 있었다. 내전內殿이 따로 있는 모양이었다.

"바드르가 우리를 이리로 유인한 것 같습니다."

압둘 라흐만이 중얼거렸다. 김양상도 같은 생각이었다. 그렇다면 이대로 열주의 회랑을 걸어 들어가는 것은 스스로 포위망 속으로 뛰어드는 꼴이다.

"어떻게 하겠소? 기둥 뒤에 매복해 있을지도 모르는데."

석연당이 불안한 듯 연신 단검을 이 손에서 저 손으로 옮겨 쥐었다. 김양상도 어떻게 해야 할지 선뜻 판단이 서질 않았다. 섶을 지고 불 속으로 뛰어드는 싸움은 당연히 피해야 한다. 그렇지만 대안이 없는 마당이다.

"내가 앞장서겠습니다."

압둘 라흐만이 말릴 틈도 없이 성큼성큼 앞으로 걸어 나갔다. 여기까지 와서 혼자 보낼 수는 없다. 김양상과 석연당은 압둘 라흐만의 뒤를 따랐다. 활을 날릴 틈이 있어야 할 텐데. 접전이 벌어지면 절대적으로 불리할 것이다. 김양상은 당장이라도 기둥 뒤에서 무장한 사람들이 뛰쳐나올 것 같은 긴박감을 느끼며 조심스레 전진했다.

바드르는 신전에 있을까. 신전으로 통하는 저 문을 지날 때까지 아무 일이 없었으면…. 그러나 그것은 김양상의 바람에 불과했다.

"……!"

열주회랑의 중간쯤에 이르렀을 무렵에 기둥 뒤에서 사람들의 모습이 드러났다. 짐작대로 함정이었다.

"놀랄 일도 아니오. 내가 상대하겠소."

짧은 칼을 쥔 석연당이 차례로 모습을 드러낸 바드르의 부하들을 노려보았다. 줄잡아 30명은 되는 것 같았는데 모두들 중무장을 하고 있었다. 여기까지 오는 동안에 숱한 고비를 넘겼지만 이번처럼 제 발로 함정으로 뛰어든 적은 없었다. 김양상은 심장의 박동이 빨라짐을 느끼며 시위를 천천히 당겼다. 누구든 앞장을 서는 자는 화살이 심장을 관통하게 될 것이다.

그렇지만 바드르의 부하들은 두려워하지 않고 천천히 포위망을 좁혀 왔다. 몇 대나 화살을 날릴 수 있을까. 기껏해야 2대 정도를 날릴 수 있을 것이다.

"너!"

방어자세를 취하던 압둘 라흐만이 바드르의 부하들을 지휘하는 자를 지목했다.

"너는 황실경비대 무관이로구나. 황실경비대의 무관이 어찌 내게 칼을 겨누느냐!"

입둘 라흐만이 호통을 치자 포위망을 좁혀오던 비드르의 부히들이 주춤하며 접근을 멈추었다. 압둘 라흐만에게 지목을 당한 자는 당황한 기색을 감추지 못했다.

"당장 칼을 내려놓지 못하겠느냐!"

"고정하십시오, 왕자님. 우리는 우마이야드 가문을 다시 일으켜 세우려는 중입니다."

압둘 라흐만이 몰아붙이자 무관이 허둥댔다. 바드르의 부하 중에는 우마이야드 왕가 황실경비대 군병들이 섞여 있었다. 그들은 압둘 라흐만이 그들과 뜻을 같이하지 않는다는 사실을 알고 동요하던 차에 정면으로 마주친 것이다.

"바드르의 야욕 때문에 무고한 사람들을 파멸로 몰아넣을 수는 없다. 충성을 버리지 않았다면 나와 함께 코르도바로 가자."

압둘 라흐만은 진심을 담아 설득했다.

"이대로 떠날 수는 없습니다. 팔미라와 다마스쿠스에는 여전히 우마이야드 왕가를 따르는 사람들이 많이 있습니다."

무관이 떨리는 목소리로 대답했다.

"알고 있다. 터전을 잡은 후에 그들을 데리러 올 것이다."

압둘 라흐만이 무관에게 다가갔다. 무관은 얼어붙은 듯 꼼짝 못했다. 저들이 압둘 라흐만을 따를 것인가. 김양상은 잔뜩 굳어 있는 무관을 보며 제발 그가 마음을 돌리기를 빌었다.

"압둘 라흐만은 아바스 왕가에 굴복한 배신자다!"

어느 틈에 나타났는지 바드르가 신전 끝에서 호통을 쳤다.

"압둘 라흐만을 체포하라! 정통 왕조를 내가 다시 일으킬 것이다!"

"어찌 헛된 야욕으로 무고한 사람들을 죽음으로 내몰려 하느냐! 나는 아바스 왕가와 공존을 약속했을 뿐, 그들에게 굴복한 적은 없다!"

압둘 라흐만이 맞받아쳤다.

"빨리 저들을 처단하라! 알라께서 약속하신 낙원이 너희들을 기다리고 있다!"

바드르가 악을 쓰자 상황을 지켜보던 바드르의 부하들이 다시 포위망을 좁혀오기 시작했다. 사태가 기운 것일까. 김양상이 다시 시위를 당기려 하는데 무관이 몸을 돌리며 그들을 막아섰다.

"왕자님의 뜻을 따르겠습니다."

무관이 비감한 표정으로 복종을 맹세했다. 그러자 바드르의 부하 중에 10명이 무관의 뒤를 따랐다. 이전에 황실경비대에 소속되었던 군병들이었다.

상황이 돌변했다. 방금 전까지 한패였던 바드르의 부하들은 압둘 라흐만을 따르기로 한 자들과 바드르와 함께하기로 한 자들로 나뉘어 서로 칼을 겨누게 됐다. 숫자는 바드르 쪽이 많지만 이쪽은 정예 황실경비대 출신이고 저쪽은 얼마 전까지 도적질하던 자들이다. 얼마든지 상대할 수 있었다.

"배신자들을 처단하라!"

바드르가 창백해진 얼굴로 명령을 내리고는 등을 돌렸다.

"빨리 바드르를 잡아야 합니다. 다마스쿠스로 가서 또 무슨 짓을 벌일지 모릅니다."

압둘 라흐만이 서둘렀다.

"내가 처리하겠습니다. 황실경비대를 지휘해주십시오."

김양상이 석연당에게 따라오라고 눈짓했다. 비드르가 멀리 달아나기 전에 잡아야 한다.

"뭐하느냐! 빨리 압둘 라흐만을 처단하라!"

신전 저 멀리에서 바드르가 악을 썼다. 김양상은 소리가 들리는 곳을 향해 화살을 날리고는 석연당과 함께 그쪽으로 내달렸다. 쫓아오는 바드르의 부하들을 압둘 라흐만과 황실경비대 출신들이 막아서면서 칼부림이 일었다. 격벽에 이르자 내전으로 통하는 문이 보였다.

"조심하시오!"

석연당이 발로 문을 박차고 들어가려는 김양상을 만류하고 나섰다.

"아직 환술사가 남아 있소."

석연당이 앞장서더니 조심스럽게 문을 열었다. 내전은 생각했던 것보다 넓었는데 열주회랑과 마찬가지로 곳곳에서 횃불이 타오르면서 안을 환하게 밝혀주고 있었다.

"저기!"

석연당이 가리키는 곳을 보니 바드르가 반항하는 아이사를 위협하면서 쪽문으로 빠져나가려는 모습이 눈에 들어왔다. 김양상은 주저하지 않고 활을 겨누었다. 거리는 50보 정도. 얼마든지 명중시킬 수 있는 거리다.

"……!"

시위를 당기던 김양상은 살기를 느끼고 얼른 몸을 그쪽으로 돌렸다. 이게 어떻게 된 일일까. 내전에는 좌우로 5개씩 로마 군인 형상의 동상이 서 있는데 그들 중 하나가 스르르 움직이며 김양상에게 다가왔다.

186

손에는 칼과 방패가 들려 있었다.

"안 되오!"

본능적으로 다가오는 동상을 향해 활을 겨누는 김양상을 석연당이 만류하고 나섰다.

"괴뢰술傀儡術을 쓰고 있소. 저 동상들은 태엽장치로 움직이는 꼭두각시들이오. 그러니 화살을 아껴야 하오."

그러고 보니 화살이 1개밖에 남지 않았다. 석연당의 말대로 다가오던 동상은 멈추더니 스르르 다시 자기 자리로 돌아갔다. 그사이에 바드르는 아이사를 끌고 쪽문으로 빠져나갔다.

"꼭두각시들이라면 크게 신경 쓰지 않아도 되지 않느냐?"

김양상은 다급했다.

"그렇지 않소. 저들 중 아홉 개는 꼭두각시지만 하나는 환술사가 분장하고 있을 것이오."

석연당은 10개의 로마 군인 동상에서 눈을 떼지 않았다.

"제대로 된 상대를 만난 것 같소. 내 뒤를 잘 따르시오."

석연당의 말을 듣는 수밖에 없었다. 김양상은 활을 어깨에 걸고 짧은 칼을 뽑아들었다. 김양상과 석연당은 동상에서 눈을 떼지 않으면서 쪽문으로 향했다. 그러자 좌우로 늘어선 로마 군인들이 칼과 방패를 치켜들며 전투자세를 취했다. 기계처럼 부자연스러운 몸놀림이었지만 저들 중에는 일부러 꼭두각시 흉내를 내는 환술사가 섞여 있을 것이다.

"엇!"

김양상이 본능적으로 방어자세를 취했다. 그러나 달려들던 로마 군인은 김양상 앞에서 태엽이 풀린 듯 움직임을 멈추었다.

"주의해야 하오. 돌덩어리에게 칼을 휘둘렀다가는 환술사에게 당할 테니."

석연당의 말대로였다. 김양상은 실제 무사와 대치하는 것보다 훨씬 어려운 국면을 맞고 있었다. 로마 군인들이 미끄러지듯 스르르 다가올 때마다 신경이 곤두섰다. 시간은 자꾸 흘렀고 계속 긴장을 유지할 수도 없었다. 어떻게 이 위기를 타개할 것인가.

"앗!"

김양상의 입에서 비명이 새어나왔다. 잠시 딴 생각을 하는 틈에 그만 어깨를 베인 것이다. 누굴까. 고통을 참으며 주위를 살폈지만 10명의 로마 군인들은 어느새 제자리로 돌아가 있었다. 저들 중 칼에 피가 묻은 자가 아부카드일 것이다. 그러나 너울거리는 불빛 아래서 피 묻은 칼을 확인하는 것, 꼭두각시들의 미세한 표정 변화를 간파하는 것이 쉽지 않았다.

"괜찮소?"

석연당이 김양상의 상처를 살폈다.

"견딜 만하다."

다행히 깊게 베인 것 같지는 않았다. 하지만 빨리 승부를 봐야 한다. 그런데 도대체 저들 중 누가 진짜인가. 태엽장치는 아주 정교했고 아부카드의 연기는 사람의 눈을 현혹시키기에 충분했다. 서로 다른 복색을 한 꼭두각시들은 공격할 때마다 위치를 서로 바꾸고 있었다.

"참으로 대단한 솜씨요. 적이지만 감탄했소. 하지만 알아낸 것이 있소. 아부카드는 저들 셋 중 하나일 것이오."

석연당이 붉은 갈기 모자를 쓴 자와 투창을 든 자, 그리고 도끼를 든

자를 지목했다. 기습시의 위치와 몸놀림을 감안해서 판단한 것인데 오로지 석연당이었기에 가능했을 것이다.

"여태 움직임을 감안하면 다음 공격 때는 저들 셋이 한쪽으로 몰릴 테니 그때 형은 반대쪽으로 뛰시오."

석연당을 믿는 수밖에 없었다. 로마 군인들이 다시 움직이기 시작했다. 이번에는 단검을 든 자가 김양상을 향해 다가왔다. 석연당의 예측대로라면 꼭두각시일 것이다. 김양상은 단검을 무시한 채 배후에 신경을 집중시켰다. 과연 살기가 몰려왔다. 김양상은 얼른 방어자세를 취하며 주위를 살폈다. 과연 석연당의 예상대로 붉은 갈기 모자의 로마 군인과 투창을 든 로마 군인, 그리고 도끼를 든 로마 군인이 한쪽에 몰려 있었다.

"지금이오!"

석연당이 소리쳤다. 석연당 혼자서 셋을 상대할 수 있을까. 하지만 석연당이라면 짧은 시간에 진짜를 찾아낼 수 있을 것이다. 김양상은 그렇게 믿으며 쪽문을 향해 내달렸다. 단검을 든 로마 군인이 앞을 가로막았지만 김양상은 조금도 두려워하지 않았다. 그만큼 석연당을 믿었기 때문이다. 달려들던 단검의 로마 군인은 김양상 앞에서 그대로 멈추어 섰고 김양상은 서둘러 쪽문을 빠져나갔다.

모래언덕 아래로 바드르가 말을 타고 달아나는 모습이 눈에 들어왔다. 아이사가 격렬하게 저항하는 통에 멀리 가지 못한 것이다. 거리는 150보 정도인데 화살은 단 1개다. 활을 집어 든 김양상은 호흡을 조절하며 천천히 시위를 당겼다.

화살은 바람을 가르며 날아갔고 거칠게 말을 몰던 바드르는 그대로 말 아래로 떨어졌다. 명중이었다. 아이사가 걱정되었지만 지금은 석연당이 더 급하다. 김양상은 단검을 뽑아들고 다시 내전으로 향했다.

"악!"

쪽문으로 들어서는 순간 단발마의 비명이 울렸다. 김양상은 불길한 예감에 휩싸였다.

"연당아!"

달려가니 석연당이 피투성이가 되어 쓰러져 있었다. 그 옆에는 가슴에 단검이 깊숙이 꽂힌 붉은 갈기의 로마 군인이 힘겹게 숨을 헐떡이고 있었다. 나머지 로마 군인들은 다시 동상으로 돌아간 듯 제자리에서 꼼짝 않고 서 있었다.

"연당아!"

"형!"

석연당이 가늘게 눈을 떴다. 출혈이 심한 듯 몹시 힘들어했다.

"정신 차려라!"

김양상이 석연당을 일으켜 세우려했다.

"나는 틀렸소."

거친 숨을 몰아쉬는 석연당의 입가에 희미한 미소가 지어졌다.

"무슨 소리냐! 속히 여기를 빠져나가자. 빨리 치료를 받으면 살 수 있을 것이다."

"그만두시오. 내 몸의 상처는 내가 잘 알고 있소. 저놈에게 제대로 급소를 찔렸소."

석연당이 힘겹게 팔을 뻗더니 김양상의 손을 꼭 쥐었다.

"끝까지 형하고 함께하려고 했는데 그만 여기서 작별해야 할 것 같소. 형을 만나서 정말 행복했소."

석연당은 몹시 고통스러워하면서도 미소를 잃지 않았다. 장안의 저 잣거리를 떠돌며 환술로 하루하루를 연명하던 시절. 구박과 천대로 얼룩진 나날들이었다. 그렇지만 김양상을 만난 후로 처음으로 삶의 목표라는 것이 생겼고 살아가는 보람이라는 것을 알게 되었다.

"꼭 뜻을 이루기를 바라겠소."

석연당은 그 말을 마치고 눈을 감았다. 김양상은 만감이 밀려왔다. 숱한 고비를 함께 넘었던 의제義弟 석연당을 여기서 잃게 될 줄이야.

"그래. 꼭 뜻을 이뤄서 네 죽음을 헛되게 하지 않겠다."

김양상은 그렇게 다짐하며 석연당의 손을 힘껏 잡았다.

콘스탄티노플

1

비둘기들이 요란하게 날갯짓을 하며 아우구스타이온 광장 위로 날아올랐다. 김양상은 화창한 하늘을 힐끔 올려다보고는 향료상을 향해 걸음을 재촉했다. 새로 들여온 향료의 수량 확인을 마쳤으니 오늘 할 일은 다 마친 셈이다.

광장을 스치고 지나가는 바람은 계절이 바뀌었음을 말해주고 있었다. 아우구스타이온 광장에 따스한 봄기운이 감돌면서 광장은 많은 사람들로 붐볐다. 비잔틴제국의 황도 콘스탄티노플에 다시 봄이 찾아온 것이다. 콘스탄티노플은 장안과 견주어도 결코 뒤지지 않을 대도시였다. 사방 각지에서 모여든 1백만 명의 인구가 인종의 도가니를 이루고 있었다.

해협의 한가한 어촌에 불과했던 비잔티움이 인구 1백만의 대도시 콘스탄티노플로 발전하게 된 계기는 420여 년 전에 콘스탄티누스 황제가 로마제국의 황도를 이곳으로 옮기면서부터였다. 그 후로 동과 서

192

로 분리되었던 로마제국은 279년 전인 서력 476년에 서로마가 멸망하면서 지금은 콘스탄티노플의 비잔틴제국이 로마제국의 전통을 이어가고 있다.

콘스탄티노플에 발을 들여놓은 지 반년, 김양상은 소피아의 숙부가 경영하는 향료상의 일을 도우며 지낸다. 처음에는 말이 통하지 않아서 많이 불편했지만 바그다드에 있을 때 라틴 말을 열심히 공부한 데다 현지인들과 부지런히 어울렸기에 지금은 손짓 발짓을 섞어가면서 최소한도의 의사소통이 가능하다.

"수량을 전부 확인했습니다."

"수고했네. 그만 돌아가게."

장부를 정리하던 소피아의 숙부가 김양상에게 먼저 집으로 돌아갈 것을 일렀다. 소피아가 기다리고 있을 것이다. 김양상은 부지런히 걸음을 옮겼다. 소피아 숙부의 집은 콘스탄티노플 북쪽 테오도시우스 성벽 부근에 있는데 그곳으로 가려면 비잔틴제국의 황도를 대표하는 번화가인 메즈를 지나야 한다. 메즈에 이르자 큰 규모의 보석상과 금세공상, 비단 상점들이 대로 양옆에 늘어서서 콘스탄티노플의 번영을 과시하고 있었다. 가히 세계의 부富가 모조리 콘스탄티노플로 몰려들고 있는 것 같았다.

그렇지만 콘스탄티노플이라고 귀족과 부호들만 사는 것은 아니었다. 메즈를 지나 노천극장 쪽으로 접어들면 다른 세상이 펼쳐진다. 비좁고 지저분한 길은 옷감이며 신발 같은 생활필수품을 구입하러 온 콘스탄티노플의 평민들로 붐볐다. 환전상과 악사, 그리고 술집 여인들이 그들 틈에 섞여서 호객행위를 하고, 거지와 소매치기들이 사람들의 주머니를 노리는 것은 장안의 서시西市와 다를 바 없는 정경이었다. 대도시에는 가진 자와 없는 자가 섞여 살게 마련이다. 귀족과 부호들은 항구가 내려다보이는 언덕 위에 호화로운 저택을 짓고 사는 반면에 빈민들은 도시 외곽의 빈민촌이나 공동묘지 부근에 모여 살았다. 소피아 숙부의 저택이 있는 테오도시우스 성벽 부근은 그런대로 중산층에 해당하는 사람들이 사는 곳이다.

"일찍 왔네요."

소피아가 김양상을 반겼다.

"그럭저럭 바쁜 일은 마무리를 지었으니 당분간은 창고에 매달려 지내도 될 것 같소."

"잘됐군요. 그렇다면 내일부터 본격적으로 알아보러 다닐 수 있겠군요."

소피아가 기뻐했다. 김양상은 소피아 숙부 일을 돕는 틈틈이 콘스탄티노플의 보석상을 찾아다니며 수소문하고 있었다. 아직 말이 서툰 김양상을 위해서 소피아가 동행했는데 그동안 보석상 여러 군데를 찾아가봤지만 아무런 소득도 얻지 못했다.

황금보검의 원주인인 아틸라는 '신의 채찍'이라고 불렸던 공포의 정복왕이라고 했다. 그런데 왜 그의 보검이 먼 서쪽의 서라벌에 있는 것일까. 교역품은 아닌 게 분명하다는데 그렇다면 훈제국과 신라가 무슨 관계란 말인가. 생각할수록 궁금할 뿐이었다.

압둘 라흐만은 헤어지면서 아틸라와 훈제국에 대해서 소상하게 알려주었다.

'아틸라는 훈제국의 정복왕이었습니다.'

그렇게 운을 뗀 압둘 라흐만은 서방세계를 공포의 도가니로 몰아넣었던 훈족은 4백여 년 전에 동쪽의 초원지대에서 온 유목민으로, 훈족이 밀려오면서 본래부터 그곳에서 살던 게르만 부족들이 연쇄적으로 이동하게 되었다는 사실, 그 여파로 로마제국이 동과 서로 갈라졌다는 사실을 조리 있게 설명해주었다. 하지만 아틸라가 신라와 어떤 연관이 있을지에 대해서는 압둘 라흐만도 아는 바가 전혀 없었다. 아틸라가 훈제국의 대왕이 된 때는 320여 년 전이라고 했다. 그렇다면 신라는 내물왕에 이어 눌지왕이 즉위하면서 김씨 세습이 자리를 잡던 시기였다.

콘스탄티노플에 당도하면 그 비밀을 풀 수 있을까. 큰 기대를 가지고 발을 디뎠지만 결과는 실망스러웠다.

'오래된 것 같은데 처음 보는 무늬입니다.'

여러 곳을 찾아가봤지만 보석상들은 소용돌이무늬에 대해서 별반 아는 게 없었다.

김양상은 옥상으로 발길을 옮겼다. 망향의 정이 밀려올 때면 찾는 곳이다. 옥상에 오르자 파도가 밀려오는 바다가 눈에 들어왔다. 크고 작은 배들이 부지런히 금각만金角灣을 드나드는 모습에서 콘스탄티노플의 생동감이 절로 느껴졌다. 아우구스타이온 광장을 오가는 수많은 인파와 금각만에 산적되는 엄청난 물자는 비잔틴제국의 번성을 대변하고 있었다.

무수한 위기를 넘기며 마침내 콘스탄티노플까지 왔다. 먼 길을 지나는 동안에 하나씩 하나씩 단서를 찾으며 여기까지 왔는데 막상 콘스탄티노플에 당도하자 더 이상 진전이 없었다. 하루하루 시일이 흐르면서 김양상은 조금씩 초조해지기 시작했다.

눈을 감자 불현듯 그동안 인연을 맺었던 사람들이 뇌리를 스치고 지나갔다. 김경신과 혜초대사, 딘침과 일선, 그리고 두휜. 이어서 알 하자드 왕자와 압둘 라흐만의 얼굴이 차례로 떠올랐다. 모두들 내가 뜻을 이루기를 기원하고 있을 것이다.

"……!"

회상에 젖어 있던 김양상의 얼굴이 굳어졌다. 석연당이 떠오른 것이다. 친형제 이상으로 진한 정을 나누었던 석연당이다. 오로지 나 하나만을 믿고 먼 길을 따라나섰던 것인데 이역만리에서 고혼孤魂이 되고 말았다. 김양상은 가슴이 미어질 것만 같았다. 그러면서 석연당을 위해서라도 꼭 대왕의 보검의 비밀을 밝힐 것을 다짐했다.

"너무 초조해하지 마세요. 꼭 당신 뜻을 이루게 될 거예요."

어느 틈에 소피아가 곁에 다가와 있었다.

"내일부터 다시 보석상을 둘러볼 심산이오."

김양상은 그동안 창고 일 때문에 잠시 중단했던 추적을 계속하기로 했다. 아직 말이 서툰 김양상은 소피아와 함께 다니고 있었다.

"알겠어요. 그런데 내일은 오전에 제우시푸스의 욕탕에 가봐야 해요."

제우시푸스의 욕탕은 콘스탄티노플의 귀부인들이 즐겨 찾는 사교 장소다. 소피아의 숙부는 제우시푸스의 욕탕에 향료를 대는 일을 소피아에게 맡기고 있었다.

"그렇다면 정오 무렵에 내가 그리로 가겠소."

김양상은 자기 일처럼 마음을 쓰는 소피아가 더없이 고마웠다. 원행 끝에 힘들게 돌아온 콘스탄티노플이건만 소피아의 모친은 이미 세상을 떠나고 없었다. 참으로 애석한 일이었다. 그렇지만 소피아는 김양상과 함께 바쁜 나날을 보내면서 슬픔을 잘 견뎌내고 있었다.

'꼭 뜻을 이루고 소피아와 함께 서라벌로 돌아갈 것이다.'

김양상은 그렇게 다짐하며 밀려오는 불안감을 떨쳐냈다.

2

알맞게 식혀진 온천수가 사자 머리 석상을 통해 끊임없이 흰 대리석으로 치장된 욕조로 흘러들어갔다. 욕탕은 욕의로 갈아입은 여인들의 웃음소리로 가득했다. 형형색색의 모자이크 창과 정교한 조각이 새겨진 부조벽浮彫壁은 제우시푸스의 욕탕이 콘스탄티노플의 지체 높은 귀부인들의 사교장소임을 보여주고 있었다. 욕탕 밖에는 부르면 언제든지 달려갈 수 있도록 흑인 노예들이 대기하고 있었다.

소피아는 다음 방으로 걸음을 재촉했다. 욕탕 구석구석에 설치된 향료대와 옷 갈아입는 방, 그리고 휴게실에 향료를 갈아 넣으려면 서둘러야 한다. 그러면서도 방마다 향료가 다른 데다 귀부인들의 취향이 까다롭다 보니 책잡히지 않으려면 꼼꼼히 신경을 써야 한다.

"라벤더 향이로군. 그런데 냄새가 너무 약한데? 어디 것인가?"

소피아가 휴게실에 향료를 새로 채우는데 침상에 비스듬히 누워 있던 중년 귀부인이 말을 걸었다.

"키프로스에서 들여온 것인데 은은한 향이 오래갑니다."

소피아는 귀부인에게 예를 표하고 갱의실로 향했다. 이제 두 곳만 더 돌면 오늘 일은 끝이다. 어쩌면 김양상이 벌써 와서 입구에서 기다리고 있을지 모른다. 갱의실에는 아무도 없었다. 소피아는 재스민에서 추출한 향료를 꺼내들고 향료병이 있는 창가 쪽으로 향했다.

"······!"

그런데 아무도 없는 줄 알았는데 젊은 여인이 구석에서 옷을 갈아입고 있었다. 그런데 왜 저렇게 놀랄까. 혹시 남자라도 들어온 줄 안 것일까. 옷을 갈아입던 여인은 이전에 몇 번 본 적이 있는 미모의 젊은 여인이었는데 몹시 놀란 듯 얼굴이 창백했다.

"향료를 채우는 중입니다."

소피아의 말에 젊은 여인은 알았다는 듯 고개를 끄덕이고는 얼른 방을 나갔다.

"······!"

소피아는 곧 젊은 여인이 왜 그리 놀랐는지 이유를 알게 되었다. 황급히 가슴을 가린 손 사이로 언뜻 보인 것은 틀림없이 엔콜피온이었다. 그리스도 형상을 새긴 목걸이를 칭하는 엔콜피온은 나라에서 엄격하게 금하는 성상聖像이다. 하면, 저 젊은 여인이 성상숭배자인가. 소피아는 공연히 남의 비밀을 알아낸 것 같아서 당황스러웠다.

"방금 방을 나간 젊은 여인이 누구입니까?"

마침 욕탕을 관리하는 사람과 마주친 소피아는 자신도 모르게 그것을 물었다.

"글리체리아 양을 말하는 모양이군. 콘스탄티노플 제일의 미녀인 데다, 부친이 콘스탄티노플에서 최대 무역상인 크리니사피우스 님이니 세상에 부러울 게 없는 여인이지."

나이 지긋한 여인이 부러운 표정으로 대답했다. 그의 말대로 글리체리아는 사람들의 시선을 사로잡을 미모를 지니고 있었다. 그런데 대부호의 딸이 왜 나라에게 엄히 금하는 성상숭배자가 되었을까. 호기심이 일었지만 소피아는 그 이상 관심을 쏟지 않기로 했다.

그리스도 교도들은 그리스도나 성모 마리아, 그리고 성자들의 모습을 새긴 조각인 성상聖像을 신과 인간을 연결시켜주는 매체로 인식하고 숭배하고 있었다. 그런데 서력 730년에 비잔틴제국의 황제 레오 3세가 성상숭배를 금하는 칙령을 내리면서 성상은 모조리 파괴되었다. 신은 보이지 않는 존재며 성상은 신에 대한 불경不敬이라고 본 것이다.

30년 가까운 세월이 흐르면서 성상은 대부분 파괴되었지만 그래도 숨어서 성상을 숭배하는 사람들이 있었다. 하지만 그들 대부분은 콘스탄티노플의 하층민들이었다. 그런데 왜 대부호의 딸이…. 끊으려 해도 자꾸 호기심이 일었다. 밖으로 나오니 김양상이 기다리고 있었다.

"일은 다 마쳤소? 힘들어 보이는 것 같소."

김양상이 소피아의 안색을 살피며 말했다.

"일찍 왔군요. 늘 하는 일이에요."

소피아는 아까의 일은 김양상에게 말하지 않기로 했다. 그렇지 않아도 심사가 복잡한 사람이다.

오늘 김양상과 함께 찾아가보기로 한 곳은 '울고 있는 골짜기'라는 의미를 지닌 노예시장 코일라스 클라프트모누스에 있는 보석상이다. 규모는 작지만 오래된 곳이어서 김양상과 소피아는 일말의 기대를 가지고 있었다.

대로에 이르자 거리는 축제 분위기였다. 콘스탄티노플에 발을 디딘지 6개월이 된 김양상은 곧 있을 전차경주 때문임을 알았다. 네 마리의 말이 끄는 전차들이 경주장을 돌며 승부를 겨루는 전차경주는 콘스탄티노플에서 큰 인기를 끌었다. 이전에는 검투사들이 목숨을 걸고 싸우는 검투가 성행했지만 그리스도교가 널리 퍼지면서 잔인한 검투는 금지되었고 전차경주가 그 자리를 대신했다. 로마의 대경주장 치르코 마시모를 그대로 본떠 만든 콘스탄티노플의 전차경주장은 6만 명을 수용할 수 있는 어마어마한 규모라고 했다.

"벌써부터 난리로군. 이번에는 어느 전차단에서 우승할지 나도 궁금해지는데."

콘스탄티노플에는 파란색과 하얀색, 녹색, 그리고 붉은색으로 상징되는 4개의 전차단이 있는데 사람들마다 응원하는 전차단이 정해져 있을 만큼 전차경주는 주민들에게 큰 인기를 끌었다. 콘스탄티노플을 온통 흥분의 도가니로 몰아넣는 전차경주는 얼마나 박진감이 넘칠까. 김양상은 아직 전차경주를 본 적이 없지만 4필의 말이 전력을 다해 질주하는 광경은 격구에 못지않게 활력이 넘칠 것으로 짐작했다.

"어쩌면 이번 전차경주를 관람할 수 있겠네요."

소피아가 전차경주에 큰 관심을 보이는 김양상을 보며 미소 지었다.

"그게 무슨 소리요?"

"경주장에서 향료를 팔기로 했거든요."

사람이 모이는 곳에 상인들이 몰리는 것은 당연하다. 그런데 아무나 대경주장에서 장사할 수 있는 게 아니다. 대경주장의 허가를 받아야 하는데 그동안 소피아 숙부의 향료상은 대경주장에서 제시하는 조건을 갖추지 못했기에 향료를 팔지 못했다.

"정말 잘되었군. 앞으로도 계속 물건을 댈 수 있으면 좋겠소."

김양상은 자기 일처럼 기뻐했다. 언제까지 신세를 지게 될지 모르지만 있는 동안에는 최선을 다할 각오였다.

노예시장에 이르자 거리의 풍경이 확연히 달라졌다. 메즈의 화려함과 노천시장의 풍요로움과는 전혀 다른 모습이 두 사람의 눈앞에 펼쳐졌다. 다 허물어져가는 건물에 남루한 옷차림의 이방인들. 쫓기듯 걷는 그들의 모습에서 김양상은 콘스탄티노플의 또 다른 면을 보았다.

보석상은 노예시장이 끝나는 곳에 자리를 하고 있었다. 예상대로 메즈의 보석상에 비하면 볼품없는 초라한 상점이었다. 여기서도 아무런 소득을 얻지 못하면 그 다음은 어떻게 해야 하나. 아직 대책을 마련하지 못했기에 김양상은 초조해졌다.

"무슨 일이오?"

나이가 지긋한 보석상이 김양상과 소피아를 위아래로 훑어보며 물었다. 어둠침침한 보석상에는 그 혼자뿐이었다.

"알아볼 것이 있어서 들렀습니다."

김양상은 품에서 석류석 목걸이를 꺼내며 찾아온 이유를 밝혔다. 소피아가 옆에서 틈틈이 통역했다.

"여기가 콘스탄티노플에서 제일 오래된 보석상이라고 들었습니다. 혹시 이 목걸이가 어디서 제작된 것인지 알 수 있습니까?"

보석상은 김양상을 힐끗 쳐다보더니 석류석 목걸이를 유심히 살폈다.

"제작기법으로 봐서 콘스탄티노플에서 만든 것은 분명한 것 같군. 그런데 이렇게 큰 석류석은 요즘은 구경하기 어렵소. 짐작건대 적어도 3백 년 전에 제작된 목걸이 같소."

그것은 이미 알고 있는 사항이다.

"이 소용돌이무늬는 훈제국을 상징하는 것이라고 들었습니다만."

김양상이 조심스럽게 말을 꺼냈다.

"당신 소문은 들었소. 아틸라에 대해 알아보고 다닌다고."

보석상 노인은 대답 대신에 김양상을 찬찬히 살피며 다른 것을 물었다.

"그동안 아틸라의 유품이라고 하면서 내게 가져온 보석들이 여럿 있었지만 전부 가짜였소. 그런데 이 목걸이는 진품인 것 같군. 이만한 크기의 석류석은 흔치 않은데 당신은 어디서 이 목걸이를 얻었소? 그리고 왜 아틸라를 찾는 것이오?"

"이 목걸이는 바그다드의 왕족으로부터 얻은 것이며 아틸라를 찾는 이유는 자세히는 밝힐 수 없지만 내게는 아주 중요한 일과 관련이 있습니다."

"소문에는 당신은 아틸라의 중요한 유물을 직접 봤다고 하던데 그 중요한 유물이라는 것이 무엇이오?"

보석상 노인은 강한 호기심을 드러냈다. 벌써 그런 소문이 나도는가. 어떻게 할 것인가. 김양상은 잠시 망설이다가 사실을 밝히기로 했다. 소피아는 경계의 빛을 띠었지만 비밀을 밝히는 데 도움이 된다면 사실을 감출 이유가 없을 것이다.

"황금보검입니다. 정교하게 금으로 세공이 되었고 손잡이에 이것과 같은 소용돌이무늬가 새겨져 있지요. 그리고 이것보다 훨씬 큰 석류석이 박혀 있습니다. 당신은 황금보검에 대해서 아는 것이 있습니까?"

김양상의 입에서 황금보검이라는 말이 나오자 보석상 주인은 깜짝 놀랐다.

"당신 말이 사실이라면 황금보검의 주인은 아틸라가 맞을 것 같소. 소용돌이무늬는 훈족을 상징하는데 그렇게 큰 석류석이 박힌 보검이라면 오로지 아틸라만이 지닐 수 있을 것이오. 그런데 대왕의 보검은 지금 어디에 있소?"

"먼 동쪽의 내 나라에 있습니다. 방금 전에 가짜 유물들이 나돈다고
했는데 그렇다면 당신은 아틸라의 무덤이 어디에 있는지 아십니까?"

아틸라의 무덤이 어디에 있는지만 안다면 김양상은 당장이라도 달려
갈 기세였다. 그곳에 가면 왜 황금보검이 신라에 있는지 이유를 밝힐
수 있을 것 같았다.

"당신은 아틸라의 최후에 대해서 얼마나 알고 있소?"

보석상 주인은 대답 대신에 물었다.

"결혼 초야에 갑자기 죽었다고 들었습니다."

김양상은 알고 있는 대로 대답했다.

"그렇소. 아틸라는 일디코라는 부르군트 족 여인을 부인으로 맞았는
데 첫날밤에 갑자기 죽었지요. 그의 죽음을 둘러싸고 여러 의문들이 제
기되었지만 아무튼 훈제국은 아틸라가 죽으면서 급격히 붕괴되었소."

왜 그런 얘기를 하는 걸까. 김양상은 잠자코 보석상 노인의 말에 귀
를 기울였다.

"왕이 죽으면 부장품을 함께 묻는데 유목민들은 여기저기를 떠돌기
에 왕의 무덤이 도굴되는 것을 막기 위해서 아무도 모르는 곳에 은밀하
게 매장하지요."

그렇다면 아틸라의 무덤이 어디에 있는지 아는 사람이 없단 말인가.
김양상은 실망이었다.

"아틸라의 무덤은 다뉴브 강에 둑을 쌓고 물줄기를 다른 곳으로 돌린
후에 강바닥을 파고 그곳에 아틸라를 묻고서 다시 물줄기를 본래대로
돌려놓았다는 말이 전해 내려오고 있지요."

그것이 사실이라면 도굴이 불가능한 것은 물론 정확한 위치를 파악하는 것도 불가능할 것이다.

"전설이 사실이라면 이 목걸이나 당신이 봤다는 대왕의 황금보검은 아틸라가 죽기 전에 외부로 유출된 물건일 것이오. 그런데 어떤 이유로 아틸라의 보검이 먼 곳에 있게 되었는지 참으로 궁금하오."

그것이야말로 김양상이 알고 싶어하는 것이다. 하지만 아틸라의 무덤이 정말로 다뉴브 강 아래에 있다면 더 이상 할 수 있는 것은 아무것도 없을 것이다. 그럼 여기서 먼 여정을 끝내야 하는 것인가. 김양상은 저도 모르게 한숨을 내쉬었다.

"하지만 전해 내려오는 말이 그렇다는 것일 뿐, 확인된 사실은 아니오. 아무튼 이 목걸이는 훈제국의 것이 틀림없는 것 같소."

"종종 들르겠습니다. 혹시라도 새로운 소식이 있거든 알려주십시오."

아쉽지만 발길을 돌릴 수밖에 없었다. 김양상은 성실하게 상대를 해준 보석상 노인에게 사의를 표하고 소피아와 함께 보석상을 나섰다.

김양상과 소피아가 보석상을 나가자 구석의 쪽문이 열리면서 남자 두 사람이 매장으로 나왔다. 한 사람은 몹시 말랐고 또 한 사람은 키가 훤칠했다.

"프리니쿠스, 당신의 예상이 맞았군요."

보석상 노인이 깡마른 남자에게 말을 걸었다.

"아틸라의 황금보검이라니. 정말 놀랍군. 아틸라의 목걸이를 가지고 있다고 하기에 혹시나 했는데…. 그런데 당나라 사람이 왜 아틸라의 무덤을 찾는 걸까? 그리고 알로펜, 당신은 아틸라의 황금보검이 동방

204

에 있다는 얘기를 들어보았소?"

프리니쿠스는 키가 훤칠한 남자에게 물었다.

"장안에 20년 이상 머물렀지만 금시초문입니다."

알로펜 역시 호기심 가득한 얼굴이었다.

"당신은 저 남자의 말이 사실이라고 믿소?"

"꾸며낸 말 같지는 않습니다."

알로펜이 잠시 생각하더니 대답했다.

"아무튼 크리니사피우스 님에게 속히 보고해야겠군. 대왕의 황금보검이 먼 동쪽 나라에 있다는 사실을 아시면 크게 놀라실 것이오."

"저자를 어떻게 하실 생각입니까? 크리니사피우스 님에게 보고하면 당장 잡아오라고 하실지 모르는데."

"그럴지도 모르지. 어쨌거나 일이 재미있게 돌아가겠군."

프리니쿠스와 알로펜은 기대 이상의 수확이라는 표정으로 서둘러 보석상을 나섰다.

3

대경기장은 아침부터 사람들로 인산인해人山人海를 이루었다. 콘스탄티노플은 온통 흥분의 도가니였다. 대경기장의 중앙 귀빈석에는 오늘 출전하는 전차단의 차주와 고관들이 자리 잡았고, 전차경주에 돈을 건 주민들은 관중석을 가득 메운 채 응원에 열을 올렸다. 6만 명의 관중들이 질러대는 함성으로 대경기장은 떠나갈 듯했다.

전차경주는 4마리의 말이 끄는 전차 4대가 폭이 1스타디움(약 100미터), 길이가 5스타디움에 이르는 스피나(경주장)를 7바퀴 도는 것으로 승부를 가린다. 전차경주는 평시에는 오전과 오후에 각각 4차례씩 열리지만 오늘은 상반기 우승을 가리는 날이어서 한 경기만 열릴 예정이다. 상반기를 결산하는 결승전에 해당하는 경주인 만큼 관중들은 더욱 열광하고 있었다.

광대들의 공연이 끝나자 곡예사가 경기장에 등장했다. 경기를 기다리는 동안과 막간에 지루함을 덜어주기 위해서 여러 종류의 공연이 펼쳐지고 있었다. 곡예의 뒤를 이어 무희들의 춤이 끝나면 전차경주가 시작될 것이다.

"열기가 대단하군. 그런데 괜찮을까? 역시 큰 경기는 노련한 기수에게 맡기는 게 좋지 않을까?"

콘스탄티노플의 대부호이며 청색전차단의 차주인 크리니사피우스는 대경기장을 둘러보며 입을 열었다. 오늘 청색전차를 모는 기수 아이티우스는 경험이 일천한 젊은 기수다. 투지가 좋은 데다 회전 능력이 뛰어나서 출전을 허락했지만 막상 경기가 임박하자 걱정이 되었다.

"잘할 겁니다. 출전 경험은 많지 않지만 침착한 데다 출전하는 말들과 호흡이 잘 맞고 있으니까요."

상단 지배인 프리니쿠스가 크리니사피우스를 안심시켰다.

"총독이 직접 참석한 중요한 경기야. 꼭 우승해야 해. 특히 적색전차단에게는 지고 싶지 않아."

크리니사피우스가 두 자리 건너 자리한 적색전차단 차주를 힐끗 흘겨보았다. 콘스탄티노플 제일의 상단 자리를 놓고 치열하게 경쟁하는 사이여서 지고 싶지 않았다.

"아이티우스는 결코 기회를 놓치지 않을 겁니다."

프리니쿠스가 조금은 초조해하는 크리니사피우스를 안심시켰다. 크리니사피우스는 아이티우스가 오늘 전차경주에서 우승하면 청색전차단의 정기수로 임명할 생각이다. 전차단의 정기수가 된다는 것은 부와 명예를 한꺼번에 잡는다는 것을 의미한다. 콘스탄티노플에는 전차단 정기수를 바라보며 마구간에서 허드렛일을 하는 젊은이들이 많지만 그들 중에서 꿈을 이루는 사람은 소수에 불과했다. 그런 면에서 경험이 일천한 아이티우스가 이번 전차경주에 출전한 것은 분명 엄청난 특혜였다.

크리니사피우스가 아이티우스에게 특혜를 베푸는 이유는 아이티우스가 전차를 모는 데 남다른 재능이 있기 때문만은 아니었다. 아이티우스는 조부 때 콘스탄티노플로 흘러들어온 불가르 족의 젊은이인데 그의 출신과 관련해서 관심을 끄는 점이 있기 때문이었다. 그렇다면 내 사람으로 만들어둘 필요가 있었다.

그런데 일이 되려고 하는지 이번에는 엉뚱한 곳에서 귀가 번쩍 뜨이는 소식이 전해졌다. 아틸라의 유물로 보이는 목걸이를 가진 당나라 젊은이가 콘스탄티노플에 나타났다는 것이다. 그리고 놀랍게도 그는 전설로 전해 내려오는 아틸라의 황금보검을 직접 보았다고 했다. 그의 말이 어디까지 사실일까. 크리니사피우스는 조만간 그를 만나볼 생각이었다.

기대에 부풀어 있는 크리니사피우스와는 대조적으로 옆자리의 양녀 글리체리아는 심기가 편치 못했다. 불길한 예감이 서서히 다가오는 느낌을 떨쳐버릴 수 없었던 것이다. 아이티우스가 오늘 경기에서 우승해서 소원대로 정기수가 될까. 아이티우스로서는 둘도 없는 기회를 잡은 셈이지만 글리체리아는 왠지 자꾸 불안했다.

글리체리아가 애써 마음을 진정시키고 있는데 주변에서 웅성거림이 일었다. 고개를 드니 오늘 경기 집행관을 맡은 총독이 거만한 자태로 귀빈석으로 들어서고 있었다. 귀빈들과 인사를 나누는 총독의 뒤를 따라 들어오는 남자를 보는 순간 글리체리아는 얼른 고개를 돌렸다. 총독의 아들이며 황실친위대인 타그마의 지휘관 마르켈리누스와 눈이 마주치기 싫었던 것이다. 제발 아는 척하지 말았으면. 그러나 글리체리아의 바람과는 달리 마르켈리누스는 빙글빙글 웃으며 크리니사피우스에게 다가왔다.

"차주께서 이리 여유가 있는 것을 보니 청색전차단이 우승할 것 같습니다."

마르켈리누스가 크리니사피우스에게 덕담을 건넸다.

"고맙소. 그런데 타그마의 지휘관을 여기서 보게 될 줄은 몰랐소. 요즘 몹시 바쁘다고 들었는데."

크리니사피우스는 마르켈리누스가 양녀 글리체리아를 마음에 두고 있다는 사실을 잘 알고 있었다. 총독의 아들인 그를 마다할 이유가 없다. 그렇지만 먼저 반색할 필요는 없다. 크리니사피우스는 당분간 적절한 거리를 유지하면서 밀고 당길 작정이었다.

"일 때문에 온 것입니다. 오늘 경주가 성상숭배자들과 관련이 있기 때문이지요."

비잔틴제국의 황제 콘스탄티누스 5세의 특명으로 타그마는 눈에 불을 켜고 성상숭배자들을 찾고 있었다. 마르켈리누스는 자신을 과시라도 하듯 성상숭배자를 체포하러 출동했음을 당당하게 밝혔는데 그 말을 듣는 순간 애써 외면하고 있는 글리체리아는 얼굴이 창백해졌다. 아이티우스와 깊은 정을 나누면서 그의 영향을 받아 글리체리아도 성상숭배자가 되었던 것이다.

"전차경주와 성상숭배자가 무슨 관련이 있는지 모르겠소."

크리니사피우스가 퉁명스럽게 물었다.

"첩보에 의하면 오늘 경기장에 성상숭배자들이 대거 입장했다고 합니다. 그들은 전차경주 도중에 기수 중 누군가가 신호를 보내면 일제히 자리에서 일어나 성상 파괴를 중지하라고 외칠 것이라고 합니다."

마르켈리누스는 글리체리아에게 자기가 얼마나 대단한 힘을 가졌는지를 과시라도 하려는 듯 대외비 첩보를 거침없이 입에 담았다. 마르켈리누스는 물론 크리니사피우스도 글리체리아가 성상숭배자라는 사실은 까맣게 모르고 있었다.

"물론 관중석에는 타그마 병사들이 잠복하고 있겠군요."

크리니사피우스가 재미있다는 표정으로 응대했다.

"당연한 일이지요. 하지만 내 목표는 그들을 잡아가는 게 아닙니다. 이 기회에 암약하고 있는 주동자를 체포할 것입니다."

"체포하기가 쉽지 않을 텐데. 저들은 점조직으로 움직인다고 들었소."

"짧은 순간에 그들끼리 정해놓은 신호를 보내겠지요. 하지만 나는 그 순간을 절대로 놓치지 않을 겁니다."

마르켈리누스는 자신만만한 투로 말하고는 내내 외면하는 글리체리아를 힐끔 쳐다보고는 자기 자리로 향했다.

"거만한 놈."

크리니사피우스가 못마땅한 표정을 지었다.

"그래도 총독의 아들이며 타그마의 지휘관인데 너무 홀대하는 것 아 닙니까? 아무튼 마르켈리누스의 수사망에 걸려들었으니 오늘 성상숭 배자들 여러 명이 잡혀가겠군요."

뒷자리의 프리니쿠스가 상을 찌푸린 크리니사피우스를 살폈다. 글 리체리아는 간이 콩알만 해졌다. 어떻게 정보가 타그마에게 넘어갔는 지는 몰라도 이대로 있다가는 아이티우스는 꼼짝없이 타그마에게 체포 될 것이다. 어떻게 하면 이 사실을 아이티우스에게 알릴 수 있을까. 경 기장으로 시선을 돌리니 무희들의 춤이 막 끝나가려 하고 있었다. 곧 전차경주가 열릴 것이다.

"왜 그러느냐? 안색이 좋지 않구나?"

크리니사피우스가 글리체리아에게 고개를 돌렸다. 오래전에 세상을 떠난 동업자의 딸인 글리체리아는 어느새 콘스탄티노플 제일의 미녀로 성장해 있었다.

"잠시 어지러웠던 것뿐이에요."

글리체리아는 얼른 둘러댔다.

"엄청난 인파에 놀랐나보구나. 잠시 바람을 쐬고 오거라. 그러면 나 아질 것이다."

"그러는 게 좋겠습니다."

뒷자리의 프리니쿠스도 거들었다.

"그럼."

자리를 뜰 수 있는 좋은 기회가 생겼다. 비틀거리며 몸을 일으킨 글리 체리아는 귀빈석을 벗어나서 지하 격실로 통하는 문을 향해 걸음을 옮겼다. 빨리 선수대기실에 있는 아이티우스에게 이 사실을 전해야 한다.

4

김양상은 엄청난 인파에 압도되었다.

"장안에서도, 또 바그다드에서도 이렇게 많은 사람을 본 적이 없소."

"그래요. 나도 대경기장은 처음인데 예상했던 것보다 훨씬 큰 규모로군요."

소피아도 벌린 입을 다물지 못했다. 경기장에서는 형형색색의 요란한 복장을 한 무희들이 선율에 맞춰 춤을 추고 있었다. 무희들의 공연이 마지막 사전행사라고 했다. 그렇다면 곧 대망의 전차경주가 벌어질 것이다.

"이제 여기는 준비가 다 됐으니 속히 테르메로 가거라."

향료 전시를 마친 소피아 숙부가 소피아와 김양상에게 서두를 것을 지시했다. 소피아 숙부는 전차단의 기수들이 경기가 끝난 후에 몸을 씻고 휴식을 취하는 목욕탕에 향료를 공급하는 조건으로 장사를 허락받았다. 두 사람은 필요한 향료를 챙겨들고 경기장 지하로 통하는 입구로 향했다.

지하로 내려가자 중앙의 통로를 중심으로 좌우로 크고 작은 격실들이 늘어서 있었는데 음침하리란 예상과는 달리 그런대로 채광이 되었고, 구석은 횃불이 불을 밝히면서 지상과는 또 다른 아기자기한 멋을 풍기고 있었다.

두 사람은 경비병의 안내를 받으며 중앙 통로 끝의 테르메로 향했다. 전차 기수들의 휴게실 겸 욕탕인 테르메는 천장의 반이 하늘로 뚫린 구조였는데 두 사람이 해야 할 일은 더운 김이 올라오는 온탕 칼리다리움과 냉탕 테피다리움, 그리고 소형 수영장인 나티티오 주변과 휴게실에해당하는 프리기다리움 등 곳곳에 향료가 든 병을 가져다놓는 것이다.소피아와 김양상은 지정된 장소에 향료병을 차례로 배치하고서 테르메를 나섰다. 빨리 돌아가서 숙부를 도와야 한다.

중앙 통로에 이르자 웬 여인이 저쪽 끝에서 황급히 격실의 회랑을 달려가고 있었다. 옷차림으로 봐서 여기서 일하는 사람은 아닌 것 같았다. 그런데 무엇 때문에 저리 허둥대는 걸까. 횃불에 비친 젊은 여인은이목구비가 또렷한 미인이었다. 어디서 봤더라…. 소피아가 낯이 익다고 생각하는데 회랑 맞은편에서 남자 목소리가 들렸다.

"글리체리아! 당신이 여기는 웬일이오?"

마르켈리누스가 의외라는 표정을 지으며 저벅저벅 걸어왔다. 글리체리아는 앞이 깜깜했다. 여기서 그를 만나게 될 줄이야.

"대경기장 지하는 어떻게 생겼는지 궁금해서…. 또 우리 전차단도응원할 겸해서…. 그런데 당신은 무슨 일로 여기에?"

글리체리아는 당황해서 더듬거렸지만 글리체리아가 성상숭배자일줄은 꿈에도 생각해본 적이 없는 마르켈리누스는 전혀 의심하는 기색이 아니었다. 그의 뒤에는 건장한 체격의 타그마 병사들이 여럿 따르고있었다.

"아까 얘기했던 대로 아주 중요한 임무를 수행하는 중이오. 진작 알았다면 내가 안내를 했을 텐데 곧 경기가 벌어질 테니 그럴 수도 없고…."

마르켈리누스는 아쉬운 표정을 짓더니 주춤하며 서 있는 김양상과 소피아에게 시선을 돌렸다.

"보아하니 향료를 공급하러온 자들 같은데 내가 돌아올 때까지 이 여인에게 테르메를 안내하게!"

두 사람에게 지시를 내린 마르켈리누스가 다시 글리체리아에게 고개를 돌렸다.

"저쪽은 남자들과 말들이 득실댈 뿐이오. 그러니 저자들과 함께 테르메를 구경하고 있어요. 금방 돌아올 테니 너무 섭섭해하지 말고."

마르켈리누스는 호탕한 웃음을 남기고 기사단이 대기하는 격실로 향했다. 별로 내키지 않는 일을 맡게 되었지만 어쩔 수 없었다. 김양상은 난처한 표정으로 서 있는 글리체리아에게 다가갔다.

"테르메는 저쪽입니다. 따라오십시오."

그래도 경기가 시작되기 전에는 경기장으로 갈 수 있을 것 같았다. 김양상은 앞장서서 방금 나온 테르메로 다시 들어갔다.

"제발 도와주십시오."

글리체리아는 테르메에 들어서자마자 소피아의 손을 덥석 잡았다. 돌연한 장면에 김양상은 깜짝 놀랐다.

"당신을 제우시푸스에서 본 적이 있어요. 부탁이니 나를 도와주세요."

글리체리아가 간절한 눈빛으로 소피아에게 사정했다.

"나도 당신을 본 기억이 납니다."

소피아가 차분하게 대답했다. 놀란 김양상과는 대조적으로 소피아는 침착했다. 글리체리아를 알아보는 순간에 제일 먼저 떠오른 것은 그녀가 황급히 감추던 금지된 물건이었다. 자세한 사정은 모르겠지만 글리체리아가 이렇게 당황하는 것은 아마도 그것과 관련이 있으리라.

"부탁입니다. 제발 나를 도와주세요."

글리체리아는 다시 한 번 간청하면서 소피아에게 쪽지를 내밀었다.

"이것을 청색전차단 기수에게 은밀히 전해주세요. 여러 사람의 목숨이 달린 일이에요. 꼭 부탁합니다. 내 이름은 글리체리아입니다."

글리체리아는 소피아가 채 대답하기도 전에 그녀의 손에 쪽지를 쥐어주었다.

"글리체리아, 경기가 곧 시작되니 이제 그만 돌아갑시다."

문밖에서 마르켈리누스가 부르는 소리가 들렸다.

'부디….'

글리체리아는 애절한 눈빛으로 두 사람을 쳐다보고는 테르메를 나섰다. 김양상은 당혹스러웠다. 전혀 예기치 못했던 국면과 맞닥뜨린 것이다. 가급적 남의 눈에 띄는 일은 삼가고 지내던 중이다. 그런데 어쩌면 심각한 일에 휘말리게 될지도 모를 부탁을 받은 것이다. 어떻게 할 것인가. 글리체리아의 간절한 눈빛과 그녀를 쳐다보던 소피아의 동정심 가득한 눈길을 떠올리는 순간 김양상은 결정을 내렸다.

"도와줍시다. 나쁜 사람은 아닌 것 같았소."

"상대는 타그마에게 쫓기는 사람이에요."

소피아는 신중했다. 짐작건대 글리체리아가 쪽지를 전하려 하는 사람은 성상숭배자일 것이다. 글리체리아가 어떻게 해서 성상숭배자가 되었는지는 모르겠지만 성상숭배자를 도와주었다는 사실이 알려지면 파멸을 면치 못할 것이다. 김양상은 얼마나 위험한 일인지를 아직 모르는 것 같았다.

소피아가 망설이는데 김양상은 벌써 전차경주에 출전하는 기수단이 출전 준비를 하는 대기실로 향하고 있었다. 망설임 따위는 찾아볼 수 없었다. 소피아는 얼른 김양상의 뒤를 따랐다. 청색전차단의 대기실은 녹색, 적색, 백색전차단 대기실을 지나 제일 깊숙한 곳에 있었다.

"쪽지를 전하고 올 테니 당신은 여기서 기다리고 있어요."

대기실은 남자들만 있는 곳이다. 김양상은 불안해하는 소피아를 안심시키고 대기실로 들어섰다.

안으로 들어가자 긴장감이 생생하게 전해졌다. 감독을 중심으로 기수와 조수, 전차 정비사와 말 사육사가 정신없이 움직이고 있었다. 결전을 앞둔 전차단 사람들은 김양상을 힐끗 쳐다볼 뿐 별다른 관심을 보이지 않았다. 김양상은 사람들 틈에서 아이티우스를 어렵지 않게 찾아냈다. 청색 기수 복색을 하고 몸을 풀고 있는 저 준수하게 생긴 젊은이가 아이티우스일 것이다. 오른손에는 채찍이 들려 있었다. 향료병을 들고 어슬렁거리던 김양상은 아이티우스의 주위에 사람이 없는 것을 확인하고 얼른 접근했다.

"글리체리아가 당신에게 이것을 전하라고 했습니다. 아주 급한 일이라고 하면서."

김양상은 놀란 눈으로 쳐다보는 아이티우스에게 조용히 하라는 신호를 보내고는 서둘러 대기실을 빠져나왔다.

저 이방인이 지금 뭐라고 했나. 분명 글리체리아라고 했다. 의아해하며 쪽지를 펼쳐든 아이티우스의 얼굴이 하얗게 질렸다. 사실이라면 큰일이다.

"준비됐겠지! 곧 출전이다!"

감독이 다가왔다.

"물론입니다."

아이티우스는 얼른 쪽지를 감추고 대답했다.

"이번 경기가 얼마나 중요한지는 더 말하지 않아도 잘 알 것이다. 침착하게 끝까지 긴장을 늦추지 말아야 한다."

감독이 아이티우스의 등을 두드리며 주의사항을 일러주었다.

"특히 적색전차단을 경계해야 한다."

"잘 알고 있습니다."

아이티우스도 적색전차단이 우승하는 데 제일 큰 장애물이라고 보았다. 적색전차단 기수는 상반기 예선에서 8승을 거둔 노련한 자다. 그리고 작년 하반기 결승에서도 우승을 거두었다. 본격적인 경주에 처음 출전하는 아이티우스에게는 쉽게 넘기 힘든 산이다. 그러나 두 번 다시 얻기 힘든 기회를 절대로 놓치지 않을 것이다. 아이티우스는 결전의 의지를 불태우며 경기장으로 향했다.

크리니사피우스가 자기를 이번 경주에 기수로 지명한 것은 정말 뜻밖이었다. 혹시 글리체리아와의 관계를 눈치챈 것일까. 하지만 그렇지는 않았을 것이다. 그렇다면 도리어 전차단에서 쫓겨났을 것이다. 그럼 왜…. 알 수 없지만 절대로 놓칠 수 없는 기회였다.

그런데 타그마의 함정이 기다리고 있을 줄이야. 글리체리아가 어떻게 알아냈는지 모르지만 하마터면 호랑이의 입속으로 제 발로 걸어 들어갈 뻔했다. 그렇다면 봉기는 다음 기회로 미루고 오늘은 승부에만 전념해야 할 것이다.

4필의 말이 끄는 전차가 아이티우스를 기다리고 있었다. 생사고락을 함께하는 피붙이 같은 말들이다. 아이티우스는 4필의 말에 차례로 얼

216

굴을 부비며 끝까지 최선을 다해줄 것을 당부했다. 전차도 별 이상이 없는 것 같았다. 아이티우스는 비장한 마음으로 전차 위에 올랐다. 그리고 경기장을 향해 천천히 말을 몰았다.

4대의 전차가 경주장에 모습을 드러내자 대경기장은 떠나갈 듯한 함성이 일었다. 관중들은 흥분해서 자기가 응원하는 전차단, 돈을 건 전차단을 연호했고, 기사들은 손을 흔들며 그들의 환호에 답했다. 그들 중에는 적색전차단의 기수를 응원하는 사람들이 제일 많았다. 그가 제일 유력한 우승후보지만 백색전차단이나 녹색전차단의 기수도 무시할 수 없는 강자들이다.

그들에 비하면 아이티우스는 경력이 한참 모자라는 신인 기수다. 그렇다고 기죽을 필요는 없다. 지금 글리체리아가 귀빈석에서 지켜보고 있다. 꼭 우승해서 글리체리아를 기쁘게 해줄 것이다. 아이티우스는 그렇게 다짐하며 천천히 출발선을 향해 말을 몰았다.

출전하는 아이티우스를 보며 글리체리아는 숨이 멎을 것만 같았다. 쪽지는 제대로 전달되었을까. 그렇지 못했다면 아이티우스는 끝장이다. 제발 그런 일이 없어야 할 텐데….

글리체리아와 나란히 앉은 크리니사피우스도 아이티우스에게서 눈을 떼지 않았다. 저 젊은이가 우승할까. 쉽지 않겠지만 아무튼 이 기회에 아이티우스를 확실하게 내 편으로 끌어들여야 한다. 크리니사피우스는 비장한 각오로 출전하는 아이티우스를 주의 깊게 살폈다.

마르켈리누스는 두 사람과 조금 떨어져서 날카로운 눈매로 경주장을 살펴보았다. 성상숭배자들을 배후에서 조종하는 인물을 체포하는 광경을 그려보았다. 신출귀몰하듯 동에 번쩍 서에 번쩍하며 타그마를 농락하던 자다.

성상숭배를 허락하라는 벽보가 콘스탄티노플 시내에 붙고, 기습적인 시위가 빈발했다. 그런데 체포된 자들은 모두 시키는 대로 움직인 단순 가담자들이었다. 그들 중에는 돈을 받고 동원된 자들도 있었다. 뿌리를 뽑으려면 배후에서 조종하는 자를 잡아야 한다.

마르켈리누스는 정보원을 성상숭배자들 틈에 침투시켰고, 중요한 정보를 알아냈다. 성상숭배자들이 오늘 대경기장에서 대규모 시위를 벌일 예정인데, 기수 중 한 명이 신호를 보내면 관중석 곳곳에 자리를 잡은 성상숭배자들이 일제히 구호를 외치며 금지 칙령을 철회할 것을 요구할 것이라고 했다.

선동한 자는 소동이 일면 슬그머니 빠져서 군중들 사이로 숨어버리겠지만 배후에서 조종하는 자는 잡을 수 있다. 정보가 틀리지 않다면 시위가 벌어지기 직전에 특별한 행동을 한 기수가 배후 조종자다. 저들 중 누구일까. 마르켈리누스는 흥분을 억누르며 네 사람의 기수를 차례로 살펴보았다.

김양상은 그들로부터 멀찌감치 떨어져서 경기를 지켜보고 있었다. 격구에 출전했을 때의 긴박감이 생생하게 전해졌다. 김양상은 출발을 기다리는 네 기수의 면모를 훑어보았다. 방금 전에 쪽지를 전해준 청색전차의 젊은 기수와는 달리 나머지 세 사람의 얼굴에는 노련미가 넘쳐흘렀다. 과연 저 젊은이가 노련한 세 사람을 제치고 우승할 수 있을까. 김양상은 어느새 청색전차의 기수를 응원하고 있었다. 옆에서 함께 경기를 지켜보는 소피아도 같은 심정일 것이다.

4대의 마차가 정열을 마치자 오늘 경기 집행을 맡은 총독이 천천히 자리에서 일어섰다. 총독의 손에는 흰 손수건이 들려 있었다. 그의 손을 떠난 손수건이 바닥에 닿으면 4대의 전차들은 일제히 경주장을 질주할 것이다. 대경기장이 한순간에 적막에 휩싸였다. 과연 어느 전차단이 상반기 우승을 차지할 것인가. 관중들은 숨을 죽였고, 경주장은 터질 듯 긴장감이 팽배한 분위기에 휩싸였다.

아이티우스는 4필의 애마에게 최선을 다해줄 것을 당부하며 좌우를 살폈다. 전차경주에서 이기려면 질주 능력 못지않게 작전을 잘 짜야 한다. 전력을 다해서 7바퀴를 돌 수는 없다. 적절히 힘을 안배하다가 결정적 순간에 치고 나가려면 다른 전차의 움직임에도 신경을 써야 한다.

마침내 총독의 손에서 수건이 떨어졌다. 손수건이 바닥에 닿기가 무섭게 16필의 말은 경주장 바닥을 박차고 나갔다. 4대의 전차가 질주를 시작하자 관중들은 미친 듯 함성을 질러댔다. 안쪽 주로를 차지하려면 출발부터 앞서야 한다.

녹색전차가 먼저 치고 나왔다. 안쪽으로 돌면 주행거리가 줄어들지만 그렇다고 반드시 유리한 것은 아니다. 속도가 떨어지는 데다 말들이 보조를 맞추는 게 쉽지 않다. 4필의 말과 기수가 혼연일체를 이루지 못할 바에야 차라리 중간을 차지하는 것이 더 유리하다. 녹색전차에 이어 백색전차가 앞으로 나섰고 강력한 우승후보인 적색전차와 아이티우스는 조금 떨어져서 두 전차를 따랐다. 힐끗 곁눈질을 하니 적색전차의 기수는 여유가 만만한 표정이었다.

드디어 첫 번째 반환점에 이르렀다. 녹색전차 기수는 전차를 안쪽으로 바짝 붙이고 회전에 들어갔다. 주행 거리는 최소한으로 줄였지만 속도가 떨어지면서 회전을 마치고 다시 직선주로에 섰을 때는 백색전차에게 선두를 빼앗기고 말았다. 이제 나란히 달리는 아이티우스와 적색 전차가 회전에 들어갈 차례다. 안쪽을 택할 것인가 아니면 바깥쪽으로 돌 것인가. 잠시 망설이던 아이티우스는 그래도 거리를 줄일 수 있다는 계산에 따라 안쪽을 택하고 전차를 반환점에 바짝 붙였다. 적색전차 기수는 순순히 안쪽을 내주었다. 안쪽에 바짝 붙어서 회전하면 맨 왼쪽의 말은 전력을 다해 달리다 한순간에 제자리걸음을 해야 한다. 원심력을 버텨내지 못하면 전차가 전복될 수 있다. 전복은 면해도 바퀴가 옆으로 밀리면서 균형을 잃게 된다.

'제발….'

간절함이 통한 것일까. 맨 왼쪽의 말은 엄청난 원심력을 잘 버텨주었고 나머지 세 필의 말들도 적절히 보조를 맞추며 전차는 무리 없이 회전을 마쳤다. 적색전차는 다툴 이유가 없다는 듯 유유히 바깥쪽을 돌았다. 일렬로 출발했던 4대의 전차는 첫 번째 반환점을 돌면서 백색전차와 녹색전차, 청색전차 그리고 적색 전차의 순이 되어 직선주로를 질주했다. 그리고 두 번째 반환점을 돌고 한 바퀴를 마칠 때까지 그 순서를 유지했다. 직선주로에서는 추월이 쉽지 않다. 그러니 반환점을 돌 때 상대를 제쳐야 한다. 그러려면 지금처럼 4필의 말이 계속 보조를 잘 맞추어야 하는데 경기가 진행되면 체력이 떨어져서 일체를 이루는 것이 쉽지 않다.

다시 반환점에 도달했다. 백색전차가 제일 먼저 회전에 들어갔는데 먼젓번보다 전차가 흔들렸다. 뒤를 따르는 녹색전차도 크게 다르지 않았다. 이번에는 안전하게 바깥쪽을 택할까. 잠시 망설임이 일었지만 아이티우스는 다시 안쪽을 택하기로 했다. 다행히 말들은 보조를 잘 맞추었고 아이티우스는 선두와의 거리를 유지한 채 두 바퀴를 마쳤다. 경주가 진행되면서 관중들은 점점 흥분의 도가니에 빠져들어갔다.

열광 속에 경주는 계속되었고 다섯 바퀴를 마칠 때까지 순위에 변동이 없었다. 그렇다면 이제는 승부를 걸 때다. 아이티우스가 앞으로 치고나갈 기회를 엿보고 있는데 바로 앞을 달리던 녹색전차의 기수가 채찍을 휘두르며 갑자기 속력을 내기 시작했다. 그도 승부를 낼 때라고 판단한 것이다. 녹색전차를 끄는 말들은 거친 숨을 토해내며 백색전차를 추월하고 나섰고, 제일 먼저 회전에 들어갔다.

"앗!"

녹색전차가 반환점을 도는 순간 관중들의 입에서 비명이 터져 나왔다. 원심력을 이겨내지 못하고 전차가 그대로 전복된 것이다. 경주장은 일시에 아수라장이 되었다. 겁을 먹은 것일까. 백색전차는 반환점에서 속도를 줄이더니 멀찌감치 바깥쪽을 돌았다. 그러면서 아이티우스가 졸지에 선두가 되었다. 그럼 이제 작전을 어떻게 가져가야 하나. 이대로 전력 질주를 할 것인가. 아니면 애초의 계획대로 마지막까지 체력을 안배할 것인가.

그러나 아이티우스는 더 고심할 필요가 없게 되었다. 뭔가 검은 물체가 휙 하고 달려들더니 충돌 직전에 살짝 옆으로 비끼며 안쪽을 파고들었다. 눈 깜짝할 사이에 적색전차에게 추월당한 것이다. 직선주로로 접어들자 적색전차의 기수는 채찍을 휘두르며 전속력을 내기 시작했다. 여기서 거리가 벌어지면 따라잡기 힘들다. 아이티우스도 전력을 내기 시작했다.

'사랑하는 말들아. 마지막까지 힘을 다해다오.'

아이티우스는 채찍을 휘두르는 대신에 애마들에게 마음속으로 당부했다. 아이티우스는 다른 기수들처럼 경력을 밟아 기수가 되지 않았다. 말 조련사로 일하던 중에 기수로 발탁되었고, 상반기 우승자를 가리는 결승전에 출전하는 엄청난 특전을 입은 것이다. 그러다 보니 전차를 다루는 기술과 전술에서는 다른 기수들에게 뒤졌지만 말들과는 누구보다도 깊이 교감하고 있었다.

아이티우스의 염원이 통한 것일까. 4필의 말은 거친 숨을 토해내며 속력을 높였고 적색전차의 뒤를 바짝 쫓았다. 힐끔 뒤를 돌아보는 적색전차 기수의 얼굴에 동요의 빛이 스치고 지나갔다. 이제 남은 회전은 2번. 승부는 그곳에서 결정될 것이다.

적색전차는 속도를 조금도 줄이지 않은 채 13번째 회전에 들어갔다. 뒤처지면 끝이다. 아이티우스도 속도를 유지하면서 회전을 준비했다. 지칠 대로 지친 마당이다. 회전축을 이루는 맨 왼쪽의 말은 다리가 부러지는 아픔을 느낄 것이다.

'제발!'

아이티우스는 또 한 번 마음속으로 빌었다. 다행히 무사히 회전을 마쳤지만 4필의 호흡이 흐트러지면서 전차는 좌우로 심하게 흔들리기 시작했다. 그 요동은 2~3배로 증폭되어 다시 4필의 말에게 전해질 것이다. 앞에서 달리는 적색전차도 예외일 수 없다. 전차가 심하게 좌우로 흔들렸고, 기수는 전복을 막기 위해서 안간힘을 썼다.

드디어 마지막 반환점에 도달했다. 반환점을 장식하는 포세이돈의 거대한 석상이 눈을 부라리며 맹렬하게 돌진하는 2대의 전차를 노려보고 있었다. 적색전차가 최종 회전에 돌입했다. 이대로 반환점을 지나

면 역전은 불가능하다. 마지막 기회를 놓쳐서는 안 된다. 아이티우스
는 전복을 각오하고 적색전차의 안쪽을 파고들었다. 적색전차 기수가
놀라며 아이티우스를 쳐다봤다. 아이티우스는 여태 그 누구도 시도해
본 적이 없을 만큼 안쪽에 바짝 붙어 회전을 시도한 것이다.

엄청난 바깥 쏠림으로 아이티우스는 몸이 허공에 붕 뜨는 느낌이 들
었다. 전차가 이대로 전복되는 걸까. 아니면 말들이 더 버티지 못하고
쓰러지고 말까. 그렇게 되면 어떻게 되나. 사랑하는 글리체리아와 생
사를 함께하기로 맹세한 성상숭배자들의 얼굴이 짧은 시간에 주마등처
럼 스치고 지나갔다. 이어서 부친의 간절한 당부가 뒤를 이었다.

그러나 천만다행으로 전차는 뒤집어지지 않았고, 가까스로 중심을
되찾았다. 이제 남은 거리는 2스타디움. 직선주로에서 역전을 허용할
이유가 없다. 아이티우스는 남은 힘을 다해 전차를 몰았고, 4필의 말
은 사력을 다해 결승점으로 내달았다.

청색전차가 결승선을 제일 먼저 통과하자 대경기장은 떠나갈 듯한
환호성으로 뒤덮였다. 새로운 영웅이 탄생하는 순간이었다. 신예 기수
가 역전의 노장을 꺾고 극적인 역전승을 거둔, 근자에 보기 드문 멋진
명승부였다.

마침내 우승한 것이다. 본래의 계획은 여기서 채찍을 허공으로 힘껏
휘두르며 승리를 자축하는 것. 그러면 그것을 신호로 관중석 곳곳에 자
리한 성상숭배자들이 기습 시위를 벌이는 것이다. 그러나 아이티우스
는 채찍을 휘두르지 않았다.

이게 어떻게 된 일인가. 모두들 흥분해서 날뛰었지만 마르켈리누스
는 당혹감을 감추지 못했다. 경주가 끝날 때까지 아무 일도 일어나지

않았다. 어떻게 된 것일까. 정보원의 정보는 충분히 신뢰할 만한 것이었다. 그런데 왜…. 혹시 정보가 샌 걸까. 하지만 출발 직전까지 전차단 대기실을 감시했지만 따로 접근한 자는 없었다.

"……!"

마르켈리누스는 불현듯 향료를 갈던 두 남녀가 떠올랐다. 그럼 그 둘이? 남자는 동방인이었다. 그때도 이상한 낌새를 느꼈지만 물어볼 겨를이 없어서 그냥 넘어갔는데….

"따르라!"

마르켈리누스는 타그마 병사들을 데리고 황급히 무대 하단으로 향했다. 그들이 대경기장을 빠져나가기 전에 포박해야 한다.

다행히 붐비는 사람들 틈에서 매대를 해체하는 두 남녀가 눈에 들어왔다. 마르켈리누스는 인파를 헤치며 김양상과 소피아에게 다가갔다.

"당신!"

마르켈리누스가 대경기장을 빠져나가려는 김양상을 불러 세웠다. 어느 틈에 타그마 병사들이 김양상을 에워쌌다.

"무슨 일이에요?"

소피아가 나섰다.

"보아하니 먼 동방에서 온 자 같은데 콘스탄티노플에는 뭐하러 온 것인가?"

마르켈리누스가 김양상의 위아래를 훑어보며 물었다.

"이 사람은 향료를 취급하는 상인이에요. 향료를 팔려고 콘스탄티노플에 왔어요."

김양상은 짐짓 말을 알아들을 수 없다는 표정을 지었고, 소피아가 대신 대답했다. 아무래도 아까 쪽지가 문제된 것 같았다.

"동방인 향료상 이야기는 들어본 적이 없다. 아무래도 수상하다. 타그마로 연행하겠다."

마르켈리누스가 명령을 내리자 타그마 병사들이 김양상에게 달려들었다. 낭패였다. 쪽지가 무슨 내용을 담았는지 몰라도 타그마로 연행되면 빠져나오기 힘들 것이다. 어떻게 해야 하나. 그렇다고 저들을 뿌리치고 도주할 상황도 아니었다.

"여기서 뭘 하고 있습니까?"

김양상과 소피아가 허둥대고 있는데 뒤에서 남자 목소리가 들렸다.

"당신이 여기 웬일이오?"

마르켈리누스가 고개를 돌리니 프리니쿠스가 싱글싱글 웃으며 다가오고 있었다.

"이 사람은 우리 상단과 향료를 거래하는 상인입니다. 크리니사피우스 님의 초청으로 콘스탄티노플에 왔지요. 그런데 무슨 일이라도….."

그렇다면 이 동방인은 크리니사피우스의 손님인가. 크리니사피우스 상단의 지배인인 프리니쿠스가 그렇다고 하니 믿는 수밖에 없었다. 아무리 타그마라고 해도 콘스탄티노플 제일의 부상富商 크리니사피우스가 신원을 보증하는 사람을 마구잡이로 연행할 수는 없었다.

"크리니사피우스 님께서 당신을 만나고 싶어 하십니다."

마르켈리누스가 불만 가득한 얼굴로 돌아서자 프리니쿠스가 김양상에게 동행할 것을 요구했다. 크리니사피우스는 청색전차단을 소유한 콘스탄티노플의 부상이라고 했다. 그런데 그가 무슨 이유로 나를 감쌌고, 또 보자는 것일까. 의문이 일었지만 거절할 처지가 못 되었다. 김양상은 프리니쿠스의 뒤를 따랐다.

5

아우구스타이온이 내려다보이는 언덕에 자리한 크리니사피우스의 저택은 왕궁을 방불케 할 만큼 호화로웠다. 대리석 회랑을 지나자 접견 실로 보이는 방이 나타났다.

"여기서 기다리고 계십시오."

접견실에 이르자 프리니쿠스는 소피아에게 밖에서 기다리라고 했다.

"아직 말이 서툴러서 통역이 필요합니다."

김양상은 소피아를 혼자 남겨두는 것이 마음에 걸렸다.

"그 문제라면 걱정할 필요 없습니다."

프리니쿠스가 정중하게 소피아의 동행을 거절했다.

"별일 아닐 테니 여기서 기다리고 있어요."

김양상은 불안해하는 소피아를 안심시키고 프리니쿠스를 따라 접견 실로 들어섰다. 접견실은 예상대로 화려한 장식들로 치장되어 있었다.

"잠깐만 기다리고 계십시오."

프리니쿠스는 그 말을 남기고 방을 나갔다. 무슨 이유인지는 몰라도 정중한 태도를 보였다. 혼자 남게 된 김양상은 접견실을 둘러보았다. 방을 장식하는 조각상들은 특별한 조예가 없는 김양상의 눈에도 엄청 난 고가품으로 보였다.

문이 열리면서 키가 훤칠한 남자가 접견실로 들어섰다. 그는 살피듯 김양상을 위아래로 훑어보았는데 크리니사피우스는 아닌 것 같았다.

"당신은 장안에서 왔습니까?"

키가 훤칠한 남자가 입을 열었는데 놀랍게도 당나라 말이었다. 그것도 조금도 손색이 없는 완벽한 당나라 말이었다.

"그렇습니다."

김양상은 경계 반 호기심 반의 눈초리로 그를 살폈다.

"바그다드에서 당나라 사람들을 많이 봤지만 콘스탄티노플에도 당나라 사람이 있는 줄 몰랐습니다. 어떻게 여기까지 오게 되었습니까?"

"장안에서 온 것은 사실이지만 나는 당나라 사람이 아니고 신라 사람입니다."

"그럼 당신은 서라벌에서 왔습니까?"

키가 훤칠한 남자는 서라벌도 알고 있었다. 도대체 이 사람은 누굴까. 알 수 없지만 적개심은 느껴지지 않았다.

"내가 누군지 궁금한 모양이군요. 내 이름은 알로펜. 장안 대진사大秦寺에서 20년 동안 살았습니다. 그곳에서는 아라본阿羅本이란 이름으로 불렸지요."

남자가 자기소개를 했다.

"대진사라면…. 당신은 경교景敎 수도사입니까?"

"그렇습니다. 그곳에서는 경교라고 부르는 네스토리우스교 수도사지요."

경교는 콘스탄티노플의 대주교 네스토리우스가 오래전에 에페소스 공회에서 이단으로 몰리면서 동방으로 옮겨간 크리스트 교파로 장안의 대진교는 경교의 본산이었다.

"대진사의 수도사가 무슨 일로 콘스탄티노플에…?"

"전교를 하려면 많은 자금이 필요합니다. 그래서 당나라와의 교역을 희망하는 크리니사피우스 님에게 지원받기로 한 것입니다. 우리는 크리니사피우스 상단이 장안으로 진출하는 데 적극 협력하기로 했지요."

뜻밖이기는 했지만 그런대로 이해가 되었다.

"장안에 있을 때 신라 유학생들은 많이 봤지만 콘스탄티노플에서 만날 줄은 몰랐습니다. 그런데 당신은 아틸라에 대해서 수소문하고 다닌다고 들었습니다."

그 일 때문이었구나. 김양상은 비로소 저들이 왜 자기를 데려왔는지 알게 되었다.

"실은…."

김양은 서라벌부터 시작해서 여기로 오기까지의 여정을 차례대로 얘기했다. 그렇지만 신라의 왕족이며 황금보검으로 인해서 누명을 쓰고 추방되었다는 말은 일단 밝히지 않았다.

"하면, 의협심에서 비롯된 일이 콘스탄티노플까지 이어진 것이로군요. 천복사라면 나도 잘 알고 있습니다."

알로펜이 감탄했다.

"전설의 황금보검이 먼 신라에 있다니 참으로 놀라운 일입니다."

크리니사피우스의 부탁을 받고 이 자리에 왔음을 밝힌 알로펜은 뭔가를 생각하더니 조심스럽게 입을 열었다.

"당신이 가진 석류석 목걸이는 아마도 아드리아노플 조약에 따라 아틸라에게 인도되었던 물건일 겁니다."

"아드리아노플 조약이라면…."

"지금으로부터 3백여 년 전에 비잔틴제국과 훈제국 사이에 큰 싸움이 있었는데 그때 비잔틴제국의 황제 테오도시우스 2세가 아틸라 대왕에게 대패했습니다. 그 결과 비잔틴제국은 훈제국에게 엄청난 공물을 바치게 되었지요."

알로펜은 해박한 지식을 지닌 사람이었다.

"하면, 황금보검도 그때? 황금보검은 콘스탄티노플에서 제작된 것이라고 들었습니다."

"그리 짐작됩니다."

이것으로 콘스탄티노플에서 제작된 황금보검이 어떻게 해서 훈제국의 대왕 아틸라의 손에 넘어갔는지가 밝혀졌다. 그렇지만 왜 대왕의 보검이 서라벌에 전해졌는지는 여전히 의문이었다.

"아틸라 대왕의 보물들은 아틸라가 죽을 때 함께 묻혔다고 합니다. 대왕의 보검과 석류석 목걸이는 어떤 이유에서 부장품에서 빠진 것들일 겁니다. 짐작이지만 석류석 목걸이는 대왕 생전에 가까운 신하에게 하사한 보물 같습니다."

"하면, 대왕의 보검은…?"

김양상은 긴장해서 알로펜의 대답에 귀를 기울였다.

"대왕의 보검은 신하에게 하사할 물건이 아닙니다. 아마도 다른 나라의 통치자에게 우호의 증표로 보냈을 가능성이 큽니다."

알로펜은 그렇게 말하고 호기심 가득한 얼굴로 김양상을 쳐다봤다. 당신은 그 이유를 알고 있느냐는 표정이었다.

김양상은 추론했다. 알로펜의 추측이 사실이라면 황금보검의 주인은 내물왕일 가능성이 크다. 그런데 아틸라가 왜 멀리 떨어진 신라의 왕에게 우호의 증표로 보물 중의 보물이라는 대왕의 보검을 보냈을까.

아무리 궁리해봐도 도무지 짐작이 가는 게 없었다.

"크리니사피우스는 어떤 사람입니까? 콘스탄티노플에서 제일 돈이 많은 사람이라고 들었습니다."

김양상은 그 문제는 일단 접기로 하고 화제를 돌렸다. 이만큼 알아낸 것도 큰 수확이었다.

"그렇습니다. 엄청난 재산을 가지고 있지요. 그리고 욕심도 대단해서 이해득실이 걸린 일에는 절대로 물러서지 않는 사람입니다."

알로펜은 어느새 김양상에게 짙은 호감을 보이고 있었다.

"아틸라의 무덤은 다뉴브 강 속에 있다고 들었는데 사실입니까?"

"그런 말이 떠돌지만 사실이 아닐 것이라고 봅니다. 아틸라는 신혼 첫날밤에 갑자기 죽었습니다. 그 후 훈제국은 세력이 급격히 약해지면서 동쪽으로 쫓겨 갔지요. 당시 훈제국은 강줄기를 막고 강바닥에 무덤을 만들 여유가 없었습니다. 아마도 도굴을 방지하기 위해서 퍼뜨린 헛소문일 것입니다."

알로펜의 조리 있는 설명에서 김양상은 한층 신뢰가 깊어졌다.

"그런데 당신은 왜 그렇게 아틸라에게 관심이 많습니까? 어차피 대왕의 보검은 당신의 나라에 있는데."

알로펜이 호기심 가득한 눈길로 물었다.

"실은 황금보검으로 인해서 누명을 쓰고 추방당했습니다. …"

김양상은 모든 것을 밝히기로 했다.

"…그래서 황금보검의 비밀을 밝혀서 누명을 벗으려 합니다."

"그런 일이 있었군요. 왠지 범상치 않은 이유로 고국을 떠났을 것이라 짐작은 했습니다만. 그런데 왜 아틸라 대왕의 보검이 당신의 나라에 있을까요?"

알로펜이 거듭 궁금해했다.

"나도 그게 궁금합니다. 여기까지 오면서 황금보검의 원주인이 훈제
국의 아틸라 대왕이라는 사실은 알아냈지만 보검이 왜 서라벌에 있는
지는 모르겠습니다. 신라는 일찍이 대초원의 유목민들을 통해서 넓은
세상과 활발하게 소통했습니다. 그렇지만 먼 서쪽의 훈제국과는 아무
런 관련이 없는 것으로 압니다."

"참으로 신기한 일이로군요. 왜 아틸라 대왕의 보검이 먼 신라에 있을
까요. 내 짐작대로 친선의 증표로 보낸 것이라면 두 나라 사이에 무슨
관련이 있을까요. 훈제국은 초원을 떠돌던 흉노들이 세운 나라인데."

이게 무슨 소린가? 훈제국이 흉노들이 세운 나라라니. 김양상은 귀
를 의심했다. 한나라와 끈질긴 싸움을 벌였던 흉노는 분열을 거듭하면
서 세력이 약화되었다. 한나라에 복종을 거부한 북흉노는 이리저리 쫓
겨 다니다 후한 화제和帝 영원 원년(서력 89년)에 몽골 중서부 계락산에
서 한의 거기장군車騎將軍 두헌竇憲에게 토벌되면서 흉노는 중원의 사서
史書에서 영원히 자취를 감추었다.

그런데 훈족이 그때 시르다리아 강 쪽으로 옮겨간 흉노의 후예라
니…. 흉노가 중원의 사서에서 자취를 감춘 때와 드네프르 강변의 초원
지대에 훈족이라는 유목민이 모습을 드러낸 때는 대략 250년의 차이가
있다.

"방금 훈제국은 흉노가 세운 나라라고 했습니까?"

충격을 수습한 김양상이 알로펜에게 물었다.

"그렇습니다. 우리 네스토리우스 교파는 대초원을 떠돌면서 여러 부

족에게 전교를 했습니다. 그러면서 그들의 풍습과 언어, 뿌리에 대해서 비교적 소상하게 알게 되었지요. 훈제국은 서쪽으로 쫓겨난 흉노가 대초원을 떠돌면서 현지 부족들을 규합해서 일으킨 나라입니다."

알로펜이 차분하게 설명했다. 일이 그렇게 된 것인가. 김양상은 마음을 가라앉히며 생각을 정리해보았다. 아틸라의 훈제국이 로마세국과 게르만의 여러 부족들을 공포의 도가니로 몰아넣을 무렵에 신라는 내물왕이 김씨 왕계를 확립되던 때였다. 그리고 북방의 돌궐과 소그드를 통해 넓은 세상과 활발하게 교류하며 황금의 나라를 구가하던 시기였다.

그렇다면 황금보검은 아틸라가 먼 동방에 오래전에 한 뿌리에서 갈라져 나온 부족이 다스리는 황금의 나라라는 사실을 알고 우호의 증표로 신라의 왕에게 보낸 것이란 말인가. 김양상은 주체할 수 없는 충격에 사로잡혔다.

"왜 그러십니까?"

김양상의 표정이 심상치 않음을 느낀 알로펜이 물었다.

"실은…."

김양상은 알로펜에게 서라벌에서 독자세력을 구축한 김알지는 한 무제에게 투항한 흉노 김일제의 6대 손이며, 김알지의 7대손인 미추왕이 처음으로 신라의 왕이 되었고, 아틸라가 서방을 호령할 무렵에는 내물왕이 그의 아들 눌지왕에게 왕위를 전하면서 김씨 왕조의 세습이 확립되었다는 사실을 차분하게 전했다.

"그렇다면 훈제국과 신라는 뿌리를 같이하는 나라였군요. 이럴 수가…."

알로펜이 말을 잇지 못했다. 접견실에 침묵이 흘렀다. 두 사람 모두 충격이 너무 컸던 것이다.

"추측이 틀리지 않다면 아마도 아틸라의 무덤에 대왕의 보검에 상응하는 보물이 부장되어 있을 것입니다."

한참 있다가 알로펜이 입을 열었다. 김양상도 같은 생각이었다. 전후를 살피건대 신라왕도 답례품을 보냈으리라. 그렇다면 이제는 아틸라의 무덤을 찾는 일만 남았다. 무덤에서 신라의 보물을 찾으면 긴 여정은 끝날 것이다. 답례품은 혹시 내물왕의 금관이 아닐까. 황금보검에 상응하는 보물이라면 금관이 제격이다.

"크리니사피우스 님은 당신이 아틸라의 무덤에 대해서 얼마나 알고 있는지 궁금해하고 있습니다."

냉정을 되찾은 알로펜이 자신이 이 자리에 온 이유를 밝혔다.

"소문 이상의 것은 모릅니다. 대왕의 보검이 가보로 전해 내려오지만 그것이 훈제국 아틸라 대왕의 보검이라는 사실도 얼마 전에야 알게 됐습니다."

다시 현실로 돌아오자 김양상은 절벽 앞에 선 기분이었다. 크리니사피우스도 못 찾는 아틸라의 무덤을 어떻게 찾겠는가.

"그렇군요. 그렇지만 너무 낙담하지 마십시오."

알로펜이 목소리를 죽였다. 그리고 접견실을 둘러보고는 조심스럽게 입을 열었다.

"크리니사피우스 님은 아틸라의 무덤과 관련해서 모종의 단서를 손에 넣은 것 같습니다."

김양상이 깜짝 놀랐다. 귀가 번쩍 띄는 말이었다.

"그것이 무엇입니까?"

"그건 나도 모릅니다. 다만 상당히 구체적인 정보를 손에 넣은 듯합니다."

크리니사피우스는 막대한 자금과 많은 인원을 동원할 수 있는 거부巨富이다. 그런 그가 오래전부터 아틸라의 무덤을 찾고 있었다면 충분히 괄목할 만한 성과를 거두었을 것이다. 김양상은 다시 긴장이 되었다. 그런데 이 사람이 왜 내게 그걸 말해주는 걸까. 그는 정보를 얻으러 왔지 알려주려고 들른 사람이 아니다.

"당신에게 호감을 느끼기 때문이지요."

알로펜이 김양상의 마음을 들여다보기라도 하듯 미소 지으며 말했다.

"나는 다시 장안으로 돌아갈 것입니다. 크리니사피우스 님에게서 베젠트 금화 2백 파운드를 지원받았으니 상단이 당나라로 진출하는 데 적극 협력할 것입니다. 그리고 약속대로 당신과의 면담 내용을 그에게 보고해야 합니다."

알로펜이 차분한 어조로 말을 이었다.

"하지만 당신의 가문이 아틸라와 뿌리를 같이한다는 사실, 그리고 아틸라의 무덤에 신라왕의 부장품이 있을지 모른다는 사실은 우연히 알게 된 것이니 보고에서 빼겠습니다."

알로펜에 거기까지 말하고 몸을 일으켰다. 그리고 따라서 일어서는 김양상의 손을 힘껏 잡았다.

"아틸라의 무덤을 찾으려면 크리니사피우스 님과 손을 잡아야 합니다. 그분은 당신이 쓸모가 있다고 판단되면 손을 잡을 것입니다. 하지만 쓸모가 없거나 이해관계가 갈리게 되면…. 그때는 당신이 잘 알아서 판단하리라 믿겠습니다."

손끝에서 알로펜의 진심이 전해졌다.

"고맙습니다. 당신의 조언을 잊지 않겠습니다."

"꼭 뜻을 이루시기를 기원하겠습니다."

알로펜은 머리를 깊숙이 숙여 동방식 예를 갖추고는 접견실을 나갔다.

6

나를 어디로 데리고 가는 걸까. 그러나 시녀는 입을 굳게 다물고 있을 뿐이었다. 크리니사피우스의 저택은 안으로 들어갈수록 호화스러움을 더했다. 야외 정원을 방불케 하는 넓은 아리테움을 지나자 기나이케이온으로 짐작되는 방이 눈에 들어왔다. 화려한 부조의 벽과 모자이크 창은 한눈에도 여인들만을 위한 거주공간임을 보여주고 있었다.

"어서 오세요."

조심스럽게 기나이케이온 안으로 들어선 소피아를 글리체리아가 환한 웃음으로 맞았다. 잔뜩 긴장했던 소피아는 자기를 보자고 한 사람이 글리체리아임을 알게 되자 마음이 놓였다.

"당신과 함께 있는 남자는 용무가 끝나는 대로 이리로 올 것이니 걱정하지 않아도 돼요."

글리체리아가 미소 지으며 소피아에게 앉을 것을 권했다.

"위험한 일이었는데 부탁을 들어주어 정말 고마웠어요."

소피아가 자리에 앉자 글리체리아는 목소리를 죽이며 감사의 말을 전했다.

"당신은 성상숭배자로군요."

소피아는 왜 대부호의 딸이 나라에서 엄격하게 금하는 성상숭배를 하는지 의문이었다.

"그래요. 제우시푸스 욕탕에서 당신이 당황해하던 모습을 기억하고 있어요."

글리체리아도 그때의 일을 기억하고 있었다.

"짐작하셨겠지만 아이티우스와 나는 깊이 사랑하는 사이에요."

소피아가 잠자코 있는데 글리체리아가 먼저 입을 열었다.

"그러면 그 사람을 따라서 성상숭배자가…?"

"그래요. 양부는 내가 그 사람을 사랑하는 것을, 그리고 성상숭배자라는 사실을 모르고 있어요."

하면, 글리체리아는 크리니사퍼우스의 양녀인가. 소피아는 비밀을 서슴없이 털어놓는 그녀에게 진한 친근감을 느꼈다.

"발각되면 중벌을 피하기 어려울 텐데…."

소피아는 더 묻지 않았다. 그만큼 글리체리아가 아이티우스를 사랑하기 때문일 것이다.

"잘 알고 있어요. 더구나 마르켈리누스는 아주 예리한 사람이지요. 무리해서 항거하는 것보다는 숨어 지내면서 금지령이 풀릴 때를 기다리면 좋겠는데 아이티우스가 고집을 꺾지 않아요."

소피아는 안타까워하는 글리체리아를 보며 연민의 정이 일었다.

"아무래도 마르켈리누스가 뭔가 낌새를 챈 것 같아요. 조심하라는 말을 하려고 당신을 보자고 했어요. 그는 한번 물면 절대 놓지 않는 아주 집요한 남자예요."

소피아는 마르켈리누스가 글리체리아를 마음에 품고 있음을 눈치챘다.

"잘 알겠어요. 당신도 조심하세요."

"그런데 함께 있는 동방인 남자는 누구인가요? 가까운 사이 같은데."

글리체리아가 김양상에 대해서 호기심을 드러냈다.

"아주 깊은 인연으로 맺어진 남자지요."

소피아는 어느새 자매의 정을 느끼게 된 글리체리아에게 김양상과의 첫 만남부터 콘스탄티노플에 오기까지를 간략하게 말해주었다.

"세상에 그럴 수가⋯."

글리체리아의 얼굴에 감탄의 빛이 가득했다.

"그럼 당신은 그 남자가 자기 나라로 돌아갈 때 따라갈 건가요?"

"나는 때가 되면 그 사람이 나에게 함께 돌아가자고 할 거라 믿어요. 그리고 내 뜻은 분명해요. 어떤 일이 있어도 그 사람과 헤어지지 않을 거예요."

소피아가 결연한 자세로 대답했다.

"당신이 부럽군요. 나는 아이티우스에게 여기를 떠나 프랑크왕국으로 가서 살자고 조르면서도 막상 콘스탄티노플을 벗어나려 하니 걱정이 되는데. 그런데⋯."

부러운 표정으로 소피아를 쳐다보던 돌연 글리체리아가 정색을 했다.

"그 남자가 아틸라의 무덤을 찾고 있다고 했나요?"

"그래요."

"그래서 양부가 관심을 보이는 것이로군요. 내 양부도 아틸라의 무덤을 찾고 있지요."

그럼 김양상은 도움을 받을 수 있는 사람을 만난 것일까. 그런데 글리체리아의 표정이 밝지 못했다.

"무슨 일이라도…?"

"실은 아이티우스도 그 일과 무슨 관련이 있는 것 같아요."

글리체리아는 일전에 우연히 양부와 상단 지배인이 나누는 대화를 엿듣게 되었다. 그때 두 사람은 심각한 표정으로 아이티우스에 대해서 얘기를 나누고 있었다. 글리체리아가 아이티우스와 사랑하는 사이임을 모르는 두 사람은 글리체리아가 나타났는데도 하던 이야기를 계속 했는데 그때 언뜻 아틸라의 무덤이라는 말을 들었던 것이다.

양부가 아틸라의 무덤을 찾고 있다는 사실은 이전부터 알고 있었다. 그런데 그 일에 왜 아이티우스가…. 글리체리아는 가슴이 덜컹 내려앉았다. 그렇지 않아도 아이티우스는 타그마로부터 추적을 당하는 몸이었다.

"불안해요. 꼭 무슨 일이 일어날 것만 같아요."

글리체리아는 소피아가 친언니라도 되는 양 창백해진 얼굴로 솔직한 심정을 토로했다.

"무슨 일인지 자세히는 모르겠지만 너무 두려워하지 말아요. 무슨 일이든지 막상 닥치면 해결책이 있게 마련이니까요."

장안에서 콘스탄티노플까지 오는 동안에 산전수전을 다 겪은 소피아에 비해서 콘스탄티노플 부호의 양녀인 글리체리아는 고생이라는 것을 모르고 자란 여인이었다.

"여기 오게 되거든 꼭 들를게요. 서로 의지하면서 지내기로 해요."

소피아가 파르르 떨고 있는 글리체리아의 손을 잡았다.

"정말 고마워요. 앞으로 언니라고 생각할게요."

글리체리아의 얼굴이 환해지면서 떨림도 멈추었다.

다뉴브의 금관

1

비가 뿌리려는지 하늘이 잔뜩 찌푸려 있었다.

"보고가 들어왔습니다."

마르켈리누스가 짜증난 얼굴로 창밖을 내다보고 있는데 부관이 들어
왔다.

"지난 달 소피아대성당에서 시위가 일어났을 때 나머지 세 사람, 녹
색전차 기수와 적색전차 기수, 그리고 백색전차 기수의 행방은 확인되
었습니다. 마침 그 다음날에 전차경주가 있었기에 모두들 마무리 훈련
을 하고 있었다고 합니다. 그와 관련해서는 여러 사람의 증언이 일치합
니다."

부관이 긴장해서 보고했다.

"그러면 아이티우스는?"

"당시 아이티우스는 청색전차단의 보조기수였는데 마침 그날은 당번
이 아니어서 훈련장에 나타나지 않았다고 합니다."

'역시….'

자신의 직감이 틀리지 않았다. 마르켈리누스의 양미간이 좁아졌다.

"체포할까요?"

부관의 물음에 마르켈리누스는 고개를 가로저었다. 아이티우스는 이제 콘스탄티노플의 유명인이 되었다. 그러니 심증만 가지고 체포할 수는 없었다. 그리고 그의 뒤에는 총독도 마음대로 하지 못하는 크리니사피우스가 있다.

"동방인은?"

"6개월 전에 콘스탄티노플에 도착한 것이 확인되었습니다. 하지만 크리니사피우스의 저택에 머무르지는 않습니다."

"그러면?"

"향료상의 저택에 기거합니다. 향료상점은 그때 함께 있었던 여인의 숙부가 운영하고 있습니다."

크리니사피우스의 손님이 왜 다른 곳에서 기거할까. 하지만 그보다 더 이상한 것은 불과 6개월 전에 콘스탄티노플에 도착했다는 자가 어떤 경로로 아이티우스와 연결이 되었을까 하는 점이었다. 어떻게 정보가 새어 나갔는지는 몰라도 틀림없이 그날 그 동방인이 아이티우스에게 정보를 전달했을 것이다.

그럼 그자도 성상숭배자? 불가르 족이 성상숭배자들의 우두머리 노릇을 하는 것도 뜻밖인 판에 이번에는 동방인이라니. 혹시 내가 모르는 또 다른 이유가 있는 것일까? 아무리 궁리해봐도 글리체리아가 아이티우스와 사랑하는 사이라는 사실을 모르는 마르켈리누스의 추리는 거기서 더 나가지 못했다.

아무튼 머지않아 알게 될 것이다. 콘스탄티노플에서 일어나는 일이라면 골목 구석구석의 일도 모조리 보고가 들어오는 타그마다. 일단 타그마의 경계망에 걸려든 이상 빠져나가지 못한다.

"철저히 감시하되 일단은 그냥 지켜보기만 하도록!"

무슨 일이 있어도 이번 기회에 성상숭배자들의 뿌리를 뽑을 것이다. 마르켈리누스는 근엄한 표정으로 부관에게 명령했다.

2

사흘 만에 크리니사피우스로부터 만나자는 전갈이 왔다. 김양상은 알로펜의 충고를 되새기며 몸을 일으켰다.

"염려할 것 없소."

김양상은 걱정하는 소피아를 안심시켰다. 소피아는 통역을 자처하고 나섰다. 이 기회에 글리체리아에게 들를 요량이었다.

크리니사피우스의 전용마차인 듯 고급스럽게 꾸며진 마차는 두 사람을 태우고 테오도시우스 성벽을 지나 아우구스타이온 쪽으로 방향을 잡았다. 김양상은 차창 밖을 내다보며 어떻게 크리니사피우스를 상대할 것인가를 머릿속으로 정리하기 시작했다. 그는 어떤 정보를 가지고 있을까. 알 수 없지만 당장은 그의 신임을 얻는 것이 우선이다.

"……!"

생각에 잠긴 채 차창 밖을 바라보던 김양상은 퍼뜩 경계심이 일었다. 거리 건너편에서 좌판에 옷을 늘어놓고 팔고 있는 사람, 맞은편의 환전상의 시선이 마차에서 떨어지지 않고 있었다. 그리고 보니 방금 스치고 지나간 얼룩말의 마차도 테오도시우스 성벽에서 봤던 것 같았다. 하면, 벌써 타그마에서 미행하는가. 김양상은 소피아로부터 글리체리아와 아이티우스의 관계에 대해서 들었다. 소피아는 앞으로 글리체리아와 자매처럼 지내기로 했단다.

"당신을 괜한 일에 끌어들인 것 같아 마음이 쓰여요."

소피아도 글리체리아를 떠올린 모양이었다.

"아니, 잘했소. 그들의 믿음에 대해서는 잘 모르지만 남에게 해를 끼치는 신앙이 아니라면 어려운 처지의 사람들을 도와주는 게 도리이오."

김양상은 미안해하는 소피아에게 마음 쓰지 말 것을 일렀다.

"글리체리아 말대로 괜한 희생을 감수하면서 저항하는 것보다는 좋은 때가 오기를 기다리는 게 나을 것 같은데…. 아이티우스가 말을 듣지 않는다고 하네요."

소피아는 처지도 잊고 글리체리아 걱정을 했다. 김양상은 아이티우스라는 남자에 대해서 호기심이 일었다. 부친을 따라 콘스탄티노플로 이주해 온 불가르 족 청년이라고 들었는데 왜 위험하게 성상숭배자들과 어울릴까. 글리체리아와 연인 사이라는 사실도 흥미를 끌었다.

어느새 마차가 크리니사피우스의 저택에 당도했다. 마차에서 내린 김양상과 소피아는 하인의 안내를 받으며 안채로 향했다.

저 사람이 크리니사피우스인가. 2층 흰 대리석 방으로 들어서자 마른 체격의 중년 남자가 호기심 가득한 눈길로 김양상을 지켜보고 있었다. 그의 옆에는 한 차례 만난 적이 있는 지배인 프리니쿠스가 서 있었다.

"당신 얘기는 알로펜으로부터 들었소."

크리니사피우스가 두 사람에게 앉을 것을 권했다.

"내가 왜 보자고 했는지 짐작할 것이오."

소피아가 크리니사피우스의 질문을 차분하게 통역했다. 김양상은 그의 말을 거의 알아들었지만 소피아가 통역을 끝낼 때까지 대답하지 않았다. 어쩌면 편이 될 수도 있고, 어쩌면 적이 될 수도 있는 상대와의 회합이다. 미세한 표현의 차이도 놓치면 안 될 것이다.

"그렇습니다. 당신은 아틸라의 무덤을 찾고 있다고 들었습니다."

김양상은 정면으로 상대하기로 했다.

"그렇소. 그런데 당신은 정말로 아틸라의 황금보검을 본 적이 있소?"

"가문의 가보로 전해 내려오고 있습니다. 하지만 그것이 아틸라 대왕의 황금보검이라는 사실은 최근에 알게 되었습니다."

김양상이 수긍하자 크리니사피우스와 프리니쿠스는 경탄스런 표정으로 서로를 쳐다봤다.

"그런데 당신은 무슨 이유로 아틸라의 무덤을 찾는 것이오?"

"대왕의 보검과 관련해서 누명을 쓰고 쫓겨난 처지입니다. 내 나라로 돌아가려면 누명을 벗어야 하는데 그러기 위해서는 증거가 필요합니다."

적당히 넘길 수 있는 상대가 아니다. 김양상은 솔직하게 상대하기로 했다.

"그렇다면 우리는 서로에게 도움을 줄 수 있을 것 같군."

크리니사피우스가 프리니쿠스와 뭔가를 상의하더니 천천히 입을 열었다.

"하지만 나는 아틸라의 무덤에 대해서 아는 바가 없습니다."

알로펜은 크리니사피우스는 밑지는 거래를 하지 않는 장사꾼이라고 했다. 그리고 아주 예리한 사람이어서 허튼수작이 통하지 않는다고 했다. 김양상은 알로펜의 주의를 상기하며 사실대로 밝혔다.

"우리가 무엇을 원하고, 또 무엇을 해줄 수 있는지를 얘기하겠소."

크리니사피우스는 대신 설명하라는 듯 프리니쿠스에게 고개를 돌렸다.

"오래전부터 많은 사람들이 아틸라의 무덤을 찾으려 했지만 모두 실패했습니다. 그러면서 아틸라의 무덤은 다뉴브 강에 수장되었다는 소문이 떠돌기 시작했지요. 아무리 뒤져도 찾을 수 없는데다 아틸라가 자기 무덤을 다뉴브 강에 수장하라는 유훈을 내린 적이 있기에 소문은 세월이 흐르면서 사실처럼 받아들여졌습니다. 하지만 그것은 사실이 아닙니다. 훈족은 강줄기를 막고 무덤을 만들 만큼 여유가 없었으니까요."

프리니쿠스가 천천히 입을 열었다. 그것은 일전에 알로펜으로부터 들었던 얘기다. 김양상은 잠자코 고개를 끄덕였다. 소피아는 한마디도 놓치지 않으려는 듯 긴장한 얼굴로 프리니쿠스의 말에 귀를 기울이고 있었다.

"그럼 아틸라의 무덤은 어디에 있을까, 우리는 그와 관련된 기록들을 샅샅이 수집했고, 수차례 현지를 답사하면서 나이수스(세르비아 니쉬)에서 멀지 않은 곳에 있는 다뉴브 강 하류의 어느 곳이라는 사실을 알게 되었습니다."

트라키아에 있는 나이수스는 과거 훈제국과 비잔틴제국 국경 부근의 작은 도시다. 저들이 무슨 근거로 그리 추정했는지 알 수 없지만 김양상은 따로 질문하지 않았다. 어쨌거나 저들이 아틸라의 무덤을 찾기 위해서 많은 노력을 기울인 것은 확인한 셈이다.

"당시 로마제국은 동과 서로 나뉘어 있을 때인데, 아틸라가 죽자 콘스탄티노플의 비잔틴제국은 반격에 나섰습니다. 그러면서 훈제국은 트라키아에서 쫓겨났는데 훈족은 나중에 다시 트라키아를 회복했을 때 대왕의 유훈을 받들기로 하고 다뉴브 강변에 대왕의 가무덤을 만들었습니다. 그리고 대왕의 가무덤을 지키기 위해서 일부 전사들을 트라키아에 잔류시켰지요."

김양상이 고개를 끄덕였다. 충분히 있을 수 있는 일이었다.

"그렇지만 훈족은 돌아오지 못했습니다. 그래서 잔류했던 훈족의 전사들은 어쩔 수 없이 그곳을 떠나 인근의 불가르 족과 어울려 살게 되었습니다. 그리고 세월이 흐르면서 혼혈이 이루어졌고, 후손들은 왜 그 땅에 남게 되었는지도 잊었지요."

프리니쿠스는 대상단을 이끄는 지배인답게 조리 있게 전후관계를 설명했다.

"우리는 오랜 추적 끝에 마지막까지 무덤을 지켰던 가문을 알아냈습니다. 그리고 그들도 얼마 전에 그곳을 떠나 콘스탄티노플로 왔다는 사실을 알아냈습니다."

"그렇다면 그들은 아틸라의 무덤이 어디에 있는지 알겠군요."

김양상은 저도 모르게 목소리가 커졌다. 그렇다면 결정적인 단서를 찾은 셈이다.

"그들은 부자였는데 부친은 죽고, 이제 아들만 남았습니다. 우리는 그자를 가까이 두기 위해서 그자에게 전차단 일을 맡겼고, 또 정기수로 발탁하는 특전을 베풀었지요."

그렇다면 마지막까지 아틸라의 무덤을 지켰던 사람이 아이티우스의 부친이었단 말인가. 글리체리아도 그것은 모르는 것 같았다. 김양상은 조바심이 일었다. 이미 수사의 손길이 아이티우스를 향해 뻗치고 있었다. 그런데 아이티우스에게 또 다른 올가미가 씌워져 있을 줄이야. 하지만 내색할 수는 없다. 소피아도 애써 무표정을 가장하고 있었다.

"그렇다면 내게 원하는 것은 무엇입니까?"

김양상은 냉정을 되찾았다.

"오랜 세월이 흐르는 동안에 다뉴브 강의 지형은 많이 바뀌었습니다. 여러 차례 홍수를 겪었으니까요. 그리고 아이티우스는 어릴 적에 그곳을 떠났기에 대략의 위치만 짐작할 뿐, 정확한 위치는 모를 것입니다."

김양상이 고개를 끄덕였다. 그 역시 일리 있는 말이었다.

"대초원의 유목민들은 도굴을 방지하려고 그들만의 독특한 방식으로 무덤을 조성한다고 들었습니다. 훈족도 다르지 않을 것입니다. 당신은 대초원을 여행하면서 유목민들을 무덤을 많이 봤을 테니 유목민의 무덤을 찾아내는 데 도움을 줄 것이라 기대합니다."

김양상은 비로소 저들이 뭘 원하는지를 간파했다. 적석목곽분은 그 규모 때문에 도굴이 불가능한 대신에 무덤인지 동산인지 쉽게 구별이 가질 않는다.

"무슨 말인지 잘 알겠습니다. 당신들이 아시는 것처럼 유목민들의 무덤은 모르는 사람은 찾기 어려운 형태입니다. 나를 부근까지 데려다주면 기필코 찾아내겠습니다."

김양상이 분명한 어조로 말했다. 아틸라의 무덤을 적석목곽분으로 조성했을 것이란 예상은 충분히 타당성이 있었다. 적석목곽분이라면 서라벌에서 익히 봤던 무덤이다.

"좋소."

내내 입을 다물고 있던 크리니사피우스가 웃음 가득한 얼굴로 직접 나섰다.

"당신을 아틸라의 무덤 근처로 안내하는 일은 우리가 알아서 하겠소. 이후의 일은 당신이 맡아주시오. 당신은 당신이 찾는 것을 가지시오. 나머지는 우리가 갖는 걸로 하겠소."

"좋습니다."

김양상이 동의했다.

"그럼 떠날 채비를 마치는 대로 연락하겠소."

크리니사피우스가 흡족한 얼굴로 손을 내밀었다. 알로펜은 크리니사피우스를 너무 믿지 말라고 했지만 아틸라의 무덤을 찾으려면 그와 손을 잡는 수밖에 없었다. 이제 아틸라의 무덤을 찾을 수 있을까. 김양상은 흥분을 감출 길이 없었다.

"글리체리아에게 들르겠어요."

"타그마가 감시하고 있소. 크리니사피우스의 저택에도 정보원이 침투해 있을지 모르니 조심하시오. 그리고 글리체리아가 놀라지 않도록 잘 얘기하시오. 지금 무작정 도주하는 것은 좋은 방법이 못 된다는 사실도 전해주시오."

여인들만의 공간에 따라갈 수는 없다. 김양상은 소피아에게 필요한 것들을 일러주었다. 거기까지만 얘기하면 총명한 소피아가 나머지는 알아서 할 것이다.

"잘 알겠어요."

소피아는 걱정 말라는 표정을 지으며 글리체리아의 방으로 걸음을 옮겼다.

3

꿈에도 그리던 전차단 정기수가 되었다. 그런데도 언제까지 숨어서 글리체리아를 만나야 하는가. 아이티우스는 당장이라도 크리니사피우스를 찾아가서 당당하게 글리체리아를 연모하고 있음을 밝히고 싶었다. 하지만 크리니사피우스는 허락하지 않을 것이다. 언제까지 기다려야 하나. 글리체리아 말대로 신앙의 자유가 있는 프랑크왕국으로 가서 살까. 그럼 그동안 생사고락을 함께했던 성상숭배자들은 어떻게 되나. 그들을 남겨두고 혼자 콘스탄티노플을 빠져나가는 것은 쉬운 일이 아니었다. 그럼 어떻게 해야 하나. 밤하늘을 올려다보는 그의 고심은 점점 깊어졌다.

아이티우스의 입에서 한숨이 새어나왔다. 이러지도 저러지도 못하고 있는 마당에 글리체리아에게도 밝히지 않은 비밀이 있었다. 그것은 목숨을 바쳐서라도 지켜야 할 사명이었다.

'네 선조는 훈제국의 위대한 정복자 아틸라 대왕의 경호대장이셨다.'

부친은 힘겹게 숨을 몰아쉬며 아이티우스의 손을 꼭 잡았다. 그는 가문의 비밀을 알게 되었던 그날의 충격을 영원히 잊을 수 없다.

'훈족은 끝내 돌아오지 않았고 대왕의 무덤을 지키기 위해서 트라키아에 잔류했던 우리 가문은 어쩔 수 없이 나이수스로 옮겨갔다.'

어린 아이티우스의 손을 잡고 콘스탄티노플로 이주한 부친은 가문에 대해서 소상히 일러주었다.

'네게 어려운 짐을 맡기고 떠나게 되어 마음이 아프구나.'

부친은 꺼져가는 음성으로 훈족이 돌아와서 수중묘를 만들 때까지 대왕의 무덤을 꼭 지켜야 한다고 신신당부하고 눈을 감았다.

하지만 어릴 때 콘스탄티노플로 온 아이티우스는 부친이 얘기해준 다뉴브 강변은커녕 나이수스에 대해서도 막연한 기억만 있을 뿐이었다. 나중에라도 그곳을 찾을 수 있을까. 확신이 서질 않았다.

콘스탄티노플에서의 삶은 고달팠다. 이곳이 풍요롭다고 하지만 가진 것 없는 이방인에게는 하루하루가 힘겨운 삶의 연속이었다. 아이티우스 부자는 낯선 곳에서의 힘든 삶에 열심히 적응해갔다. 아이티우스가 성상숭배자들과 어울리게 된 것도 그즈음이었다. 밑바닥 인생과 쫓기는 자들은 서로에게 끌리게 마련이다.

고된 삶이었지만 희망이 없는 것은 아니었다. 전차경주에 깊이 매료된 아이티우스는 전차단의 기수를 꿈꾸며 힘든 현실을 버텨나갔다. 그러다 청색전차단의 마구간지기를 맡았는데 사육사와 조수를 차례로 거치며 꿈에도 그리던 전차단 정기수가 된 것이다. 이주민이 당대에 자수성가하는 데는 그만한 자리가 없을 것이다. 거기에 아름다운 글리체리아와 알게 된 것은 하늘이 준 축복이라 해야 할 것이다. 마장에서 처음 마주쳤을 때의 황홀했던 순간과 설렘은 영원히 잊을 수 없으리라.

미소를 띠던 아이티우스가 갑자기 표정이 굳어졌다. 아무래도 행운은 거기까지인 것 같았다. 마르켈리누스가 감시망을 좁힌다는 사실을 그도 잘 알았다. 그런 마당에 마음에 걸리는 것이 하나 더 있었다. 우연한 기회에 크리니사피우스가 아틸라의 무덤을 찾고 있다는 사실을 알게 된 것이다. 크리니사피우스는 트라키아에 잔류했던 경호대장의 후손을 추적하고 있다고 했다.

'혹시 내 정체를 아는 것은 아닐까?'

아무리 생각해도 크리니사피우스가 자기에게 특전을 베풀 이유가 달리 없었다. 아이티우스는 불길한 예감에 사로잡혔다. 한쪽에서는 마르켈리누스가, 다른 쪽에서는 크리니사피우스가 노린다는 기분이 든 것이다. 어떻게 해야 하나. 모든 것을 버리고 글리체리아와 함께 프랑크왕국으로 떠날까. 그러나 크리니사피우스는 프랑크왕국까지 쫓아올 것이다.

뒤에서 인기척이 났다. 얼른 뒤를 돌아본 아이티우스는 글리체리아임을 확인하고 얼굴이 환해졌다.

"무슨 일이라도…? 안색이 좋지 않소."

그런데 글리체리아의 얼굴이 창백했다.

"낮에 소피아가 들렀어요."

"무슨 일이 생겼소? 소피아는 당신과는 친자매처럼 지내기로 하지 않았소? 그런데 왜…?"

"두려워요. 꼭 무슨 일이 벌어질 것만 같아요."

글리체리아가 아이티우스의 품에 안겼다. 몹시 놀랐는지 심장이 빠르게 뛰고 있었다.

"무슨 일인지 얘기해보시오."

아이티우스가 글리체리아를 꼭 껴안았다.

"실은 …."

글리체리아가 떨리는 가슴을 진정시키며 소피아로부터 들은 얘기를 아이티우스에게 전했다.

엄청난 충격이 밀려왔다. 혹시나 했는데 크리니사피우스는 이미 자신의 정체를 알고 있었던 것이다. 그리고 타그마의 포위망은 예상보다 훨씬 가까운 곳까지 다가와 있었다. 그렇지만 제일 큰 충격은 대왕의 보검을 직접 봤다는 사람이 나타났다는 사실이다.

아이티우스는 그날 이후로 쉽게 잠을 이루지 못했다. 부친은 조부로부터, 조부는 또 윗대의 선조로부터 들었다는 대왕의 보검 얘기는 세월이 흐르면서 전설처럼 치부되고 있었다. 그런데 실물을 본 사람이 나타났다니. 하면, 대왕의 황금보검이 실재했단 말인가…. 아이티우스는 부친으로부터 위대한 정복왕 아틸라가 애지중지하던 황금보검을 먼 동쪽에 있는 황금의 나라 왕에게 친선의 증표로 보냈다는 사실을 들은 적이 있다.

"소피아로부터 당신은 훈족의 후예라고 들었어요. 사실인가요?"

글리체리아는 바들바들 떨고 있었다. 아이티우스는 고개를 끄덕이고는 모든 것을 사실대로 밝혔다.

"진작에 내 입으로 밝혔어야 했는데…. 미안하게 되었소."

"이제 어떻게 할 생각인가요?"

한참 만에 글리체리아가 입을 열었다.

"타그마에서 이미 나를 주목하고 있소. 저들에게 잡히기 전에, 또 크리니사피우스에게 이용당하기 전에 콘스탄티노플을 빠져나가겠소. 글리체리아 당신은…."

아이티우스는 조심스럽게 글리체리아를 살폈다.

"당신이 어디를 가든 당신과 함께 가겠어요."

글리체리아는 조금도 망설이지 않았다.

"고맙소. 당신이 그렇게 말해주리라 믿고 있었소."

아이티우스의 얼굴이 비로소 환해졌다. 성상숭배 동지들이 마음에 걸렸지만 좋은 시절이 오면 다시 돌아오리라.

"그럼 뭘 해야 하지요? 소피아가 우리를 돕겠다고 했어요."

"그 남자를 만나야겠소. 연후에 구체적인 대책을 마련해보겠소."

아이티우스는 김양상을 만나겠다고 했다.

"소피아에게 그렇게 전하겠어요. 틈틈이 들르기로 했거든요."

글리체리아는 더 이상 떨지 않았다.

4

마르켈리누스는 짜증이 났다. 아무리 궁리해도 연결고리를 찾을 수 없었던 것이다. 크리니사피우스는 왜 특별할 것 없는 불가르 족 젊은이를 그렇게 파격적으로 대우할까. 정황으로 봐서 크리니사피우스도 그가 성상숭배자라는 사실은 모르는 것 같았다.

그리고 크리니사피우스는 무슨 이유로 동방인과 계속 접촉하는 것일까. 단순한 상거래 때문이 아님은 명백했다. 거기에 동방인과 아이티우스는 또 무슨 관계인가. 따질수록 머리가 복잡해졌다. 근자 들어 성상숭배자들이 숨을 죽이고 있는 것은 저들도 타그마가 날을 세우고 있다는 사실을 잘 알기 때문일 것이다.

"나이수스에서 보고가 당도했습니다."

부관이 문을 열고 들어섰다. 자리로 돌아간 마르켈리누스는 보고서를 펼쳐들었다. 그리고 의외라는 표정을 지었다. 아이티우스의 뒷조사를 다룬 보고서에는 그가 훈족의 후예라고 적혀 있었다. 불가르 족인 줄로만 알았는데 그의 몸속에 훈족의 피가 흐르고 있는 것인가. 선대에 혼혈이 있었던 모양이었다.

"······!"

의외라고 생각하며 다음 장으로 넘기려던 마르켈리누스는 뭔가 이상한 생각이 들었다. 크리니사피우스가 아틸라의 무덤을 찾고 있다는 정보는 이미 입수했다. 그런데 훈족이라···. 마르켈리누스의 미간이 좁아졌다. 그의 동물적 본능이 뭔가 심상치 않은 것을 감지한 것이다.

'그렇구나!'

마르켈리누스가 벌떡 몸을 일으켰다. 비로소 연결고리를 찾은 것이다.

"출동한다!"

"어디로 말입니까?"

돌연한 명령에 부관이 놀라서 되물었다.

"아이티우스를 잡아들여야겠다."

"예? 심증만 가지고 아이티우스를 체포하면 크리니사피우스가 가만히 있지 않을 겁니다."

"신분을 속인 것을 추궁할 것이다."

마르켈리누스는 단검을 챙겨들었다. 그렇다면 크리니사피우스도 어쩌지 못할 것이다. 잡아다 놓은 후에 주변을 옥죄기 시작하면 결정적인 증거를 확보할 수 있을 것이다.

연병장으로 나서자 언제든지 출동할 수 있도록 대기하던 타그마 기마대의 정예병사 20명이 도열하고 있었다.

"나를 따르라!"

마르켈리누스는 선두에 서서 말을 몰았다. 타그마 병사들을 태운 말들은 요란한 말발굽 소리를 울리며 크리니사피우스의 저택을 향해 달려갔다. 자신의 전차단 정기수가 성상숭배자라는 사실을 알면 크리니사피우스는 어떤 표정을 지을까. 더구나 다른 목적이 있어서 가까이 두고 있는 자다. 자신이 글리체리아에게 연정을 품고 있다는 사실마저 치부의 수단으로 삼으려는 크리니사피우스의 팔을 비틀 생각을 하니 벌써부터 통쾌했다.

"주위를 물샐틈없이 경계하라!"

부관에게 철통같은 경계를 지시하고 마르켈리누스는 성큼성큼 저택 안으로 들어갔다. 요란한 말발굽 소리에 하인들이 달려왔지만 그 누구도 위풍당당한 자세로 들어서는 타그마의 지휘관을 가로막지 못했다.

"무슨 일입니까?"

현관에 이르자 프리니쿠스가 마르켈리누스의 앞을 가로막고 섰다.

"크리니사피우스 님을 만나러 왔소!"

"그 어르신은 아무 때나 만날 수 있는 분이 아닙니다. 미리 약속하고 다시 오십시오."

프리니쿠스가 차가운 태도로 면담을 거절했다.

"공무를 집행하는 중이오! 당신네 전차단에 성상숭배자가 있다는 정보를 입수했소!"

마르켈리누스가 버럭 소리를 질렀다. 감히 타그마를 막아서다니. 칼이라도 뽑아들려는 마르켈리누스의 기세에 프리니쿠스는 주춤하며 뒤로 물러섰다. 그는 거칠 것 없다는 태도로 크리니사피우스의 집무실을 향해 걸어갔다.

"무슨 일이오?"

소란을 보고받았을 텐데도 크리니사피우스는 별로 놀라는 표정이 아니었다.

"아이티우스를 체포하겠습니다."

기선을 제압해야 한다. 마르켈리누스는 차가운 표정으로 찾아온 용무를 밝혔다.

"왜 아이티우스를…?"

아이티우스를 왜 타그마에서? 아이티우스가 성상숭배자라는 사실을 모르는 크리니사피우스는 선뜻 상황이 판단되질 않았다. 그저 글리체리아 때문에 왔을 것이라 짐작하는 터였다.

"그는 신분을 속였습니다. 그리고 성상숭배자라는 정황도 있습니다."

마르켈리누스가 크리니사피우스를 쏘아보며 말했다. 이게 무슨 소리인가…. 아이티우스가 성상숭배자라니. 크리니사피우스는 깜짝 놀랐다.

"증거가 있소?"

크리니사피우스가 태연을 가장하며 물었다.

"물론입니다."

마르켈리누스가 한 걸음 앞으로 나서며 대답했다. 크리니사피우스는 난감했다. 마르켈리누스가 저렇게 세게 나오는 것을 보면 나름대로 증거를 확보한 모양이다. 어떻게 한다…. 아이티우스가 연행되면 여태까지의 노고가 수포로 돌아가게 될 것이다. 마르켈리누스는 아이티우스가 훈족의 후예라는 사실도 알고 있는 것 같았다. 그렇다면 무조건 연행을 거부할 수 없을 것이다.

이 일을 어떻게 해결할 것인가. 신분을 속인 것쯤은 얼마든지 무마할 수 있다. 하지만 아이티우스가 정말로 성상숭배자라면 일이 간단치 않다. 마르켈리누스의 태도로 봐서 아이티우스는 중요한 역할을 맡은 것 같았다. 아무튼 일단 연행되면 빠져나오기 힘들 것이다. 이런 식으로 뒤통수를 맞게 될 줄이야. 크리니사피우스는 치밀어 오르는 분노를 삭이며 대책을 강구하기 시작했다.

그렇게 두 사람이 날카롭게 대치하고 있을 때 프리니쿠스는 초조한 마음으로 집무실 밖을 서성이고 있었다. 타그마 병사가 문을 가로막고 서는 바람에 들어갈 수 없었던 것이다. 마르켈리누스는 성상숭배자를 체포하러 왔다고 했다. 상단의 누가 성상숭배자란 말인가. 마르켈리누스가 직접 출동한 것, 그리고 크리니사피우스를 만난 것으로 봐서 허드렛일을 하는 자는 아닐 것이다. 그렇다면 누구⋯. 아무리 생각해도 떠오르는 사람이 없었다. 주요 직책을 맡은 간부들은 대부분 오래전부터 상단 일을 하던 자들로 프리니쿠스는 그들에 대해서 소상히 알고 있었다.

"⋯⋯!"

단 한 사람, 예외가 있었다. 그렇지 않아도 뭔가 미심쩍은 구석이 있기에 크리니사피우스에게 보고하려던 차였다. 프리니쿠스는 떨리는 가슴을 진정시키며 발길을 돌렸다. 아이티우스가 타그마로 끌려가면 여태까지 추진하던 일은 물거품이 되고 말 것이다. 그렇다면 빨리 손을 써야 한다. 주위를 둘러보니 벌써 요소요소마다 타그마 병사들이 지키고 있었다. 프리니쿠스는 태연을 가장하며 아이티우스의 숙소로 통하는 회랑으로 걸음을 옮겼다.

다행히 숙소에는 아이티우스 혼자 있었다. 프리니쿠스는 의외라는 눈으로 쳐다보는 아이티우스에게 서두를 것을 지시했다.

"타그마에서 당신을 체포하려고 출동했다. 빨리 여기를 빠져나가야 한다."

마르켈리누스가 벌써…. 아이티우스의 얼굴이 백지장처럼 창백해졌다. 이렇게 기습적으로 들이닥칠 줄은 몰랐던 것이다.

"이리로."

주위에 아무도 없음을 확인한 프리니쿠스는 아이티우스를 기나이케 이온에 딸린 작은 욕탕으로 데리고 갔다. 만약의 경우에 대비해서 그곳에 외부로 빠져나갈 수 있는 비밀통로를 만들어두었다.

"노예시장을 관통하는 하수도로 통하게 되어 있다. 여기를 빠져나가서 소피아대성당으로 가라. 근처에 노란색으로 칠한 이층집이 있을 것이다. 상단의 비밀회합 장소다. 그곳에서 은신하고 있으면 추후에 연락이 갈 것이다."

프리니쿠스가 욕조 배수구의 문을 밀어내자 사람이 겨우 기어들어갈 만한 굴이 나왔다.

"빨리!"

프리니쿠스가 머뭇거리는 아이티우스를 재촉했다. 더 주저할 틈이 없었다. 아이티우스는 배수구로 기어들어갔다.

마르켈리누스는 당황하는 기색이 역력한 크리니사피우스를 보고 속으로 쾌재를 불렀다. 아이티우스를 인질로 잡으면 크리니사피우스는 꼼짝없이 끌려올 것이다. 아름다운 글리체리아도, 또 아틸라의 보물도 손에 넣을 생각을 하니 벌써부터 하늘을 나는 기분이었다.

"그럼."

마르켈리누스는 곤혹스러운 표정의 크리니사피우스에게 수색을 개시하겠다는 뜻을 전했다.

"체포하라!"

마르켈리누스의 명령이 떨어지자 대기하던 타그마 병사들이 일제히 수색에 들어갔고 크리니사피우스는 참담한 심정으로 눈을 감았다. 아무리 궁리해도 마땅한 대책이 떠오르지 않았다. 아틸라의 보물을 손에 넣게 된 마당에 이게 무슨 날벼락이란 말인가. 아이티우스가 성상숭배자일 줄이야. 왜 그 사실을 사전에 알지 못했을까. 참으로 후회가 막급했다.

"무슨 일이에요!"

소동에 놀라 집무실로 달려온 글리체리아는 마르켈리누스를 보고 깜짝 놀랐다.

"별일 아니니 너무 놀랄 필요 없습니다, 글리체리아 양."

그가 빙글빙글 웃으며 예를 표했다.

"당신이 여기는 왜…?"

"아이티우스를 체포하러 출동한 길이지요. 우리는 그가 신분을 속이고 콘스탄티노플에 잠입했다는 정보를 입수했소."

의기양양한 태도로 말하는 마르켈리누스를 보며 글리체리아는 정신이 아득했다. 타그마에 연행되면 아이티우스가 성상숭배자라는 사실도 밝혀질 것이다. 너무 안일하게 대처를 했다. 하지만 이제 와서 후회한들 아무 소용이 없다. 양부 크리니사피우스도 빼낼 방도가 없는 듯했다.

부관이 허둥대며 달려왔다. 아이티우스는 체포되었을까. 타그마에 끌려가면 무사하지 못할 것이다. 글리체리아는 쓰러질 것 같은 몸을 간신히 지탱하며 하회를 지켜보았다.

"체포했느냐?"

"그게… 달아난 듯합니다."

부관이 풀이 죽어 보고했다.

"그게 무슨 소리냐! 물샐틈없이 철저히 경계하라고 했는데!"

마르켈리누스가 버럭 소리를 질렀다. 이게 어떻게 된 일인가. 아이티우스가 숙소에 머무르고 있다는 사실을 확인하고 출동했다. 그리고 물샐틈없이 지켰고, 샅샅이 뒤졌다. 그런데…. 마르켈리누스는 사나운 눈초리로 크리니사피우스를 쏘아봤다. 그사이에 빼돌린 것일까. 태도로 봐서 그런 것 같지는 않았다. 체포하려는 자가 아이티우스라는 사실은 이 방에 들어오기 전에는 발설한 적이 없었다.

마르켈리누스가 직접 수색하겠다는 듯 서둘러 집무실을 나가자 크리니사피우스는 어느 틈에 곁에 다가와 있는 프리니쿠스에게 시선을 돌렸고 프리니쿠스는 가볍게 고개를 끄덕였다. 그 모습을 지켜보면서 글리체리아는 일의 전말을 파악하게 되었다. 프리니쿠스가 빼돌린 것이라면 아이티우스는 소피아대성당 부근의 이층집에 은신해 있을 것이다. 글리체리아는 가슴을 쓸어내렸다. 그렇지만 마음을 놓을 수는 없다. 타그마에게 쫓기는 이상 콘스탄티노플 어디에도 안전한 곳은 없을 것이다.

어떻게 해야 하나. 자기 방으로 돌아온 글리체리아는 궁리에 잠겼다. 요행히 체포는 면했지만 무사히 콘스탄티노플을 빠져나가는 것은 불가능하다. 벌써 성문과 항구가 봉쇄되었을 것이다. 콘스탄티노플을 빠져나가려면 양부의 도움을 받을 수밖에 없을 것이다. 그렇게 되면 아이티우스는….

이제 기댈 곳은 그 사람밖에 없을 것 같았다. 소피아가 그 남자는 어려운 처지에 놓인 사람을 절대로 모른 체하지 않는다고 했다. 마침 저녁때 소피아가 들른다고 했는데 창밖으로 바라보니 이제 겨우 해가 기울고 있었다. 왜 이리 시간이 더디 갈까. 양부가 아이티우스를 만나기 전에 먼저 안전한 곳으로 빼돌려야 할 텐데. 글리체리아는 일각이 여삼추의 심정으로 소피아를 기다렸다.

5

주위를 살핀 김양상은 지켜보는 사람이 없음을 확인하고서 소피아에게 신호를 보냈다. 집을 빠져나온 두 사람은 걸음을 재촉했고, 큰 거리에 이르자 얼른 인파 속에 몸을 숨겼다. 어둠이 내린 지 오래건만 아우구스타이온으로 향하는 거리는 인구 1백만 명의 대도시 콘스탄티노플의 중심가답게 여전히 많은 사람들로 붐볐다.

김양상은 소피아로부터 글리체리아의 부탁을 전해 듣고 주저 없이 아이티우스를 돕기로 했다. 크리니사피우스와 손을 잡기로 한 마당에 아이티우스를 빼돌리는 것은 신의에 어긋날 수도 있지만 곤경에 처한 사람을 돕는 게 우선일 것이다. 더구나 그는 아틸라의 무덤을 수호하기 위해서 트라키아에 잔류했던 훈족의 후예다. 김양상은 이런 인연으로 얽히게 된 것이 우연만은 아닐지 모른다는 생각조차 들었다.

"저곳이에요."

어느새 소피아대성당에 이른 두 사람은 어렵지 않게 노란색 이층집을 찾아냈다. 혹시 감시당하고 있는 것은 아닐까. 김양상은 신경을 집중해서 주위를 살폈지만 특별한 이상은 감지되지 않았다. 타그마는 지금 김양상과 소피아에게 신경을 쓸 만큼 한가롭지 못할 것이다.

문을 두드리자 조심스럽게 문이 열리더니 아이티우스가 잔뜩 긴장한 모습으로 얼굴을 내밀었다. 김양상은 자기를 보고 깜짝 놀라는 그를 데리고 얼른 안으로 들어갔다.

"글리체리아로부터 얘기를 들었어요."

잔뜩 굳어 있던 아이티우스는 뒤따라 들어오는 소피아를 보더니 비로소 경계를 풀었다.

"또 당신에게 도움을 받게 되었군요."

"아무래도 우리는 인연이 깊은 것 같군요. 무슨 일이 벌어졌는지는 소피아를 통해서 들었습니다."

김양상은 그의 손을 힘껏 잡으며 불안해하는 그를 안심시켰다.

"당신이 대왕의 보검을 가지고 있었다는 말을 듣고 꼭 한 번 당신을 만나보고 싶었습니다. 크리니사피우스와 손을 잡기로 했다고 하던데 당신은 무슨 이유로 대왕의 무덤을 찾으려는 것이며, 또 어떻게 크리니사피우스에게 도움을 줄 수 있습니까? 크리니사피우스는 자기에게 도움 되지 않는 사람과는 절대로 상대하지 않는 사람입니다."

아이티우스의 눈에 호기심과 경계심이 가득했다.

"그게…."

김양상은 차분하게 콘스탄티노플까지 오게 된 이야기를 아이티우스에게 들려주었다.

"전설이 사실임을 이렇게 확인하게 될 줄이야. 대왕이 애지중지하던 황금보검을 먼 동쪽에 있는 형제의 나라에 우호의 증표로 보냈다는 사실은 세월이 흐르면서 전설로 치부되고 있었지요."

아이티우스는 처지도 잊고 흥분을 감추지 못했다.

"하면, 우리는 뿌리를 같이하는 사람이로군요. 오래전에 갈라져 나왔지만."

오래전에 갈라졌던 선조의 후손을 이렇게 만나게 될 줄이야. 아이티우스가 몹시 신기해했다. 흥분되기는 김양상도 마찬가지였다.

"혹시 대왕의 보검과 관련해서 전해 내려오는 말이 더 없습니까? 그렇다면 아틸라 대왕도 신라의 대왕으로부터 답례로 받은 물건이 있을 것 같은데."

김양상이 물었다.

"그러고 보니 부친으로부터 들었던 말이 생각납니다. 대왕은 금관을 몹시 아꼈는데 먼 동쪽에서 온 것이라고 했습니다."

아이티우스의 입에서 금관이라는 말이 나오는 순간 김양상은 숨이 멎을 것만 같았다. 아마도 내물왕의 금관일 것이다. 그렇다면 이제 실체를 확인하는 길만 남았다.

"아틸라 대왕은 아무도 자신의 무덤에 손을 대지 못하게끔 다뉴브 강 아래에 수중릉을 세울 것을 명하셨습니다. 그런데 갑자기 트라키아에서 쫓겨나는 바람에 대왕의 유훈을 지키지 못하게 되었습니다."

"그래서 훈족이 다시 돌아올 때까지 대왕의 가무덤을 지키려고 당신의 선조가 트라키아에 잔류했다고 들었습니다."

"그렇습니다. 부친께서 돌아가실 때 가문의 임무를 신신당부하셨지요. 그런데 이런 일이 생길 줄이야."

아이티우스는 김양상이 마치 대부대라도 이끌고 돌아온 동족인 양 크게 감격해했다. 그의 심정을 이해하지 못할 바는 아니지만 지금은 쫓기는 처지다. 김양상은 냉정을 되찾았다.

"크리니사피우스는 당신이 대왕의 무덤이 있는 곳을 안다고 했습니다. 사실입니까?"

"내 고향은 나이수스에서 조금 떨어진 한적한 산골입니다. 다뉴브 강이 부근을 흐르고 있지요. 어릴 적에 떠났지만 찾아갈 수 있습니다. 그런데 대왕의 무덤은…. 솔직히 어디에 있는지 모릅니다. 오랜 세월이 흐르면서 지형이 변했기에 부친도 정확한 위치는 알지 못하셨습니다."

아이티우스의 표정이 흐려졌다.

"그런데 크리니사피우스는 왜 그렇게 대왕의 무덤을 찾으려 할까요? 재물이라면 크게 아쉬울 게 없을 텐데."

김양상은 진작부터 궁금해하던 것을 물었다.

"내 짐작인데 아마도 프랑크왕국의 피핀 왕에게 선물하려는 것 같습니다. 크리니사피우스는 지금 프랑크왕국과 교역을 늘리려고 애를 쓰는데 아틸라 대왕의 보물은 대왕을 자처하는 피핀 왕에게 더없이 좋은 선물이 되겠지요."

아이티우스가 잠시 생각하더니 말을 이었다.

"크리니사피우스는 약조를 지키지 않을 겁니다. 금관은 황금보검 못지않게 귀한 보물일 텐데 당신에게 넘겨줄 리 없습니다."

아이티우스는 대왕의 보물을 지키는 것이 자신의 사명임을 상기시키기라도 하듯 분명하게 말했다.

"무슨 말인지 잘 알겠습니다."

내물왕의 금관이 엉뚱한 데로 팔려가는 것을 막는 것 또한 김양상의 사명이었다.

"이제 어떻게 해야 하나요? 빨리 콘스탄티노플을 빠져나가야 할 텐데."

내내 두 사람의 대화를 듣고만 있던 소피아가 걱정스런 표정으로 입을 열었다. 테오도시우스 성문은 이미 봉쇄되었을 것이다. 무슨 수가 없을까. 김양상이 고심하는데 갑자기 문을 두드리는 소리가 들렸다. 누가 여기를…. 아이티우스가 경계하며 문을 열자 글리체리아가 얼른 뛰어들어 왔다.

"글리체리아!"

아이티우스가 글리체리아의 손을 꼭 잡았다.

"머지않아 타그마 병사들이 이리로 들이닥칠 거예요. 마르켈리누스는 집요한 사람이에요."

글리체리아는 잔뜩 겁에 질려 있었다. 서둘러야 할 것 같았다. 김양상은 마르켈리누스가 여기를 알아내는 것은 시간문제라고 보았다.

"빨리 콘스탄티노플을 빠져나가야 할 텐데 일단 내 숙소로 가서 옷을 갈아입는 게 좋겠습니다."

김양상은 굳어 있는 세 사람에게 자리를 옮길 것을 제안했다. 타그마에서 눈에 불을 켜고 아이티우스를 찾는 마당에 아이티우스는 여전히 기수복을 입고 있었다.

호랑이가 쫓아오고 늑대가 앞을 가로막는 상황이지만 이럴수록 정신을 차리고 냉정하게 행동해야 할 것이다. 아직 마땅한 대책이 떠오르지 않았지만 아이티우스와 글리체리아가 한편이라는 사실, 그리고 김양상과 소피아가 두 사람을 적극 돕기로 했다는 사실을 크리니사퍼우스와 마르켈리누스가 모르고 있다는 사실은 고무적이었다.

당장이라도 타그마 병사들이 들이닥칠 것만 같은 긴박감 속에서 네 사람은 차례로 방을 빠져나왔고 어둠이 깔린 거리에 몸을 숨겼다.

"이리로."

소피아 숙부의 집에 당도하자 김양상은 아이티우스에게 옷을 내주었다. 김양상과 아이티우스는 상단의 일꾼으로, 소피아는 시녀로 변복하고서 급한 일로 성 밖 행차를 하는 글리체리아를 수행하는 것으로 꾸몄다.

설마 성문이 완전히 폐쇄되지는 않았겠지. 가슴을 졸이며 테오도시우스 성벽으로 향하던 김양상은 횃불이 환하게 성문을 밝히고 있는 것을 보고 안도의 숨을 내쉬었다. 삼엄한 검문이 펼쳐지고 있지만 그래도 완전히 폐쇄되지는 않은 것이다.

"괜찮을까요?"

"걱정하지 말아요. 잘될 테니."

소피아는 생전 이런 일을 해본 적이 없는 글리체리아를 안심시켰다. 성문 앞은 콘스탄티노플을 빠져나가려는 사람들로 길게 줄이 늘어서 있었는데 아드리아노플(터키 에르디네)과 나이수스, 또는 멀리 프랑크 왕국의 왕도인 아헨까지 가려는 상인들이 대부분이었다.

성문은 대낮처럼 환하게 불을 밝히고 있었고 경비병들은 통행자들의 얼굴이 일일이 확인하고 있었다. 아이티우스의 얼굴을 아는 사람은 콘스탄티노플에 많이 있다. 과연 삼엄한 검문을 무사히 통과해서 빠져나갈 수 있을까. 김양상은 가슴을 졸이며 행렬 뒤에 자리를 잡았다. 달리 도리가 없는 상황이었다. 글리체리아가 경비병들의 시선을 따돌려주어야 할 텐데 이런 일과는 거리가 먼 사람인 글리체리아가 잘 해낼까. 초조한 가운데 점점 줄은 줄어들었고 마침내 김양상 일행의 차례가 되었다.

"글리체리아 양 아닙니까?"

성문 경비조장이 글리체리아를 알아봤다.

"이 밤에 무슨 일로?"

경비조장이 싱글거리며 콘스탄티노플 제일의 미인에게 다가왔다.

"성 밖에 있는 곡물창고에 급한 문제가 생겼다고 연락이 왔어요. 우리 상단 일꾼들인데 갑자기 검문이 강화되었다고 하기에 내가 같이 왔어요."

글리체리아는 떨리는 가슴을 진정시키며 김양상이 일러준 대로 말을 했다.

"그렇습니까? 하면 글리체리아 양도 저들과 함께 창고로 가실 겁니까?"

경비조장은 글리체리아가 신원을 보증한다는 말에 짐꾼 복색을 한 김양상과 아이티우스를 힐끗 쳐다보고는 별다른 의심을 하지 않았다.

"네. 돌아올 때도 저 사람들을 무사 통과시켜야 하니까요."

"그렇군요. 그렇지만 날이 어두운 데다 경계령이 내려졌으니 경비병을 데리고 가십시오."

경비조장은 글리체리아에게 환심을 사려는 듯 공연한 친절을 마다하지 않았다.

"괜찮아요. 시녀도 함께 있으니까."

"이렇게 뒤숭숭할 때 글리체리아 양을 경비병 없이 보냈다는 사실이 궁성수비대장의 귀에 들어가면 내가 곤란해집니다. 그렇지 않아도 수비대장이 이리로 온다는 전갈을 받았는데. 아, 마침 저기 오시는군요."

마르켈리누스가 이리로! 김양상은 가슴이 철렁 내려앉았다. 급히 고개를 돌리니 저만치에서 한 무리의 횃불이 빠른 속도로 다가오고 있다. 마르켈리누스가 기마병을 이끌고 이리로 오는 모양이었다.

진퇴양난의 위기였다. 글리체리아와 소피아, 아이티우스는 하얗게 질린 얼굴로 김양상을 쳐다봤다.

"여기 계셨군요."

숨이 넘어갈 듯한 절체절명의 순간에 누가 뒤에서 일행을 찾았다. 누굴까? 고개를 돌리니 프리니쿠스가 웃음을 지으며 서 있었다.

"창고 일은 장부 기재가 잘못된 것으로 판명이 되었습니다. 그러니 그냥 돌아가십시오."

프리니쿠스가 다가오더니 글리체리아에게 예를 표했다.

"너희들도 빨리 따르거라."

프리니쿠스는 당황해하는 김양상과 아이티우스에게 빨리 여기를 벗어날 것을 지시했다. 그렇지 않아도 구실을 찾던 중이다. 김양상과 소피아, 글리체리아와 아이티우스는 프리니쿠스의 뒤를 따라 황급히 성문을 떠났다. 뒤를 돌아보니 기동대의 횃불이 점점 가까이 다가오고 있었다. 일행은 서둘러 어둠 속으로 몸을 숨겼다.

"어떻게 된 겁니까?"

김양상이 프리니쿠스에게 물었다.

"크리니사피우스 님께서 기다리십니다."

프리니쿠스는 고개도 돌리지 않고 걸음을 재촉했다. 결국 크리니사피우스의 수중을 벗어나지 못했는가. 그래도 마르켈리누스에게 잡히는 것보다는 나을 것이다. 김양상은 더 묻지 않고 프리니쿠스의 뒤를 따랐다. 소피아는 다리의 힘이 다 빠졌는지 비틀거리는 글리체리아를 부축하며 힘겹게 걸음을 옮겼고, 아이티우스는 체념한 표정으로 묵묵히 뒤를 따랐다.

그런데 어디로 가는 걸까. 알 수 없지만 목적지는 크리니사피우스의 저택은 아닌 듯했다. 하긴 지금쯤이면 마르켈리누스는 전모를 파악하고 크리니사피우스의 저택으로 기동대를 급파했을 것이다.

"저 배에 오르십시오."

항구에 다다르자 프리니쿠스는 정박한 배를 가리켰다. 달리 도리가 없었다. 김양상을 선두로 아이티우스와 소피아, 글리체리아는 배와 연결된 다리를 향해 걸어갔다. 마지막으로 프리니쿠스가 승선하자 다리는 즉시 분리되었고 배는 지체 없이 출항했다.

"들어갑시다. 크리니사피우스 님이 저 안에서 우리를 기다릴 테니."

김양상은 두려움에 떠는 글리체리아와 아이티우스를 격려하며 앞장서서 선실로 향했다.

예상대로 크리니사피우스가 선실에서 일행을 기다리고 있었다.

"일이 재미있게 되었군. 당신이 이 일에 관여될 줄이야."

크리니사피우스가 김양상에게 조소嘲笑를 날리더니 시선을 아이티우스에게 돌렸다.

"뒤통수를 단단히 맞았군. 성상숭배자인데다 글리체리아와의 관계를 감쪽같이 숨기다니."

크리니사피우스가 매서운 눈으로 쏘아보았다.

"끌고 가라!"

크리니사피우스의 명령이 떨어지자 건장한 선원 둘이 아이티우스에게 다가왔다.

"아이티우스를 놓아주세요. 그를 사랑해요. 상단의 내 지분을 모두 포기할 테니 그와 멀리 가서 살게 해주세요."

글리체리아가 크리니사피우스에게 매달리며 사정했다.

"내실에 가 있거라."

그는 차가운 표정으로 글리체리아에게 물러갈 것을 명했다. 아무래도 단둘이 협상을 해야 할 것 같았다. 김양상은 소피아에게 글리체리아를 데리고 가라 하고는 크리니사피우스와 마주했다. 선실에는 김양상과 크리니사피우스, 그리고 프리니쿠스 세 사람만 남았다.

"당신의 도움으로 타그마에게 체포되는 것을 피했고, 콘스탄티노플을 빠져나왔지만 나와 아이티우스가 없으면 아틸라의 무덤을 찾을 수 없다는 사실을 잊지 말기 바랍니다."

김양상은 당당하게 맞서기로 했다.

"그렇군. 하지만 나는 언제라도 당신과 아이티우스를 타그마에 넘길 수 있다는 사실도 잊지 마시오."

크리니사피우스가 김양상을 쏘아보았다.

"그렇게 되면 아이티우스는 목숨을 부지하지 못할 것이고, 당신은 평생을 콘스탄티노플의 감옥에서 보내게 될 것이오."

틀린 말이 아니다. 그렇지만 김양상은 당황하지 않았다. 그는 감정에 휘둘려 경솔하게 행동하는 사람이 아니라는 사실을 잘 알기 때문이다.

"그렇게 되면 당신은 아틸라의 보물을 포기해야 할 것입니다."

"그런 일이 생겨서는 안 되지."

그가 냉소를 지었다.

"하면, 손을 잡기로 한 것은 여전히 유효합니까?"

"그렇소. 하지만 입장이 바뀌었으니 조건도 달라져야 하겠지."

그것은 각오하고 있던 바였다. 김양상이 고개를 끄덕이자 그가 입을 열었다.

"아틸라의 무덤에서 발견된 모든 부장품은 나의 소유가 될 것이오."

그렇게 되면 내물왕의 금관은…. 하지만 사람을 살리는 것이 먼저였다.

"좋습니다. 그 대신에 아이티우스와 양녀를 프랑크왕국으로 가게 해주십시오."

"당신이 지금 그들 걱정을 하는가? 나는 나 싫다고 떠나는 사람을 잡지 않소."

그는 조소를 날리며 김양상의 요구를 수용했다.

6

콘스탄티노플을 빠져나온 배는 북쪽으로 침로를 잡았고, 사흘을 항해한 끝에 트라키아에 닿았다. 해안에 상륙한 김양상과 크리니사피우스 일행은 나이수스가 있는 북쪽으로 걸음을 재촉했다. 북쪽으로 올라갈수록 고도가 높아지면서 숨이 가빠졌는데 발칸산맥 자락에 위치한 나이수스에 이르면 호흡이 더 힘들어질 것이다. 김양상은 소피아와 글리체리아가 걱정되었지만 다행히 두 여인은 별 탈 없이 걸음을 옮겼고, 닷새 후에 마침내 나이수스에 당도했다.

과거 로마제국과 훈제국의 국경도시였던 나이수스는 북방교역의 전진기지로 탈바꿈하면서 번창하고 있었다. 그리고 콘스탄티노플에 비해서 훨씬 많은 북방 인종들이 살고 있었다. 크리니사피우스 상단의 나이수스 지사는 나이수스의 중심지인 메디아나에 자리 잡고 있었다. 일행은 지사에서 일단 짐을 풀기로 했다.

"이제 어떻게 해야 합니까?"

아이티우스가 김양상에게 물었다. 김양상과 소피아, 그리고 아이티우스는 크리니사피우스의 부하들로부터 엄중하게 감시받고 있었다. 배에서부터 따라온 10명 이외에 10명이 현지에서 새로 합류해서 크리니사피우스의 일당은 20여 명에 이르렀다. 글리체리아는 그들과 떨어져서 따로 지내고 있었다.

"일단 크리니사피우스에게 협력하면서 기회를 엿봐야겠지요."

김양상도 막막할 따름이었다. 달리 선택의 여지가 없는 상황이었다.

"대왕의 무덤이 저들에게 훼손되는 것만은 막고 싶습니다."

아이티우스가 자책하듯 고개를 떨구었다. 크리니사피우스가 다뉴브 강에 띄울 배를 물색하는 동안 당분간은 이곳에 머무를 텐데 시간이 흐를수록, 북쪽으로 옮길수록 기회는 멀어질 것이다. 김양상은 눈을 감고 생각에 들어갔고 소피아는 불안한 표정으로 두 사람의 대화를 지켜보았다.

"당신은 대왕의 무덤이 다뉴브 강의 협곡에 있다고 했는데 얼마나 정확합니까?"

잠시 생각하더니 김양상이 그것을 물었다.

"부친은 협곡을 지나면 대왕의 무덤이 있다고 했는데 협곡 이름이 생각나질 않습니다. 하지만 하얀 바위라고 했던 것은 분명합니다."

협곡을 지나 하얀 바위라. 막연하지만 크리니사피우스라면 찾는 게 불가능하지 않을 것이다. 문제는 그 다음이다. 비슷비슷한 지형이 이어질 텐데 그들 중에서 정확하게 대왕의 가묘를 찾아낼 수 있을까. 자신할 수 없지만 찾아도 어려움은 계속될 것이다.

"율피우스라는 자가 마음에 걸립니다."

김양상이 입을 열었다.

"나도 그렇습니다."

두 사람은 나이수스에서 새로 합류한 키 작고 날카로운 눈매를 지닌 불가르 족 남자가 신경 쓰였다.

"크리니사피우스 님께서 당신 두 사람을 찾으시오."

상단의 부하가 문을 열더니 김양상과 아이티우스를 지목했다. 김양상은 불안해하는 소피아를 안심시키고서 방을 나섰다.

크리니사피우스의 방에 이르자 프리니쿠스와 율피우스 두 사람이 더 있었다. 김양상은 날카로운 눈매로 쏘아보는 율피우스를 무시한 채 자리를 잡았다.

"일전에 배에서 아틸라의 무덤은 협곡 부근의 하얀 바위인데 협곡 이름은 기억이 나질 않는다고 했다. 이 자리에서 기억이 나는 것 모두를 상세히 얘기해보거라."

크리니사피우스가 아이티우스를 지목했다. 잔뜩 긴장했던 아이티우스는 큰 숨을 몰아쉬고는 기억을 더듬기 시작했다. 김양상의 조언을 받아들여 일단 협력하기로 한 것이다.

"대왕의 무덤은 강기슭이 높은 바위벽으로 둘러싸이면서 강폭이 갑자기 좁아지는 곳에 있다고 하오."

"다뉴브 강에 협곡은 여러 곳이 있소. 그것만으로는 대왕의 무덤을 찾을 수 없소! 또 다른 특징은?"

돌연 율피우스가 끼어들었다. 일대를 잘 아는 자 같았는데 어쩌면 진작부터 아틸라의 무덤을 찾아다녔던 도굴꾼일 것이다.

"일대에 비해서 비가 적게 오면서도 바람이 쉬지 않고 불어서 여름에 시원한 곳이라고 하셨소."

율피우스가 다그치자 아이티우스는 주춤하더니 새로운 사실을 기억해냈다.

"비가 적게 오고 여름에 시원하다면 무덤으로는 적격이겠군. 어떤가?"

크리니사피우스가 짐작 가는 것이 있다는 표정으로 율피우스에게 시선을 돌렸다.

"그렇다면⋯."

잠시 생각하더니 율피우스가 말을 이었다.

"흑해에서 불어와서 트라키아의 평지를 지나면서 일대를 여름에는 서늘하게, 겨울에는 따뜻하게 해주는 바람이 있습니다. 흔히 '검은 바람'이라고 부르는데 '검은 바람'이 부는 협곡이라면 '철의 문'이라는 별칭으로 불리는 드제르다프 협곡일 것입니다."

"하면, 어디에 있는지 찾을 수 있겠느냐?"

크리니사피우스의 눈에서 빛이 일었다.

"드제르다프 협곡은 빠른 물살을 타고도 한나절을 내려가야 하는 긴 협곡인데 기슭은 온통 하얀 바위의 절벽입니다. 드제르다프 협곡이라는 사실만으로는 대왕의 무덤을 찾을 수 없습니다."

"그 다음부터는 당신의 일 같군."

크리니사피우스가 김양상에게 시선을 돌렸다. 김양상은 따로 대답하지 않았다. 아무튼 범위가 많이 좁혀진 셈이다.

"아무래도 배를 더 준비해야 할 것 같습니다."

프리니쿠스가 나섰다.

"그래야 할 것 같군. 좋다, 수배하라. 돈은 얼마든지 들어도 좋으니까."

크리니사피우스가 재가했다.

"준비하는 동안에 나이수스를 구경해도 좋겠습니까?"

김양상이 외출해도 좋겠냐는 뜻을 전했다.

"그건…."

"좋아. 갇혀 지내려니 답답하기도 하겠지."

크리니사피우스가 프리니쿠스를 제지하며 외출을 승낙했다.

"탈주는 불가능합니다. 사방이 크리니사피우스의 부하들입니다."

아이티우스가 어깨가 축 처져서 방을 나섰다. 그의 말대로 아무에게도 도움을 청할 수 없는 낯선 땅이다. 그리고 아이티우스가 글리체리아를 두고 혼자 도망가지도 않을 것이다.

"나도 알고 있습니다. 그렇지만 바깥 공기를 쐬다보면 뭔가 대책이 떠오를지도 모르지요."

김양상은 깊은 자책에 빠진 아이티우스를 위로하며 방으로 걸음을 재촉했다.

"그런데 정말로 대왕의 무덤을 찾을 수 있습니까? 철의 문은 긴 협곡인 데다 양쪽 기슭 모두 하얀 바위의 절벽을 이루고 있다고 하는데."

"쉽지 않겠지요. 하지만 최선을 다할 각오입니다."

적석목곽분은 흙으로 인조산을 만든 구조다. 그렇다면 아틸라의 무덤은 산 모양의 인조암벽을 이루고 있을 것이다. 빠른 물살을 타고 흘러내려가면서 양 기슭을 동시에 살피는 게 쉽지 않겠지만 적석목곽분의 특징을 놓치지 않으면 가능성이 없는 것도 아니다.

"대왕의 무덤을 찾더라도 관과 부장품을 꺼내기가 쉽지 않을 겁니다. 무덤은 도굴을 막기 위해서 인공산의 구조로 되어 있을 테니까요. 하지만 가묘인 만큼 비밀 입구가 있을 것으로 추정되는데 당신은 그에 대해서 아시는 게 있습니까?"

김양상이 물었다.

"그러고 보니 문제가 또 있군요. 하지만 특별히 생각나는 건 없습니다."

아이티우스가 잠시 생각하더니 고개를 가로저었다. 그럼 어떻게 하나. 그렇지만 그걸 모를 리 없는 크리니사피우스가 그 일로 아이티우스를 압박하지 않는 것으로 봐서 나름대로 대책이 있는 듯했다. 어쩌면 율피우스가 그 일과 관련이 있을지 모르겠다.

아무리 궁리를 해보아도 뾰족한 수가 떠오르지 않는데 상황은 점점 나빠지고 있었다. 어떻게 위기를 벗어날 것인가. 암담했지만 호랑이에게 물려가도 정신만 차리면 살 수 있다고 했다. 김양상은 마음을 가라

앉히며 대책을 강구했다.

7

나이수스는 동서남북을 관통하는 교통의 요지다. 거리엔 풍요로움
이 넘쳐흘렀고 어두운 표정의 김양상과 소피아, 아이티우스 세 사람과
는 대조적으로 활보하는 행인들의 얼굴에는 생기가 넘쳐흘렀다. 김양
상은 뒤에서 따라오는 크리니사피우스의 부하 두 사람을 힐끗 돌아보
고는 걸음을 재촉했다.

"많이 변했군요. 어릴 적에 떠나서 기억이 가물가물하기는 하지만."

아이티우스가 거리를 둘러보며 중얼거렸다. 이런 모습으로 돌아오
려고 했던 것은 아니었는데…. 아이티우스의 얼굴에 감회와 회한이 동
시에 스치고 지나갔다.

"크리니사피우스는 대왕의 무덤으로 갈 때 당신과 글리체리아를 여
기에 남겨두려고 할 것이오. 무슨 수를 써서라도 따라가야 한다고 글리
체리아에게 전해주시오."

김양상이 소피아에게 고개를 돌렸다. 소피아는 수시로 글리체리아
의 방에 들러서 말동무를 해주고 있었다.

"알겠어요. 그런데 이제 어떻게 할 셈인가요?"

소피아가 목소리를 죽이며 김양상에게 물었다.

"하늘이 무너져도 솟아날 구멍이 있다고 했소."

여기까지 오는 동안에 많은 어려움과 마주쳤다. 그렇지만 물러서지
않고 슬기롭게 고비를 넘겼다. 어쩌면 마지막 고비일 수도 있는 여기서
주저앉을 수는 없다. 김양상은 그렇게 마음을 다지며 밀려오는 두려움

을 떨쳐냈다.

누가 사람들을 모아놓고 재주를 벌이는지 거리 한쪽에 모여 있는 사람들이 흥분한 목소리로 떠들고 있었다. 문득 구자거리에서 석연당과 처음 만났던 일이 떠오른 김양상은 저도 모르게 그쪽으로 발길을 옮겼다. 소피아와 아이티우스는 말없이 김양상의 뒤를 따랐고, 감시하는 두 사람도 따라서 그리로 걸음을 돌렸다.

나이가 제법 들어 보이는 검은 피부의 남자가 바쁘게 손을 움직이고 있는데 좌판 위에는 뒤집힌 접시가 3개 놓여 있었다. 김양상은 무슨 일이 벌어지는지 어렵지 않게 알아챘다.

"자!"

좌중을 훑어본 남자는 손에 든 돌을 접시 안에 넣더니 접시를 뒤집고는 익숙한 솜씨로 접시를 계속 바꿔놓았다. 남자가 손놀림을 끝내자 둘러선 구경꾼들은 일제히 3개의 접시 중에서 하나를 택해 그 앞에 돈을 걸었다. 안에 돌이 든 접시를 맞춘 사람은 돈을 따고, 그렇지 못한 사람은 돈을 잃는다.

"사람이 모이는 곳에서 흔히 행해지는 야바위 도박입니다."

아이티우스가 관심 가질 일이 아니라는 투로 말했다.

예상대로 자신 있게 돈을 건 사람들은 차례로 헛짚으며 돈을 날렸고, 남자는 득의만면한 웃음을 지으며 돈을 쓸어 담았다.

"……!"

걸음을 돌리려던 김양상은 퍼뜩 떠오르는 것이 있었다. 김양상은 사람들을 헤치고 검은 피부의 남자 앞으로 다가갔다. 그리고 품에 지닌 베젠트 금화를 탁자 위에 올려놓았다.

베젠트 금화를 본 남자는 짐짓 놀라더니 곧 익숙한 솜씨로 접시를 돌리기 시작했다. 석연당은 환술사들의 손은 사람들의 눈보다 빠르다고 했다. 그러니 눈으로는 저자를 이길 수 없다. 김양상은 눈을 감고 마음의 평정을 찾았다. 그리고 접시 안에서 들리는 미세한 소리에 귀를 기울였다.

"이것!"

눈을 뜬 김양상이 가운데 접시를 지목하자 남자는 곤혹스러운 표정으로 접시를 뒤집었다.

"와!"

구경꾼들이 탄성을 질렀다. 김양상이 정확하게 맞힌 것이다. 남자는 벌레를 씹은 얼굴로 베젠트 금화 세 닢을 김양상에게 내던졌다.

"한 번 더 하겠소."

김양상이 금화 세 닢을 다시 걸자 지켜보는 사람들이 웅성거렸다.

"그만하세요."

소피아가 만류했지만 김양상은 금화를 도로 거두지 않았다. 검은 피부의 남자는 독기 가득한 눈으로 김양상을 쏘아보더니 접시에 돌을 넣었다. 그리고 접시 3개를 차례로 뒤집고는 빠른 솜씨로 접시의 자리를 바꾸기 시작했다. 손놀림이 이전과 비교할 수 없을 만큼 빠르고 현란했다. 소리를 놓치면 안 된다. 김양상은 눈을 감고 접시 속에서 돌이 굴러가는 소리에 정신을 집중했다.

검은 피부의 남자는 일부러 발을 탁탁 구르며 김양상을 방해했다. 웅성거리는 사람들과 일부러 소음을 내는 남자. 하지만 본국검법의 안법眼法은 상대의 숨소리로 공세의 시기와 방향을 감지한다. 김양상은 미세한 소리를 놓치지 않았다. 마침내 접시의 움직임이 멈추었다.

"이것!"

김양상이 가운데 접시를 지목하자 시선이 일제히 가운데 접시로 쏠렸다. 과연 그 안에서 돌이 나올 것인가.

"당신!"

검은 피부의 남자는 접시를 뒤집는 대신에 벌게진 얼굴로 김양상을 노려보았다. 그러더니 품에서 베젠트 금화 두 닢을 꺼내더니 세 닢에 보태고는 호통을 쳤다.

"이것 가지고 꺼져! 괜히 남의 장사 방해하지 말고!"

"무슨 소리요? 약속대로 3배를 내주어야지."

김양상은 물러설 기세가 아니었다.

"그만 가요."

아이티우스가 김양상의 소매를 잡아끌었다. 그렇지만 김양상은 막무가내였다.

"돈을 내놓지 않으면 순찰을 부르겠소!"

"뭐! 좋아! 부를 테면 불러봐! 보아하니 상단을 따라다니며 허드렛일을 하는 자 같은데 나이수스는 그렇게 만만한 데가 아니야!"

검은 피부의 남자가 맞받아서 호통쳤다. 싸움 구경만큼 재미있는 게 없다. 사람들은 몰려들었고 남자는 더욱 거세게 밀어붙였다. 여기서 밀리면 앞으로 이 짓을 못하게 될 판이다.

"그만하세요. 저 사람도 먹고살려고 저러는 건데."

소피아가 김양상을 말렸다. 내내 말이 없던 감시인 두 사람도 소란을 피워서 좋을 게 없다고 판단했는지 앞으로 나섰다.

"너 출입증도 없이 무단으로 나이수스에 왔지!"

말리자 더욱 기세가 오른 검은 피부의 남자가 달려들더니 김양상의 멱살을 잡았다.

"헛소리하지 말고! 빨리 돈이나 내!"

김양상이 같이 남자의 멱살을 잡자 사람들은 좋은 구경을 만났다는 듯 소리를 질러댔다.

"순찰이다!"

누가 소리치자 사람들이 좌우로 흩어졌다.

"여기서 뭐하는 거냐!"

어느 틈에 나타났는지 순찰들이 김양상과 검은 피부의 남자를 에워쌌다.

"전부 끌고 가!"

조장이 김양상과 함께 있는 소피아와 아이티우스를 훑어보더니 함께 연행할 것을 지시했다. 감시인 두 사람은 난처한 표정으로 인파를 빠져나갔다. 끌려간 세 사람은 순찰대 옥에 갇히는 신세가 되었다. 검은 피부의 남자는 보이지 않았다. 아마도 안면이 있는 조장을 적당히 매수했을 것이다.

"공연한 짓을 했습니다. 그렇다고 크리니사피우스의 수중을 벗어날 수 없습니다. 나이수스에서 그의 영향력이 미치지 않는 곳이 없습니다."

아이티우스가 볼멘 얼굴로 말했다. 그의 말이 틀리지 않을 것이다. 크리니사피우스는 쉽게 넘을 산이 아니라는 사실을 김양상도 잘 알고 있었다. 소피아는 아무 말이 없었다. 상황은 점점 더 꼬여갔지만 그래도 김양상에 대한 믿음에는 변함이 없었다.

"열어라!"

조장이 나타나더니 간수에게 옥문을 열라고 지시했다. 어디로 데리고 가는 걸까. 아이티우스의 얼굴이 창백해졌다. 잘못하면 타그마로 인계될지 모른다는 두려움이 밀려온 것이다.

문을 열고 들어서자 프리니쿠스가 기다리고 있었다. 프리니쿠스가 조장에게 고개를 끄덕이더니 김양상에게 다가왔다. 그리고 냉소를 지으며 입을 열었다.

"기분전환이 되었습니까? 그런데 조금 요란하군요."

8

계속 북상해서 드루누타투르누세베린(루마니아 남부)을 거치자 다뉴브 강이 눈앞에 펼쳐졌다. 도도히 흐르는 다뉴브 강의 검푸른 물결을 보자 김양상은 처지도 잊고 흥분이 되었다. 아틸라 대왕의 웅혼한 기상이 절로 느껴졌던 것이다.

크리니사피우스는 콘스탄티노플의 대상인답게 50명이 타도 끄떡없는 큰 배를 마련해놓았다. 김양상과 소피아, 아이티우스는 순순히 배에 올랐다. 앞이 깜깜했지만 김양상은 마지막까지 희망의 끈을 놓지 않기로 했다.

크리니사피우스와 프리니쿠스, 그리고 율피우스는 2층 망루에서 주변을 살피고 30여 명에 이르는 크리니사피우스의 수하들은 양현으로 갈라져서 노를 잡았다. 미리 승선한 글리체리아는 내실에 있는지 모습이 보이지 않는다. 전부 승선하자 배는 다뉴브 강의 검푸른 물결을 헤치며 앞으로 나가기 시작했다. 강폭은 바다를 연상시킬 만큼 넓었는데

물 흐름은 잔잔해서 상류로 거슬러 올라가는 게 그리 어렵지 않았다.

"이제 어떻게 할 겁니까?"

아이티우스가 낙담해서 물었다.

"일단 지켜보도록 합시다."

김양상은 아이티우스와 소피아에게 말하지 않았지만 나름대로 실낱같은 희망을 지니고 있었다.

"저자가 자꾸 마음에 걸립니다."

아이티우스는 크리니사피우스와 나란히 서서 다뉴브 강의 양안을 유심히 살피고 있는 율피우스에게서 눈을 떼지 않았다. 김양상도 마찬가지였다. 적석목곽분은 도굴이 불가능한 구조여서 무덤을 발견하더라도 부장품을 꺼낼 수 없다. 하지만 아틸라 대왕의 경우는 나중에 수장에 대비해서 비밀 입구를 만들어놓았을 것이다. 전문 도굴꾼이 분명한 저자가 과연 입구를 찾아낼 수 있을까. 김양상은 일말의 호기심조차 일었다.

"저자가 찾는 보물이 무엇이라고 생각하십니까?"

김양상과 눈이 마주친 율피우스는 묘한 웃음을 짓더니 크리니사피우스에게 물었다.

"저자의 말이 사실이라면 아틸라 대왕의 보검에 상응할 만한 보물이 아니겠는가."

"당연히 그럴 테지요. 어쩌면 아틸라 대왕의 황금보검보다 더 귀중한 보물일 수도 있습니다."

"하면, 당신은 그게 무엇인지 짐작이 가는가?"

크리니사피우스가 호기심을 보였다. 만약의 경우에 대비해서 도굴꾼을 데리고 왔는데 율피우스는 크리니사피우스가 기대했던 것 이상으로 많은 것을 알고 있었다.

"실은 콘스탄티노플에서부터 은밀히 저자의 뒤를 쫓고 있었습니다. 그러다 크리니사피우스 님과 손을 잡게 된 것이지요. 크리니사피우스 님의 기대대로 저자는 대왕의 무덤을 찾아낼지 모릅니다. 하지만 입구를 발견하지 못하면 아무 소용이 없습니다."

율피우스는 크리니사피우스에게 약속을 꼭 지키라고 다시 촉구했다. 일을 무사히 마치면 평생 먹고살 수 있을 재물을 기대한 것이다.

"약속은 지킬 것이다. 계속해라."

크리니사피우스가 재촉했다.

"황금보검에 상응하는 보물이라면 짐작건대 금관일 겁니다. 초원지대의 유목민들은 황금가지 형상의 금관을 대왕의 신표로 삼고 있습니다. 비록 아틸라 대왕의 황금보검은 손에 넣을 수 없게 되었지만 먼 동쪽에서 온 대왕의 금관이라면 황금보검에 뒤지지 않을 귀중한 보물일 것입니다."

먼 동방에서 온 대왕의 금관이라. 그렇다면 프랑크왕국의 왕에게 바칠 선물로는 아틸라의 황금보검보다 오히려 윗길일 수도 있다. 프랑크왕국과 교역할 수 있다는 기대감에 크리니사피우스는 벌써부터 가슴이 뛰었다.

크리니사피우스는 애초부터 글리체리아와 아이티우스를 놓아줄 생각이 없었다. 지금쯤 마르켈리누스는 잔뜩 화가 나 있을 것이다. 크리니사피우스는 글리체리아를 그와 결혼시키는 것으로 무마할 생각이었다. 그런데 대왕의 무덤에 동방의 금관이 묻혀 있다면…. 김양상과의

284

약조도 지킬 필요가 없을 것이다.

"어쨌거나 무덤을 찾으려면 저자의 도움이 필요합니다."

율피우스가 조금 떨어진 곳에서 무표정한 얼굴로 강안江岸을 바라보고 있는 김양상을 쳐다보며 말했다.

크리니사피우스의 부하들은 부지런히 노를 저었고, 배는 물살을 헤치며 다뉴브 강을 거슬러 올라갔다. 상류로 올라가면서 풍경이 조금씩 달라지기 시작했다. 울창한 수풀 사이로 깎아지른 단애斷崖가 햇살을 반사하면서 환한 빛을 뿌렸다. 세월이 흐르면서 강안의 형태도 많이 바뀌었을 텐데 과연 아틸라의 무덤을 찾아낼 수 있을까. 길게 이어진 수직암벽을 보며 김양상은 걱정이 되었다. 아무튼 무덤의 특성상 암벽으로 위장되었을 가능성이 크다. 김양상은 주변에 비해서 특별히 돌출된 곳이 있는지 유심히 살폈다.

"저것은!"

강변을 살피던 김양상이 깜짝 놀랐다. 갑자기 강 한복판에 거대한 기둥이 늘어서 있었다.

"트라야누스 다리의 교각들입니다. 마침내 돌아왔군요. 유일하게 어릴 적 기억이 남아 있는 것들입니다."

아이티우스가 감개무량한 표정으로 말했다.

"트라야누스의 다리라면…?"

"로마제국의 트라야누스 황제가 철의 협곡을 지나 다키아(루마니아 중북부)로 쳐들어갔을 때 놓은 다리입니다. 로마군은 나중에 다키아에서 철수하면서 다리를 부수었지요. 그래서 석조교각만 저렇게 남은 것입니다."

김양상은 유유히 흘러가는 강물 위에 도도한 자태로 서 있는 교각을 보며 로마제국의 위용을 절감했다. 그리고 로마제국과 교류하며 찬란한 황금의 나라를 이룩했던 선조들의 진취적 기상에 새삼 탄복했다.

"철의 협곡이 멀지 않았군요. 아버지는 대왕의 무덤은 철의 협곡에 있다고 말씀하셨습니다. 아쉽게도 내 기억은 여기까지입니다."

아이티우스가 비감한 얼굴로 말했다. 교각을 지나자 강폭이 눈에 띄게 좁아졌다. 그러면서 암벽의 단애는 더욱 가파르고 높아졌다. 철의 협곡이라는 이름이 실감났다. 그런데 어디에서 대왕의 무덤을 찾을 것인가. 김양상은 긴장해서 강안을 살폈다. 소피아는 내내 근심 가득한 표정이었다.

"강물이 많이 마른 것 같군요."

아이티우스가 주위를 둘러보며 말했다. 그런데 표정이 밝지 못했다.

"그렇군요. 그런데 그게 무슨 문제라도…?"

"카르파티아 산지는 기후 변화가 심하지요. 비가 한번 내리면 엄청난 양이 쏟아져 협곡은 금세 물이 불어납니다. 이 부근은 암초가 많아서 배가 떠밀려 내려가다가 자칫 좌초될 수 있습니다."

아이티우스의 지적대로 강줄기 군데군데 바위가 눈에 들어왔다. 물이 줄지 않았다면 위험한 암초였을 것이다. 하늘을 올려다보니 별다른 징후는 감지되지 않았다. 하지만 아이티우스는 날씨가 급변하는 곳이라고 했다. 그렇다면 격류가 쏟아지기 전에 일을 마치고 여기를 빠져나가야 할 것이다.

9

두 차례나 철의 협곡을 왕복했지만 대왕의 무덤은 찾지 못했다. 아무리 살펴도 특별히 눈에 띄는 바위가 없었던 것이다. 분위기가 침통했다. 크리니사피우스는 핏발이 선 눈으로 갑판 위를 서성거렸고 율피우스는 초조한 표정으로 강안에서 눈을 떼지 않았다. 신경이 곤두서기는 김양상도 마찬가지였다. 우여곡절 끝에 여기까지 온 마당이다. 꼭 금관을 두 눈으로 확인하고 싶었다. 연후에 위기를 벗어나야 한다. 그런데 콘스탄티노플에 보고가 들어갔을까. 지금 기대를 걸 곳은 거기밖에 없었다. 배는 어느새 또 협곡이 끝나는 곳에 이르렀다.

"벌써 두 번째인데…. 대왕의 무덤은 어디에 있는 것이오?"

크리니사피우스가 다가왔다. 율피우스가 뒤를 따랐다. 두 사람은 매의 눈을 하고서 김양상을 노려보았다.

"예상보다 위장을 교묘하게 했군요. 하지만 주의를 기울이면 무덤을 구별해낼 수 있을 겁니다."

대답은 그렇게 했지만 김양상도 흔들렸다. 막연히 큰 바위로 위장했을 것이란 추측이 얼마나 허망한 것인지 절감했다. 오랜 세월 그 누구의 눈에도 띄지 않았던 대왕의 무덤이다. 너무 만만하게 봤다. 어떻게 해야 하나. 크리니사피우스의 말처럼 머지않아 협곡이 끝날 것이다.

"엇!"

배가 갑자기 방향을 틀면서 사람들이 중심을 잃고 쓰러졌다.

"무슨 일이냐?"

크리니사피우스가 소리쳤다.

"암초입니다."

키잡이가 앞을 가리켰다. 고개를 돌리니 암초가 물 위로 살짝 고개를 내밀고 있었다. 하마터면 충돌할 뻔했던 것이다.

"철의 협곡에는 크고 작은 암초들이 널려 있는데 강물이 줄어드는 바람에 발견했지 하마터면 배가 뒤집힐 뻔했습니다."

키잡이가 볼멘소리를 했다. 그의 말대로 철의 협곡을 지날 때는 강 한복판으로 운항하는 것이 원칙이다. 그런데 강기슭을 살펴야 하기에 무리해서 배를 기슭에 붙였던 것이다.

"어…?"

김양상의 눈에 기이한 장면이 들어왔다. 갑자기 암초가 거센 물보라를 일으킨 것이다. 갑자기 웬 물보라…. 크리니사피우스도 눈을 크게 뜨고 지켜보고 있었다.

"배를 대라!"

크리니사피우스가 명령을 내리자 키잡이들은 죽을상을 하고서 배를 기슭으로 몰았다.

저럴 수가…. 기슭에 바짝 다가서자 제법 큼지막한 굴이 눈에 들어왔다. 물보라는 반쯤 물에 잠긴 굴에서 쏟아져 나온 물이 암초를 때리면서 일어난 것이었다. 김양상은 얼른 고개를 들었다. 그러자 단애 위로 위태롭게 걸쳐 있는 커다란 바위가 눈에 들어왔다. 얼추 봐서 높이가 40보쯤 되는 것 같았다. 하면 저것은….

"저것이 아틸라의 무덤 같습니다."

율피우스가 김양상이 올려다보고 있는 곳을 지목하며 소리쳤다.

"어떻게 저렇게 위태로운 곳에 무덤을…?"

크리니사피우스가 고개를 갸우뚱했다. 그의 지적대로 바위는 당장이라도 굴러떨어질 것처럼 아슬아슬한 형태를 하고 있었다.

"본시는 토벽이 아래를 받쳐주었을 것입니다. 그런데 세월이 흐르는 동안에 침식이 진행되어서 토벽은 쓸려 내려갔고 윗부분만 남은 것입니다."

율피우스는 도굴꾼답게 한눈에 알아보았다. 크리니사피우스가 당신 견해는 어떠한지 묻는 듯 김양상에게 고개를 돌렸다.

"그런 것 같습니다. 그동안 큰 바위만 찾느라고 저것을 놓쳤습니다."

김양상이 동의했다.

"그렇다면 저 굴이 무덤으로 통하는 입구인가?"

크리니사피우스가 물을 뿜어내는 굴을 가리켰다.

"그런 것 같습니다. 입구를 물속에 만들어놓았을 줄이야. 그것도 누구도 접근하려 하지 않는 암초지대에."

율피우스가 감탄했다. 강물이 마르지 않았다면 결코 찾아내지 못했을 것이다.

"이제야 생각이 납니다. 아버지는 대왕을 알현하려면 물 속을 지나야 한다고 하셨습니다."

아이티우스가 김양상에게 다가왔다.

"들어가겠다! 두 사람도 함께 간다!"

크리니사피우스가 김양상과 아이티우스를 지목했다.

"줄을 매라!"

프리니쿠스가 지시를 내리자 헤엄에 능한 부하가 밧줄을 몸에 감고 물속으로 뛰어들었다.

"글리체리아와 저 여인을 잘 보호하고 있어라!"

크리니사피우스는 프리니쿠스에게 뒤를 당부하고 앞장서서 밧줄을 잡고 강물 속으로 뛰어들었다.

"조심하세요."

소피아가 걱정했다.

"걱정마시오. 반드시 돌아오겠소. 그리고 여기를 빠져나가겠소."

김양상은 소피아를 안심시키고 크리니사피우스의 뒤를 따랐다. 하늘을 올려다보니 그사이에 잔뜩 찌푸려 있었다. 아이티우스의 말대로 일기가 변화무쌍한 곳이었다.

줄에 의지해서 간신히 목만 내놓고 허우적거리며 나아가는 것이 쉽지 않았지만 그나마 흐름이 빠르지 않아 다행이었다. 김양상은 부지런히 몸을 움직이며 괴물이 입을 벌린 것 같은 동굴 속으로 들어갔다. 굴속으로 들어가자 금세 발이 땅에 닿았다. 김양상의 뒤를 이어서 아이티우스와 율피우스, 그리고 네 사람의 부하들이 따라왔다.

횃불을 밝히자 동굴은 곧게 위로 이어졌는데 군데군데 잡을 곳, 디딜 곳이 눈에 들어왔다. 밖에서 어림한 대로라면 40보 정도는 올라가야 할 것이다. 횃불을 든 부하가 앞장을 섰고 차례로 그의 뒤를 따랐다.

동굴을 다 오르자 제법 넓은 장소가 나타났다. 밖에서 어림했던 것보다 훨씬 넓었다. 횃불을 밝힌 일행은 조심스럽게 앞으로 전진했다.

"엇!"

크리니사피우스가 흠칫하며 걸음을 멈추었다. 너울거리며 횃불을 반사시키는 물체가 눈에 들어온 것이다.

"대왕의 관입니다!"

아이티우스가 흥분을 감추지 못했다. 저것이 정말 아틸라의 관일까.

일행은 흥분을 억누르며 천천히 걸음을 옮겼다.

"아틸라의 관이 맞는 것 같습니다."

율피우스가 크리니사피우스를 보며 고개를 끄덕였다. 황금으로 도금한 관은 세월이 흘렀음에도 여전히 찬란한 빛을 발하고 있었다. 저 안에 서방세계를 공포로 몰아넣었던 위대한 정복자가 잠들어 있단 말인가. 그는 정말로 신라의 왕계와 뿌리를 같이하는 것일까. 김양상은 얼른 주위를 둘러보았다. 금관을 찾을 요량이었다.

"뜯어라!"

크리니사피우스가 관 주위에 놓인 궤를 가리키자 부하들이 얼른 달려들었다.

"황금이 가득합니다."

서둘러 궤를 뜯어낸 부하가 눈을 휘둥그레 떴다. 일찍이 보지 못한 엄청난 양의 금이었다. 어림해도 궤는 스무 개는 더 될 것 같았다.

김양상은 정신을 집중시키고 주위를 천천히 둘러보았다. 마침내 아틸라의 무덤을 찾은 것이다. 그렇다면 이제는 금관을 찾아야 한다. 과연 예상대로 내물왕의 금관이 있을 것인가.

"……!"

대왕의 관을 한 바퀴 돌던 김양상은 숨이 멎을 것만 같았다. 관 뒤에서 금관을 발견한 것이다. 나뭇가지가 하늘로 뻗은 형상의 금관은 서라벌에서 익히 보았던 금관과 똑같은 형태인데 귀 부근에 길게 매달린 곡옥曲玉은 신령한 푸른빛을 뿜어내고 있었다. 저것이 내물왕이 황금보검에 대한 답례로 아틸라에게 보낸 금관이란 말인가. 먼 시간과 긴 공간이 하나로 혼효混淆되면서 김양상은 어지러움을 느꼈다.

"이것이 당신 나라의 금관인가?"

어느 틈에 크리니사피우스가 뒤에 와 있었다.

"그렇습니다. 틀림없이 내 나라에서 온 금관입니다."

"그렇다면 아틸라 대왕의 황금보검에 뒤지지 않을 귀중한 물건이로군."

크리니사피우스가 만족을 표했다. 김양상이 얼른 금관을 집어 들었다. 크리니사피우스는 따로 제지하지 않았다. 아틸라 대왕의 보물이 전부 자신의 것인 마당에 여기서 소란을 떨 이유가 없었던 것이다.

"이제 그만 돌아가시지요. 어차피 보물을 옮기려면 물이 빠질 때까지 기다려야 합니다."

율피우스가 배로 돌아갈 것을 재촉했다.

"좋아. 돌아간다."

크리니사피우스는 흡족한 표정으로 걸음을 돌렸다. 내려오는 게 올라가는 것보다 훨씬 어려웠다. 김양상은 금관을 꼭 안은 채 한발 한발 조심해서 내려왔다. 시간이 얼마나 흘렀을까. 제발 나이수스에 보낸 신호가 콘스탄티노플에 전달되었어야 할 텐데. 실낱같은 기대를 걸 수밖에 없었다.

물은 예상보다 빨리 불어나고 있었다. 들어올 때는 반쯤 잠겼던 동굴이 이제는 상부만 살짝 드러날 정도였다. 어쩌면 밖은 벌써 장대비가 퍼붓고 있을지 모른다.

"상류에서 급류가 밀려 내려온 모양입니다. 여기도 엄청난 폭우가 쏟아질 것 같은데 이제 어떻게 해야 합니까."

아이티우스는 애처롭게 떨고 있었다.

"상황이 여러모로 불리하지만 아직 끝난 게 아닙니다. 일단 배로 돌아가서 기회를 엿보기로 합시다."

김양상은 떨고 있는 아이티우스를 위로하며 밧줄에 매달렸다. 밖으로 나오자 장대비가 퍼붓고 있었다. 사방은 온통 어두웠다. 물살이 빨라진 데다 금관을 지녔기에 들어올 때보다 훨씬 힘이 들었다. 오랜 여정의 끝을 이루었지만 아직 넘어야 할 고비가 남아 있다. 김양상은 최후의 순간까지 희망의 끈을 놓지 않기로 했다.

"나머지 일은 콘스탄티노플로 돌아가서 처리하겠소."

배에 오르자 크리니사피우스가 빼앗듯 김양상의 손에서 금관을 낚아챘다. 프리니쿠스가 눈짓을 하자 부하들이 김양상과 아이티우스를 에워싸더니 선실로 끌고 갔다. 저항이 불가능한 상황이었다. 비는 계속해서 퍼부었고 배는 급류에 위태롭게 요동쳤다.

"아이티우스!"

선실로 들어가자 글리체리아가 다가왔다.

"무사했군요. 걱정을 많이 했는데."

소피아도 함께 있었다.

"콘스탄티노플로 돌아가면 크리니사피우스는 모든 걸 나와 당신에게 뒤집어씌울 겁니다."

아이티우스가 겁먹은 얼굴로 김양상에게 매달렸다. 물론 김양상도 잘 알고 있었다. 이대로 콘스탄티노플로 돌아가면 아무런 희망이 없을 것이다. 더 이상 기대를 걸 수 없는 것일까. 나이수스에서 일부러 소동을 일으킨 것은 보고가 콘스탄티노플까지 올라가서 타그마가 긴급출동하기를 기대했기 때문이었다. 그런데 아무래도 뜻대로 되지 못한 것 같왔다. 세 사람은 김양상에게 기대를 걸고 있지만 김양상도 이 상황에서는 속수무책이었다. 먼 여정 끝에 마침내 뜻을 이루었지만 너무도 허망한 끝이 기다리고 있었다.

눈을 감자 그동안에 겪었던 일들, 만나고 헤어졌던 사람들의 얼굴이 차례로 뇌리를 스치고 지나갔다. 결단코 여기서 이렇게 끝날 수는 없다. 반드시 위기를 타개하고 소피아와 함께 서라벌로 돌아갈 것이다. 김양상은 굳은 결의를 하며 눈을 떴다.

"나오시오!"

문이 열리면서 프리니쿠스가 모습을 드러냈다. 왜 나오라는 것일까. 알 수 없지만 따를 수밖에 없었다. 네 사람은 몸을 일으켰다.

비는 계속 퍼부었고 사방은 물보라로 자욱했다. 배는 점점 더 요동쳤고 선원들의 얼굴에는 공포의 빛이 가득했다.

"생각이 바뀌었소. 지금 보물을 꺼내야겠소."

크리니사피우스가 말했다. 왜 이런 악조건에서…. 그러나 대왕의 무덤으로 눈길을 돌린 김양상은 그가 왜 생각을 바꿨는지를 알게 되었다. 암벽 끝에 돌출해 있는 대왕의 무덤이 너무 위태로워 보였던 것이다. 진짜 바위라면 큰 문제가 없겠지만 흙으로 바위 모양을 만든 대왕의 무덤은 이렇게 엄청난 폭우가 쏟아지면 무너져 내릴 위험이 있다. 아래를 받쳐주던 부분이 다 쓸려 내려간 마당이었다.

"보다시피 언제 무너져 내릴지 모르는 판국이오."

"그렇기는 하지만 격류가 밀려오고 있는데 무슨 수로…?"

협곡은 시시각각 물이 불어났고 배는 심하게 흔들리고 있었다. 빨리 빠져나가지 않으면 암초에 좌초될 수도 있다.

"물이 더 불어나기 전에 보물을 꺼내야겠소. 그래서 말인데 당신이 먼저 동굴로 들어가서 밧줄을 연결시키시오."

크리니사피우스가 김양상에게 물로 뛰어들 것을 일렀다. 아까와는 상황이 판이하다. 이 상황에서 강물 속으로 뛰어들었다가는 그대로 급류에 휩쓸려 내려갈 것이다.

"이것을 받으시오!"

프리니쿠스가 김양상에게 밧줄과 부대를 건넸다. 김양상이 밧줄을 연결하면 부하들이 부대를 메고 들어가서 보물을 담아오겠다는 계획인데 과연 동굴까지 헤엄쳐갈 수 있을지 장담할 수 없는 상황이었다.

"안 돼요! 너무 위험해요!"

소피아가 김양상의 앞을 막으려 했지만 부하들에 의해 제지되었다.

"약조는 대왕의 보물을 내 손에 넣는 것까지였소. 사람들의 목숨을 보존하고 싶거든 약조를 지키시오!"

크리니사피우스는 손에 든 금관을 내보이며 물로 뛰어들 것을 강요했다. 김양상이 죽어도 아무 상관이 없다는 투였다.

"갈수록 여건이 나빠지고 있습니다. 서두르는 게 좋을 겁니다."

프리니쿠스가 재촉했다. 어떻게 해야 하나. 헤엄에는 자신이 있지만 지금은 여건이 너무 좋지 않았다. 물살은 너무 거셌고 동굴은 입구만 겨우 보일 지경이었다. 도저히 헤치고 나갈 자신이 없었다. 소피아와 글리체리아, 아이티우스는 하얗게 질려서 아무 말도 하지 못하고 있었다.

"앗!"

프리니쿠스가 갑자기 비명을 지르며 쓰러졌다. 등에 화살이 박혀 있었다. 어디서 날아온 화살일까. 김양상은 얼른 주위를 살폈다. 그러자 저쪽에서 이것보다 훨씬 큰 배가 빠른 속도로 접근하고 있는 게 눈에 들어왔다.

"크리니사피우스 님이 성상숭배자를 빼돌릴 줄 몰랐습니다."

다가오는 배에서 마르켈리누스의 목소리가 들렸다. 그렇다면 콘스탄티노플에 제대로 보고가 들어간 것이었다.

"황실을 경비해야 할 타그마 지휘관이 왜 여기에…. 그리고 확인도 하지 않고 화살을 날리다니. 이 무슨 경솔한 짓이오!"

크리니사피우스는 언성을 높였지만 당황한 기색이 역력했다.

"당신이 무슨 이유로 성상숭배자를 빼돌렸고, 또 왜 여기까지 왔는지 이미 다 파악했습니다. 그 이상은 콘스탄티노플로 돌아가서 심문하겠으니 빨리 배를 돌리십시오."

마르켈리누스가 단호하게 명령했다. 크리니사피우스의 약점을 단단히 잡은 마당이다.

"물론 법에 따라 당신이 손에 넣은 보물들은 전부 황실의 소유가 될 것입니다."

배가 가까이 다가오면서 마르켈리누스가 키득거리는 모습이 눈에 들어왔다. 여전히 비는 그치지 않았는데 번쩍하면서 천둥마저 치기 시작했다.

크리니사피우스는 입맛이 썼다. 일이 다 된 마당에 이게 무슨 낭패인가. 저자가 어떻게 알고 여기까지 쫓아왔을까. 알 수 없지만 아무튼 당장은 빠져나가는 것이 상책이다. 현장에서만 체포되지 않으면 콘스탄티노플로 돌아가서 어떻게 해서든 무마할 수 있을 것이다. 보물은 일을 수습한 후에 다시 찾으러 오면 된다. 크리니사피우스는 부하들에게 달아날 것을 지시했다.

"빨리 여기를 빠져나가자!"

겁에 질려 있던 부하들은 일제히 노를 저었다. 그들에게 크리니사피우스는 하늘과도 같은 존재였다.

"쏴라!"

마르켈리누스의 명령이 떨어지자 화살이 빗발처럼 날아들었다. 마르켈리누스는 다 죽여도 상관이 없다는 투였다.

"선실로!"

김양상은 소피아와 아이티우스, 글리체리아에게 선실로 피할 것을 지시했다. 어찌될지 알 수 없지만 화살 세례만은 피해야 했다.

사방에서 비명소리가 들렸다. 정예 타그마 병사들이 근거리에서 화살을 날리고 있었다. 아무리 폭우가 퍼붓고 배가 요동친다고 해도 오래 버티지 못할 것이다. 혼란의 틈을 이용해서 빠져나가야 할 텐데 지금은 상황이 너무 좋지 않다. 강물 속으로 뛰어들 수도 없었다. 결국 마르켈리누스에게 잡히고 마는 걸까. 그렇게 되면 애써 콘스탄티노플에 신호를 보낸 의미가 없다.

"앗!"

급선회하던 배가 중심을 잃고 기우뚱거리더니 격류에 떠밀려가기 시작했다. 키잡이가 화살에 맞은 모양이었다.

"쿵!"

차라리 밖으로 나가는 게 낫지 않을까 생각하는 순간에 엄청난 충격이 밀려오면서 네 사람은 선실 바닥에 나뒹굴었다. 배가 암초에 부딪힌 것일까. 가까스로 몸을 일으킨 김양상은 얼른 문을 열었다. 이 상황에 감시병이 있을 리 없었다.

"큰일이로군요. 얼마 버티지 못할 텐데."

뒤따라 나온 아이티우스는 눈앞에 펼쳐진 광경을 보고 아연실색했다. 떠밀려가던 배가 암초에 걸리면서 두 동강이 난 것이다. 앞부분이 떨어져나간 배는 당장이라도 뒤집힐 듯 기우뚱거리며 떠밀려갔는데 용케 추락을 면한 크리니사피우스가 갑판을 꼭 붙잡고 위태롭게 버티고 있었다. 하늘에서는 여전히 장대비가 내리고 있었고 천둥번개는 더욱 잦아졌다.

쿵!

또 한 차례의 충격이 밀려왔다. 그러면서 요동치던 배가 정지했다. 커다란 암초 위에 올라탄 모양이었다. 그렇다면 불행 중 다행이었다. 마르켈리누스의 배는 멀찌감치 떨어졌다. 김양상을 쏘아보는 크리니사피우스의 눈에는 절망과 분노가 가득했다. 마리켈리누스가 어떻게 여기까지 쫓아왔는지 비로소 깨달은 듯했다.

"이대로 강물이 잔잔해질 때까지 버텨주었으면 좋겠습니다."

아이티우스가 희망을 담아 말했다. 하지만 휩쓸려 내려가지 않는다고 위기를 벗어나는 것은 아니었다. 김양상은 마르켈리누스의 배가 방향을 트는 것을 보며 참담한 심정을 금할 길이 없었다. 이대로 잡히는 걸까. 물속으로 뛰어들었다가는 거센 물살에 휩쓸릴 것이다.

"……!"

마르켈리누스의 배가 천천히 방향을 트는 것을 맥없이 바라보던 김양상은 눈을 의심했다. 저게 뭘까. 마치 바위덩어리가 살아서 꿈틀대는 것 같았다. 정신이 혼미해진 것일까. 자세히 살펴본 김양상은 그것이 대왕의 무덤임을 확인할 수 있었다.

"대왕의 무덤이 무너져 내리려는 것 같습니다!"

아이티우스가 비명을 질렀다. 위태롭기는 하지만 그래도 설마…. 하는 심정으로 쳐다보던 김양상은 이어지는 장면에 경악했다. 대왕의 무덤이 천지가 떠나갈 듯한 소리를 내며 무너져 내린 것이다.

"앗!"

무너져 내린 흙더미가 선회를 끝낸 마르켈리누스의 배를 덮치면서 엄청나게 큰 물보라가 일었다. 이럴 수가…. 마르켈리누스를 태운 배는 순식간에 아무런 흔적도 남기지 않고 강물 속으로 사라져버렸다.

"안 돼, 대왕의 보물은 내 것이야!"

넋을 놓고 바라보던 크리니사피우스가 갑자기 비명을 지르면서 허겁지겁 강 속으로 뛰어들어 가려 했다.

"위험해!"

김양상은 달려가서 크리니사피우스를 잡았다. 홀린 듯 물속으로 뛰어들려는 크리니사피우스와 말리는 김양상 사이에서 실랑이가 벌어지면서 간신히 암초에 올라탄 배는 심하게 기우뚱거렸다. 자칫 격류 속으로 빨려들어갈 판이었다.

"엇!"

김양상은 비명을 지르며 뒤로 나자빠졌다.

"내 보물!"

초인적인 힘으로 김양상을 내동댕이친 크리니사피우스는 미친 듯 소리치며 대왕의 보물이 사라진 강물 속으로 뛰어들어 갔다. 금관도 크리니사피우스와 함께 격류 속으로 사라졌다.

'안 돼!'

김양상은 몸을 일으키려 했지만 마음뿐이었다. 충격이 컸던 모양이다. 금관을 찾아야 하는데…. 김양상이 생각나는 것은 거기까지였다.

얼마나 시간이 흘렀을까. 천천히 눈을 뜬 김양상의 눈에 자기를 내려다보고 있는 세 사람, 소피아와 아이티우스, 글리체리아의 모습이 차례로 들어왔다. 하면, 죽지는 않은 모양이었다.

"정신이 드세요?"

소피아가 근심 가득한 얼굴로 물었다. 김양상이 고개를 끄덕이자 아이티우스가 얼른 김양상을 일으켰다. 주위를 둘러보니 강기슭이었는데 폭우가 그친 지 꽤 되었는지 하늘은 환했고 강물도 많이 줄어 있었다.

"밤새 정신을 잃고 있었어요."

배가 걸터앉았던 암초는 강기슭에 붙어 있었기에 물이 빠지자 세 사람은 어렵지 않게 김양상을 강기슭으로 옮겼던 것이다. 철의 협곡은 언제 혈전이 벌어졌는지, 언제 폭우가 퍼붓고 천둥번개가 몰아쳤는지 모르게끔 예전의 수려한 경관으로 돌아와 있었다.

"대왕의 무덤은 다뉴브 강물 속으로 사라졌습니다. 결국 강 속에 묻히기를 원했던 대왕의 뜻이 이루어진 셈이지요."

아이티우스가 넘실거리는 강물을 쳐다보며 말했다.

"그렇다면 당신도 가문의 임무를 완수한 셈이로군요."

김양상이 허탈해하는 아이티우스를 위로했다. 소피아와 글리체리아는 말없이 두 사람의 대화를 지켜봤다.

"나와 글리체리아는 프랑크왕국으로 가겠습니다. 당신은 당신 나라로 돌아갈 겁니까?"

"그렇습니다. 일단 콘스탄티노플로 돌아가서 바스라로 가겠습니다. 바스라로 가면 서라벌로 가는 배를 탈 수 있습니다."

김양상은 소피아에게 고개를 돌렸다.

"함께 서라벌로 가겠소?"

"물론이지요. 다시는 헤어지지 않기로 약속했잖아요. 알리크를 만나게 되겠군요."

소피아가 환한 얼굴로 대답했다.

"그런데 금관을 잃어서 유감입니다. 크리니사피우스가 미쳐 날뛰는 통에…."

이번에는 아이티우스가 김양상을 위로했다.

"괜찮습니다. 금관은 어차피 신라의 대왕이 아틸라 대왕에게 보낸 것입니다. 그러니 주인이 보관하는 것이 옳을 것입니다. 나는 이것이면 충분합니다."

김양상이 손을 펴보였다. 손에 곡옥이 들려 있었다. 크리니사피우스와 실랑이를 벌일 때 금관에서 떨어져나간 것이었다.

"그렇군요. 먼 여정을 마쳤으니 이제 당신의 나라로 돌아가서 꿈꾸었던 일들을 마무리 짓기를 빌겠습니다."

아이티우스가 김양상을 꼭 끌어안았다.

"낯선 땅에서 새로운 삶을 개척하는 게 쉽지 않을 겁니다. 꼭 뜻을 이루기를 빌겠습니다."

김양상도 아이티우스를 힘껏 안았다. 소피아와 글리체리아도 포옹하면서 서로의 장도長途를 빌어주었다.

이제 서라벌로 돌아가면 미완으로 남겨놓았던 개혁을 다시 시작할 것이다. 넓은 세상과 소통하며 황금의 나라를 이룩했던 선조들의 기상을 되살려 새로운 신라를 건설할 것이다. 김양상은 그렇게 다짐하며 파란 하늘을 올려다보았다.

- 끝 -

황금의 나라, 신라

우리는 신라新羅에 대해서 얼마나 알고 있을까. 아마도 삼국통일과 관련해서 그 전후의 역사가 대부분일 것이다.

그런데 신라는 그보다 훨씬 이전에 넓은 대륙과 활발하게 교류하면서 황금의 나라를 구가했었다. 2013년 11월 4일부터 2014년 2월 23일까지 뉴욕 메트로폴리탄 뮤지엄에서 열렸던 〈황금의 나라, 신라〉(Silla: Korea's Golden Kingdom) 특별전은 그 찬란했던 시절을 유감없이 과시한 것이다. 또 2013년 8월 31일부터 9월 22일까지 터키 이스탄불에서 "길, 만남, 그리고 동행"이라는 주제로 개최되었던 〈이스탄불-경주 세계문화엑스포 2013〉은 신라가 실크로드를 통해서 동서교역을 활발하게 추진했었음을 재확인하는 자리였다.

신라는 한반도 남동쪽에 편재해서 지형적으로 먼 세상과 소통하기 불리하다. 그리고 지리적으로도 서방세계와는 멀리 떨어져 있다. 그럼에도 신라는 어떻게 먼 로마와 직접 교류할 수 있었을까.

그와 관련해서 미국의 다큐멘터리 전문 방송사 디스커버리는 "훈족과 잊힌 코리안"이라는 프로그램에서, 그리고 독일의 ZDF TV는 "역사의 비밀: 잃어버린 고리를 찾아서"라는 프로그램에서 훈족의 대왕인 아틸라는 한민족과 연관성이 깊다고 밝힌 바 있었다. 이전부터 주장되었던 훈족은 흉노의 후예이며, 신라의 김씨 왕조는 한漢에 투항한 흉노 김일제의 후손이라는 가설에 바탕을 두고 제작된 것이었다.

단편적인 가설을 무리해서 연결시킨 것이 아닐까. 그리고 가설들은 얼마나 신빙성이 있는 것일까. 의문이 대두되던 차에 1973년 경주 계림로에서 황금보검(국보 635호)이 출토되었다. 그러면서 위의 주장은 새롭게 조명을 받기 시작했다.

비잔틴제국의 수도였던 콘스탄티노플(이스탄불)에서 제작된 것으로 추정되는 황금보검은 어떻게 해서 7천 킬로미터나 떨어진 신라까지 오게 되었을까. 그리고 황금보검의 원주인은 누구일까. 신라가 먼 세상과 활발하게 교류했다는 사실은 명백했지만 그래도 여전히 의문으로 남는 부분이 많이 있다. 역사소설 중에서 팩션으로 분류될 《대왕의 보검》은 그 부족한 부분을 작가의 상상력으로 메운 것인데, 주인공은 긴 여정을 통해 마침내 황금보검의 비밀을 밝힌다. 주인공의 여정 중 일부는 오래전에 출판사의 사정으로 끝을 보지 못했던 《화랑서유기》를 개작한 것이다.

《대왕의 보검》의 시대배경을 이루는 8세기 중엽의 신라는 쇠락의 길을 걷고 있었다. 통일 이후로 당나라의 사치풍조가 유입되면서 넓은 세상과 소통했던 상무尙武정신은 사라진 채, 좁은 땅에 갇혀서 권력투쟁에만 몰두하게 된 것이다.

곪을 대로 곪은 상처는 혜공왕 때 마침내 터졌고, 내물계 선덕왕이 무열계의 김주원을 물리치고 왕위에 오르면서 신라는 다시 한 번 황금의 나라를 꿈꾼다. 선덕왕은 한산주漢山州(서울 일대)를 개척하고, 패강진전浿江鎭典을 설치하면서 적극적으로 북방으로 진출을 시도했던 것이다.

20여 년째 역사소설을 써오면서 느끼는 것은 역사소설 집필은 참 힘들면서도 재미있는 일이라는 사실이다. 부족한 사료의 틈을 상상력을 동원해서 메워야 하는데 그 상상력은 충분히 일어날 가능성이 있는 사실이어야 하기 때문이다.

무엇이 실재했던 진실이고, 무엇이 기록으로 남지 않은 진실일 가능성이 있는 사실이며, 또 어떤 것이 설정된 허구인지를 이 자리에서 일일이 밝힐 필요는 없을 것이다. 어우러짐은 팩션만이 줄 수 있는 짜릿함이며 가려냄은 행간의 역사를 읽는 즐거움이 될 것이기 때문이다.

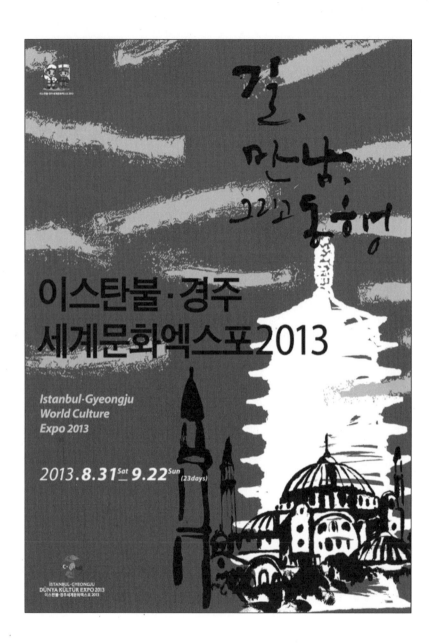